[英国]卡特里奥娜·凯利 著　马睿 译

俄罗斯文学

牛津通识读本·

Russian Literature

A Very Short Introduction

译林出版社

图书在版编目（CIP）数据

俄罗斯文学/(英) 卡特里奥娜·凯利（Catriona Kelly）著；
马睿译．—南京：译林出版社，2019.12（2023.9重印）
（牛津通识读本）
书名原文：Russian Literature: A Very Short Introduction
ISBN 978-7-5447-7955-5

Ⅰ.①俄…　Ⅱ.①卡…　②马…　Ⅲ.①俄罗斯文学－文学研究　Ⅳ.①I512.06

中国版本图书馆 CIP 数据核字（2019）第181740号

著作权合同登记号　图字：10-2019-263号
审图号：GS（2019）3900号

俄罗斯文学　［英国］卡特里奥娜·凯利 / 著　马　睿 / 译

责任编辑　许　丹
装帧设计　景秋萍
校　　对　王　敏
责任印制　董　虎

原文出版　Oxford University Press, 2001
出版发行　译林出版社
地　　址　南京市湖南路 1 号 A 楼
邮　　箱　yilin@yilin.com
网　　址　www.yilin.com
市场热线　025-86633278
排　　版　南京展望文化发展有限公司
印　　刷　江苏扬中印刷有限公司
开　　本　890 毫米 ×1260 毫米　1/32
印　　张　11.625
插　　页　4
版　　次　2019 年 12 月第 1 版
印　　次　2023 年 9 月第 5 次印刷
书　　号　ISBN 978-7-5447-7955-5
定　　价　39.00 元

序　言

刘文飞

这本《俄罗斯文学》值得一读，作为"牛津通识读本"之一种，它体现了这套名牌丛书的整体特点，即用浓缩的笔墨在短小的篇幅里给出关于一门学问的概括介绍。此书原名*Russian Literature: A Very Short Introduction*，在英语中，"introduction"意为"引言""导论"等，原本就应是简短扼要的，而在它前面又加了限定词"short"，而且还有进一步强调的"very"，这就是在告诉我们，这是一本关于俄罗斯文学的"极简指南"。对于不十分了解俄罗斯文学的读者而言，此书一册在手，便可获得关于俄罗斯文学的约略认知；而对于学习或研究俄罗斯文学的专业读者而言，此书无疑也具有很多借鉴意义。

作者在全书开头便写道，介绍俄罗斯文学主要有三种传统方式：一是罗列"正典"，即介绍著名作家和著名作品；二是简述文学运动和文化制度；三是个性化的文学鉴赏，如纳博科夫在《俄罗斯文学讲稿》或布罗茨基在《小于一》中之所为。但是，此书的性质和容量却不允许作者采用这三种方式中的任意一种，于是作者便另辟蹊径，采取了一种“纲举目张”的结构方式。本书作者选中俄罗斯文学中最重要的人物普希金，又在普希金的作品中选中最重要的一首诗，即《“纪念碑”》，用作抓手。因为在她看来，普希金在《“纪念碑”》一诗短短的五小节二十行诗中便提出了七个在19世纪和20世纪俄罗斯文化中引起广泛共鸣的主题，作者就以这七个主题为“路标”，开始了她的“发现之旅”。

第一章对作为普希金文学“遗嘱”的《“纪念碑”》一诗展开分析，并巧妙地从中挑出七个诗句，作为接下来七个章节的标题。第二章《“我为自己竖起了一座纪念碑”——作家纪念物和作家崇拜》讨论俄罗斯的“作家崇拜”问题，认为莫斯科普希金广场上的普希金纪念碑于1880年落成“是普希金崇拜制度化的一个里程碑”，这一传统随后延续下来，不断强化、泛化，造就了许多俄罗斯作家心目中的“纪念碑情结”；第三章《“我的名字将传遍伟大的俄罗斯”——普希金与俄罗斯文学正典》以普希金被经典化、正典化的过程为线索，思索俄罗斯文学成为一种“文化领导力”和“文学民俗”的原因，以及俄罗斯文学读者“激进的审美保守主义”生成的历史语境；第四章《“我的名字会远扬，哪怕仅仅有一个诗人流传”——作家们对普希金的回应》讨论俄罗斯作家在各自的创作中对普希金传统做出的回应，“面具很多”、因而具有多种解释可能性的普希金，在他之后的俄罗斯作家中间经历着一个神话的建构、解构和不断重构的复杂过程，这个过程同时也是俄罗斯文学自身发展历史的一个缩影；第五章《“我的诗歌所激起的善良的感情”——被当作“思想大师”的作家们》指出，在普希金的同时代人和后代的心目中，他的“思想大师”“民族导师”的身份还是份量最重的，作者借此考察了俄苏文学与意识形态、道德立场和“公开说教”之间的关联和互动；第六章《“和愚蠢的人们又何必较量”——男人、女人与社会》讨论俄罗斯文学中的性别问题和俄罗斯作家的社会角色问题；第七章《“她的各族的语言都将把我呼唤”——俄罗斯文学与“原始文化”》介入俄罗斯文学关于帝国的文学想象世界，从普希金的“文学上的‘高加索大发现’”起，俄罗斯文学始终呈现出一个悖论的特征，即它“既是殖民主义的，又是后殖民主义的，同时采用征服者和被征服者这两种对立的视角”，它在东西文化的合成中感觉到自身的文化使命，同时也在通过对帝国内部“文明”与“野蛮”之对峙来彰显俄罗斯民族的文学优越感；最后一章《“哦，诗神，继续听从上帝的意旨吧”——精神世界与物质世界》以普希金究竟是否是“积极的信徒”这一问题为引子，讨论俄罗斯文学与宗教的关系，指出它既是高度精神的，热衷于神秘主义，同时又是“日常东正教”的，是一种“肉体的神学”，因而像许多人认为的那样，“俄罗斯文学（乃至整个俄罗斯文化）的独特性恰在于它能够拥抱精神和物质两个世界”。

作者在书中声称，“本书无意成为一部循规蹈矩的文学史”，通读全书，感觉它的确不“循规蹈矩”，甚至也不像是一部“文学史”。作者在第一章的开头曾提及米尔斯基的《俄国文学史》，并认为那部同样由牛津大学出版社出版的《俄国文学史》（其实米尔斯基的《俄国文学史》初版并非由牛津大学出版社出版）可算是“极简”通识读本的鼻祖。以赛亚·伯林在评价米尔斯基的《俄国文学史》时曾说它“十分个性化”，这部《俄罗斯文学》似乎也具有同样的特征。这里所言的“个性化”，主要是指这几个方面：

首先是作者的叙述角度。研究俄罗斯文学的西方学者通常对俄罗斯文学所谓的进步性、人民性和世界影响等问题兴趣不大，甚至在具体的作家、作品分析上也不愿多费笔墨，他们似乎更愿意从文化史、思想史、民族精神发展史的角度来打量俄罗斯文学。此书亦如此，作者将俄罗斯文学的整体概括分解为若干论题，如俄罗斯作家的社会角色和地位、俄罗斯的“作家崇拜”现象及其原因、俄罗斯文学与书刊审查制度间的微妙关系、文学中的性别和殖民问题、文学和宗教意识的关系等，并由此展开她的思考，亮出她的观点，此书也因此成为一种关于俄罗斯文学的文化学阐释之尝试，是对俄罗斯文学所做的立体扫描。因此，这部译成中文仅十余万字的普及性读物，也能让人读出作者关于俄罗斯文学的独特理解，能感受到被作者精心置入字里行间的学术性。

其次是作者的主观立场。像大多数西方的俄罗斯文学研究者一样，作者在面对其研究对象时的态度是审视的、审慎的，其中不无挑剔，甚至挑衅。比如，她认为俄罗斯文学史家的“主要任务是把作家生平写成一条关于苦难和凯旋的圣徒道路”，俄国历代统治者都善于“用官方爱国主义绑架俄罗斯作家”。她认为，苏联时期的俄罗斯经典文学教育，其“效果似乎不过是延续了某种文学民俗”，而“最坏的副作用在于它促成了咄咄逼人的审美保守主义”。她直言不讳地写道：“普希金嗜酒如命，沉溺嫖赌，酷爱醋栗果酱，而托尔斯泰对上述四样中的至少三样同样偏爱有加。”她甚至将俄罗斯的普希金学者称为“看门狗”。这样的言辞和表达方式是不可能出现在俄罗斯学者的相关著作中的。作者摆出的这一姿态，既是欧美学界强调学者独立人格的学术传统的一种体现，恐怕也像西尼亚夫斯基在《与普希金散步》中所做的那样，意在解构一种权威，即便是文学的权威。

最后是此书的叙述调性。与作者对包括普希金在内的俄罗斯作家略带调侃，甚至不无苛求的态度不同，作者在面对其读者时反倒体现出了某种亲切和随意。在这里，作者的教师身份或许起到了一定作用，此书毕竟也是一本面向大学生的“通识读本”。个性再强的老师在面对学生时往往也会温情脉脉，娓娓道来，让听者有一种参与感。作者在前言中写道：“读完本书不会让你对俄罗斯文学无所不知，但我希望你能从中得到启发，愿意更多地了解这一举世闻名的伟大文学文化，并跟我一样醉心于对它的探索和写作。”全书的结尾也是作者这一文字风格的最好体现：“在俄罗斯本国，作家们往往被视为圣贤，被视为指导人们如何生活的道德楷模；然而阅读俄罗斯文学还有很多其他理由。和其他任何文学一样，它以新颖出奇的方式表现世界，它探究人们有时宁愿不去思考的人类经验领域（疯狂、杀人欲望、暴政）；它不仅刺激人们的头脑，也带来感官的愉悦——将语言拓展至极限的愉悦、大笑的愉悦、乘着想象的翅膀飞升的愉悦。”

关于一部“极简指南”的序也不应该很长，但在结束序言之前还是让我们来认识一下此书的作者。卡特里奥娜·凯利（Catriona Kelly）1959年生于伦敦，后进入牛津大学学习俄语，其间曾在沃罗涅日大学进修。在牛津大学毕业后任教于伦敦大学，1996年返回牛津，在牛津大学新学院任教授，当时她才37岁，这在牛津文科专业中十分罕见，因为她在此时已经出版了两部很有影响的著作，即《彼得鲁什卡：俄国狂欢木偶戏》（*Petrushka: The Russian Carnival Puppet Theatre*，剑桥大学出版社，1990年）和《俄国女性写作史》（*A History of Russian Women's Writing: 1820—1992*，牛津大学出版社，1994年）。凯利教授学术兴趣广泛，学术产出丰厚，从俄国现代派诗歌到俄国女性文学，从俄国文化中的性别问题到儿童问题，从彼得堡城的文化记忆到俄罗斯人的身份认同，纷纷成为她的研究对象。除这部《俄罗斯文学》外，她陆续出版的著作还有：《改良俄国：叶卡捷琳娜至叶利钦时代的咨询文献、礼貌文化和性别》（*Refining Russia: Advice Literature, Polite Culture, and Gender from Catherine to Yeltsin*，牛津大学出版社，2001年）、《帕夫利克同志：一位苏联儿童英雄的飞升和坠落》（*Comrade Pavlik: The Rise and Fall of a Soviet Boy Hero*，格兰塔图书公司，2005年；Товарищ Павлик: Взлет и падение советского мальчик-героя，新文学评论出版社，2009年），以及《圣彼得堡：往昔的阴影》（*St. Petersburg: Shadows of the Past*，耶鲁大学出版社，2014年）等。

20年前，序者有幸在牛津结识凯利教授，记得当时听过她的一次讲座，内容是关于苏联二三十年代墙报文化的讨论。在牛津大学一间古色古香的教室里，年轻的凯利教授通过幻灯片展示出许多很有“历史感”的墙报图片，让人目不暇接；她睿智幽默的口吻，更是不时引起一阵阵会意的笑声。这位牛津教授在学术选题上的独到眼光以及她在面对研究对象时的审视立场，都给我留下了深刻印象。在写这篇序言之前，我曾在电子邮件中问她有何建议，她回答说没有任何建议，但仍很好奇我会写些什么。我在邮件中告诉她，我的序言将这样结尾：

我建议读者们用凯利教授的方式去面对俄罗斯文学，用凯利教授研究俄罗斯文学的方式去对待她的俄罗斯文学研究成果，也就是一种审视的方式，思索的方式；就像作者在前言中所希望的那样，她此书的目的就在于“激发思考，激起争论”。

目录

前　言

和宽泛地介绍各国文学一样，传统上，介绍俄罗斯文学也主要有三种形式。第一种是罗列所谓的“正典”，著名作家的生平和作品——普希金、陀思妥耶夫斯基、托尔斯泰、屠格涅夫、契诃夫，配以19世纪的一些次要人物和20世纪的主要作家。第二种是简述文学运动和文化制度：新古典主义、浪漫主义、现实主义、象征主义、现代主义、社会主义现实主义；审查制度、苏联作家协会和文学异见分子。第三种介绍方式是作家而非学者偏爱的，即一种个性化的文学鉴赏。拿弗拉基米尔·纳博科夫的《俄罗斯文学讲稿》或约瑟夫·布罗茨基的《小于一》来说，素材的选择显然相当主观，在大力推崇某些作家的同时，对其他作家的批判也是不遗余力。

还有一些介绍文字的撰写方式不那么旗帜分明。其一是围绕某个强有力的中心论题展开论述。例如，尤里·特尼亚诺夫在他的精彩著作《拟古者与革新者》（*Archaists and Innovators*，1929）中就提出，文学演变的动因来自作家们对现有文本的态

度，这些文本表现世界的方式可能是消极模仿、积极抵制，或吸收与改造并行。另一种写法是深入分析文学语言的某一技术层
i 面。例如，米哈伊尔·加斯帕罗夫的俄语诗格史就考察了人们对韵律形式的偏好如何随着时代变迁而变化，并细究了在某一历史节点，某些特定的韵律形式所承载的重要意义。

本书不属于以上任何一类，尤其不属于前两类。当前已有不少直线式概述俄罗斯文学史的优秀著作，再写一部已是多余，尤其是一部将有着大量重要作家（其中很多人写过复杂的大部头作品）的文学文化简化得面目全非的著作。同样，我对于以某个“重要概念”为核心展开讨论也持谨慎态度，因为已经有太多关于俄罗斯文学的思考把复杂的文本简化为空洞的滥调：什么把“多余的人”作为小说的中心主题啦，诸如此类。另一方面，像特尼亚诺夫那样的理论探讨需要一些空间才能展开，而且如果对它阐释的原始素材不够熟悉，理解起来就很困难。因此，我决定效仿早期出版的一本“牛津通识读本”——玛丽·彼尔德和约翰·亨德森那部雄辩而迷人的著作《古典学》（*Classics*）。《古典学》没有遵循学校里教授这门课程的惯例，匆匆浏览一遍伯罗奔尼撒战争、希腊人与波斯人的恩怨、作为民主滥觞的雅典、管道系统的源头罗马城、征服不列颠以及其他一系列标志性历史事件，而是把焦点锁定在一种特定的手工艺品上：阿卡迪亚地区巴赛城内那座阿波罗神庙的浮雕饰带，以它们为起点，展开对各种问题的广泛探讨，那些都是当代古典世界专业研究领域关心的问题，也关乎人们对古典时代不断改变的态度。

要撰写一部介绍俄罗斯文学及其思考和探讨方式的通识读本，一个类似的方法是围绕一个相当于莎士比亚，或者说相当于

巴赛城的大理石雕像那样的俄罗斯人物——亚历山大·普希金（1799—1837）展开。从高加索地区的殖民化到沙龙文化，普希金的作品本身涉及很多当代文学史的核心主题。学界用了很多 ii 不同的评论方法来研究那些文本，从考据学或不同手稿间的比较，到形式主义，再到女性主义。“普希金神话”（作家作为“俄罗斯文学之父”）的形成也提出了各种各样有趣的问题，诸如文学史如何被创造、“民族文学”的概念如何产生，以及这些过程如何使得某些类型的作品（例如俄罗斯女性的作品）看似边缘化。

以这种方式来撰写一个民族的文学，并不是说我要揭露爱国评论家们对读者犯下的欺骗罪行。普希金与但丁、莎士比亚或歌德一样，天赋异禀，思想深邃：阅读他的作品回报颇丰。然而这类民族作家的盛名可能会让人望而却步，因为他们身边总围着一群“看家狗”评论家，这类评论家往往不怎么关心如何赞美自己所保护的东西，而更孜孜于把他人挡在门外（这倒也确是看家狗所为）。这类盛名有时也会让评论家们产生粗枝大叶的反应。（想想我前几行刚刚用过的那个词，“回报颇丰”到底是什么意思？）普希金等伟大的俄罗斯作家不应该被看作某种文艺“政治局”的成员，坐在那里接受一群毫无人身自由的当代和后代读者“雷鸣般的掌声，进而变成了热烈欢呼”——这是当年苏联的大小会议上耳熟能详的套话。那些作家往往跟彼此、跟俄罗斯公众意见不合，然而历届政权惯于利用已故作家，把他们供奉为官方意识形态的先知，而另一方面，同样的政权对那些不愿闭嘴（或停笔）的当代作家却毫不容忍。本书也不乏争议之处，但它意在从积极意义上抛砖引玉——激发思考，激起争论。读完本书不会让你对俄罗斯文学无所不知，但我希望你能从中得

到启发，愿意更多地了解这一举世闻名的伟大文学文化，并跟我
iii 一样醉心于对它的探索和写作。

虽然本书无意成为一部循规蹈矩的文学史，但我决定在某个方面遵循传统：对那些帮助我写书的人表示感谢。乔治·米勒先是温柔地胁迫我接受写作一部“极简”通识读本的提议，继而在本书成形的过程中，他的奉献精神、建设性的批评和技术指导都堪称典范。凯瑟琳·汉弗莱斯和艾莉森·拉切文帮我渡过了从打字稿到最终付梓的种种难关。好几位匿名读者提出了宝贵建议，对我修改初稿帮助很大；跟几位好友的谈话，以及我在延伸阅读建议中列出的俄罗斯文学和文化研究著作，则为我确定研究方向提供了更宽泛的帮助，这几位好友是米哈伊尔·列昂诺维奇·加斯帕罗夫、芭芭拉·赫尔特、斯蒂芬·洛弗尔、戴维·谢泼德、格里·史密斯和亚历山大·卓尔科夫斯基。马丁·麦克劳克林翻译的卡尔维诺真是件珍贵的礼物，对我撰写第一章极有帮助。

不过在这样一部通识读本中，人首先想到的是自己的老师。我在牛津大学读本科时，安·彭宁顿睿智深邃的宽容和对俄罗斯诗歌的钟爱，与罗纳德·欣利爱憎分明的犀利言辞和对俄罗斯作家必须被看作是宏大文学世界之组成部分的信念相得益彰。我希望以这本书向他们致敬，同时也向我在牛津大学和伦敦大学教过的那些学生致敬，他们充满怀疑精神的提问、富有创意的思想以及拒绝想当然地接受任何观点的态度，总让我感到
iv 由衷的喜悦，也是我永不枯竭的灵感源泉。

地图1　俄罗斯帝国，图中标示着那些跟文学有关的地方

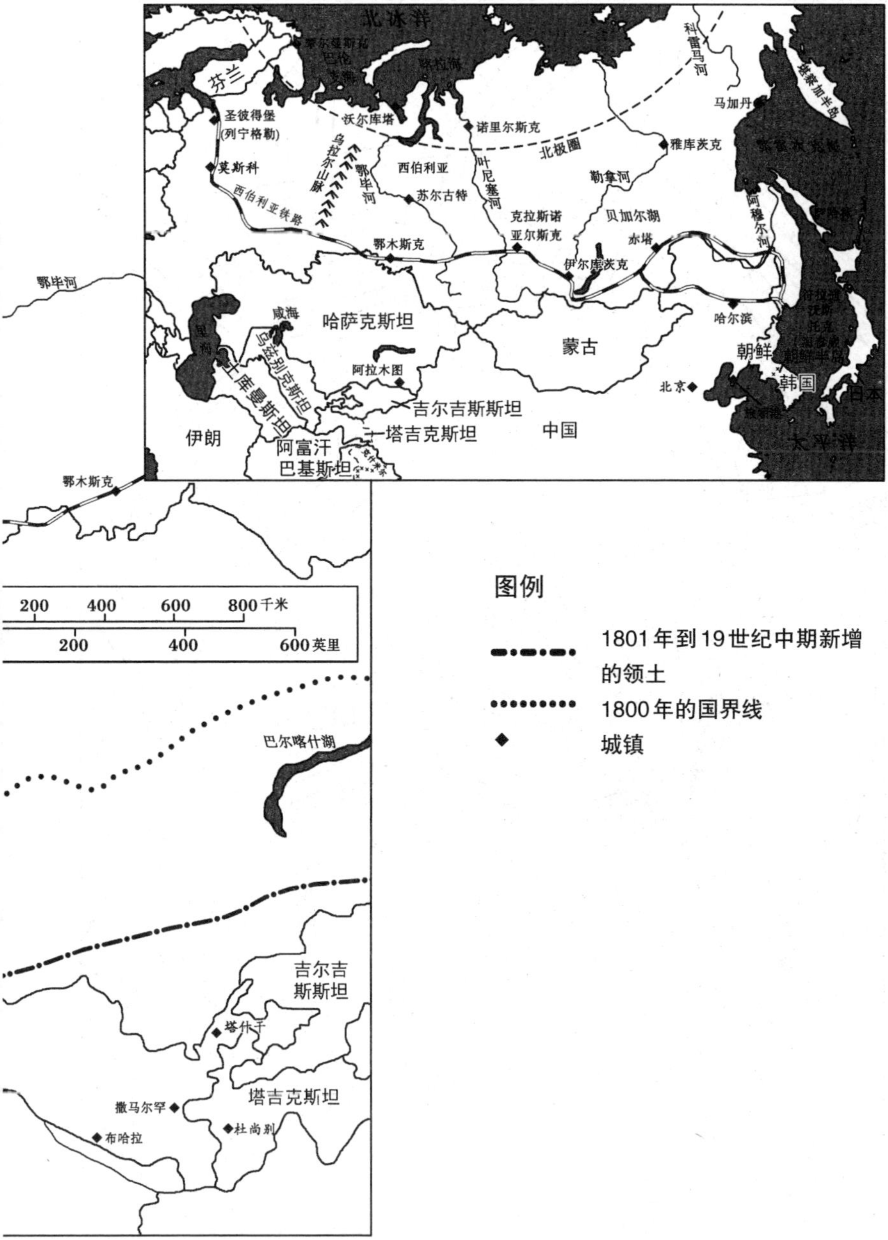
北冰洋
巴伦支海
喀拉海
芬兰
圣彼得堡
(列宁格勒)
莫斯科
沃尔库塔
乌拉尔山脉
鄂毕河
西伯利亚
苏尔古特
诺里尔斯克
叶尼塞河
北极圈
科雷马河
雅库茨克
勒拿河
马加丹
贝加尔湖
克拉斯诺
亚尔斯克
西伯利亚铁路
鄂木斯克
伊尔库茨克
赤塔
阿穆尔河
哈尔滨
咸海
里海
哈萨克斯坦
乌兹别克斯坦
土库曼斯坦
阿拉木图
吉尔吉斯斯坦
塔吉克斯坦
蒙古
中国
北京
朝鲜
韩国
日本
太平洋
伊朗
阿富汗
巴基斯坦
鄂毕河
鄂木斯克
200
400
600
800千米
200
400
600英里
巴尔喀什湖
吉尔吉
斯斯坦
塔什干
撒马尔罕
布哈拉
杜尚别
塔吉克斯坦
图例
1801年到19世纪中期新增的领土
1800年的国界线
城镇

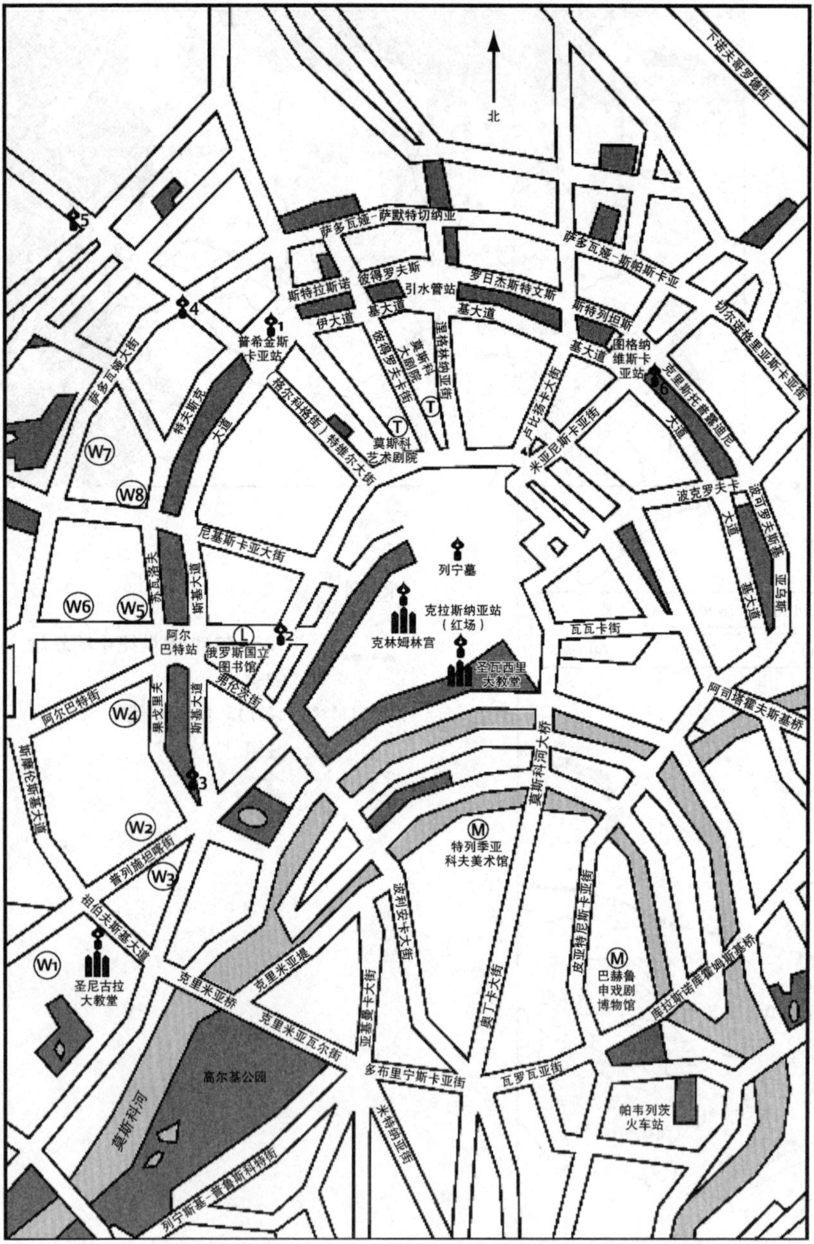

地图2　莫斯科市中心，图中标示着一些主要的纪念物和博物馆

图例

Ⓜ 博物馆

Ⓣ 剧院

Ⓛ 图书馆

教堂

Ⓦ 作家博物馆

W1 L. 托尔斯泰博物馆（“托尔斯泰故居”）
W2 普希金博物馆
W3 L. 托尔斯泰博物馆
W4 赫尔岑（纪念馆）
W5 果戈理
W6 茨维塔耶娃（故居博物馆）
W7 契诃夫（纪念馆）
W8 高尔基

纪念碑

1 普希金（1880）
2 陀思妥耶夫斯基（1981）
3 果戈理（1909/1952）
4 马雅可夫斯基（1958）
5 高尔基（1951）
6 布尔加科夫（1991）

第一章

遗　嘱

> 我们中间有谁能读懂普希金？我们知道的不过是翻译过来的普希金[……]因而我们对他的短篇小说远不如对纳撒尼尔·霍桑的那般喜爱；而我们显然错了，囿于语言的局限，我们对众目昭彰的事物也无法明辨，仿佛被蒙住双眼的人，连一头骡子和一匹德比赛马冠军都分不清楚。
>
> （丽贝卡·韦斯特，1941年）

1925年，英裔俄籍文学评论家D. S.米尔斯基在他的《俄国文学史》的开头就提到了普希金，那部著作也是由牛津大学出版社出版的，可算是“极简”通识读本的鼻祖。

> 外国人确实很难信服普希金在俄国作家中至高无上的伟大地位，如果此人不懂俄语，那么他或许根本不可能理解。然而即便他持不同意见，他仍有必要接受这一信念。否则，他关于俄罗斯文学和俄罗斯文明所形成的一切观念，

都是先天不足和脱离现实的。

七十年过去了，普希金仍被他的同胞们认定为俄罗斯作家中“至高无上的伟人”，这可能仍然让外国读者大惑不解。在他
1 的国家以外，提到俄罗斯文学，人们首先想到的是散文[①]，特别是那些蕴含深邃思想、探索道德困境的散文。自19世纪末以来，这类体裁的翘楚当属托尔斯泰和陀思妥耶夫斯基，两人堪称鸿篇巨制的小说就恰恰属于这一类，西方读者一直认为，这两位才是最伟大的俄罗斯作家。托尔斯泰在《战争与和平》（1865—1869）中提出，人类只有在认识到自身的无力之后，才能对事态的发展有所把控，但他还是为书中的大量人物注入了个性，这部小说一贯被列为人类文学史上最重要的十部著作之一。陀思妥耶夫斯基所表现的伦理关怀，尤其是在一个没有上帝的世界里，道德的存在是否可能的问题，预见了现代哲学——从尼采到萨特——最为关注的一些重要焦点。

普希金没有写过长篇小说，他在其他方面甚至显得不怎么像“俄国人”，甚至还没有屠格涅夫像“俄国人”。屠格涅夫的《父与子》（1862）中有一个主要人物名叫巴扎罗夫，他对社会效用的痴迷（他坚信解剖青蛙要比创作水彩画更优越）因太过夸张而显得尽如人意地古怪。那部小说中的乡村别墅场景既迷人又充满异国情调，那里有农奴情妇、用丝带牵着的狗，还有为莫须有的荣誉问题而展开的决斗。我们很容易看出《父与子》与契诃夫的戏剧之间的传承，但要看出《叶甫盖尼·奥涅金》——

① 原文为“prose”，广泛意义上指除诗歌之外的其他文类。——编注

图1　亚历山大·普希金的肖像

这幅亚历山大·普希金（1799—1837）的肖像是瓦西里·特罗皮宁于1827年以真人为模特创作的，虽说创作者是莫斯科的“中等阶层”（成功的商人、公务员和有声望的作家）偏爱的画家，这幅肖像乍一看去倒是平淡无奇。跟他同时代的奥列斯特·基普林斯基曾为普希金画过一幅成熟的浪漫主义肖像，画中的普希金举目向上、双手交叉在胸前，身后还有一尊缪斯的雕像，而特罗皮宁的画却截然相反，此画中诗人只有一个“作家的”道具，就是他右臂下面压着的一沓手稿。与此同时，特罗皮宁的肖像中对普希金本人的处理截然不同于其他物品。他那条破旧的围巾马虎地系在皱皱巴巴的衣领上，指甲又长又脏，暗示他平日不修边幅；他的目光望向一侧，带着某种心不在焉；双眼明显的散光（在大多数肖像画中几乎注意不到）则暗示着他内心的挣扎。这幅画作中的普希金正处于他一世盛名的巅峰时期。即便在那个对早熟安之若素的时代，普希金也是天才少年的代名词（他在沙皇村的皇村中学读书时就开始发表作品了，早期作品包括出色的戏仿史诗《鲁斯兰与柳德米拉》，创作于他十七八岁时），在1820年因为政治犯上而被流放之后更是声名远播。他在首都之外生活到1826年，却从未远离文学生活的中心：《高加索的俘虏》（1822）、《叶甫盖尼·奥涅金》的前几章，以及他在1820—1825年间创作的那些抒情诗，既是文学杰作，也赢得了大众的赞誉，一直被许多评论家和普通读者视为他文学成就的里程碑。从1820年代末到1830年代初，因为政治监视、婚姻不幸、与读

> 者的关系麻烦频出，普希金的处境愈发艰难。他后期的作品，例如历史叙事诗《波尔塔瓦》（1828），读者的反应就相对冷淡，而诗人生命的最后几年里，在人际圈和艺术领域都
> 日渐遭到孤立，最终以他1837年1月在决斗中死亡达到极 3
> 致。然而在1826—1830年间，他却创作了一系列杰作，包括许多他最伟大的抒情诗、早期的实验性散文创作、好几部优秀的叙事诗，以及《叶甫盖尼·奥涅金》的最后几章。

它有太多随意的节外生枝、文雅反讽的弦外之音，还有种情感受到压抑的古怪氛围——或许是托尔斯泰的《安娜·卡列尼娜》（1875—1877）或陀思妥耶夫斯基的《白痴》（1868）的先驱，则远没有那么容易。普希金在自己的诙谐风趣中融入了一种惆怅
的认识，即快乐在最容易获取时反而最飘忽不定，让这本书显得 4
更像是承继了简·奥斯汀的《劝导》。的确，它在英语世界也颇有一些引人注目的后继者——包括纳博科夫的《洛丽塔》和维克拉姆·塞斯关于旧金山的诗体小说《金门》——但这些巧妙而刻意的文本反而加深了西方读者的成见，即从俄罗斯的文化传统来看，普希金十分古怪，据说那可是一种直接的、天然无雕饰的文化。

不过每一位重要的俄罗斯作家都热衷于阅读欧洲文学；即便采取反对姿态，也从中获益匪浅。在某种程度上，《安娜·卡列尼娜》是对《包法利夫人》的反驳，但福楼拜这部小说开头几页的一个意象，即夏尔·包法利那顶难看的帽子（据作者本人评价说，它是琐碎生活的象征），与《哈吉穆拉特》的开头，托尔

斯泰的叙述者注意到的那朵微不足道但生命力顽强的牛蒡花之间，却有着直接的联系。18世纪，俄国人一度担心他们的文学模仿性太强，翻译文学所占的比重过大。到19世纪，这样的担心已不复存在，代之以对本土文学成就的自豪，但对法国、英国、德国、西班牙和意大利文学的接受度并没有降低。就连那些对西方语言知之不多的作家，也贪婪地吸取着外国的素材。陀思妥耶夫斯基的小说固然受到果戈理的影响，但狄更斯的影响丝毫不弱。作家本人在1862年访英时对真正的英格兰厌恨有加，但那不过再次证明了他对狄更斯的追捧。1917年后，无论是流亡作家的苦涩生活，还是留在苏联的作家所经历的文化孤立，都未曾浇灭这样的热爱。安娜·阿赫玛托娃对T. S. 艾略特和詹姆斯·乔伊斯的崇拜，约瑟夫·布罗茨基对约翰·邓恩的热爱，只是他们与西方文学关系亲密的两个广为人知的例子；出人意料的是，玛琳娜·茨维塔耶娃居然是美国畅销小说家赛珍珠的忠实拥趸。

在影响了英语世界读者对俄罗斯文学看法的评论家中，不是
5 每一位都清楚“俄罗斯”与“西方”传统在艺术上的亲近关系。许多人本人就是作家——其实一直以来，对俄罗斯文学最引人注目的英语诠释往往体现在文学作品而非文学评论中。特别是契诃夫的短篇小说，在多位英语作家的作品中都留下了痕迹，如凯瑟琳·曼斯菲尔德、伊丽莎白·鲍恩、肖恩·奥法莱恩、雷蒙德·卡佛、艾丽丝·门罗、理查德·福特和威廉·特雷弗。契诃夫的短篇小说几乎摆脱了情节推进，仅凭少数几个既典型又难以捉摸的瞬间便捕捉到人物的整个世界，堪称构思短小叙事的典范。英语世界一贯崇尚不露痕迹的精湛技巧（英语中的“craft”一词包含“技艺”和“隐秘”两重含义，不是没有缘故），契诃夫恰是一例。

不过如果说伟大的散文是指看起来不露斤斧的文学创作，那么普希金的某些叙事作品——《高加索的俘虏》（1822）、《杜布罗夫斯基》（1832—1833）或《上尉的女儿》（1836）——可能会令人失望。在这些作品中，情节意义重大，有一个果断的结局似乎十分要紧。此外，普希金更接近法国模式（夏多布里昂的《勒内》或康斯坦的《阿道夫》，以及帕尔尼和拉马丁的诗歌），这对他在英语文化中的名声可没什么好处，要知道英语文化素来将“法国”这个词等同于“陈腐、肤浅和虚张声势”。

平心而论，对普希金感觉陌生的不光是外国人，俄罗斯评论家也谈到过这一点。亲西方的评论家们认为，这表明普希金是真正的文明人，是可耻的落后社会中的一枝独秀；而在民族主义者看来，这是个重大的悲剧，象征着知识分子与“俄国人民”的疏离。哲学家古斯塔夫·施佩特是19世纪斯拉夫派运动（兴起于1830年代的运动，目的是痛陈西方化对俄罗斯文化的毒害）的后期追随者之一，他认为普希金是“一个意外”。普希金的作品“正是他个人的作品，是一个并非生发于俄罗斯民族精神的天才的作品”。但不管俄国人对普希金所表达（或未曾表达）的 6
“民族精神”作何感想，他们普遍认可他是一位语言大师。其原因值得我们驻足片刻，稍事思考。

普希金的所有作品，从他那些亲近热情的、有时快人快语单刀直入的信件，到他最字斟句酌、含蓄优美和注重形式的抒情诗，都特别展现了在俄罗斯文学文化中占有特殊地位的两个特征，即便它们绝非该文化所独有。一是对文体语域、对语词的内涵极其敏感。这种敏感性特别关注来自教会斯拉夫语，即俄罗斯东正教的礼拜语言，和源自俄罗斯本土的语词之间的对立。“*zlatyi*”和“*zolotoi*”都只能翻译成“golden”，即“金色的”，“*mladyi*”和“*molodoi*”也都只能译为“young”，即“年轻的”，但这些语词就其关联来说，就跟英语的“leathern”和“leather”（意均为“皮革的”）或者“burthen”（负荷）和“burden”（负担）一样有所不同。普希金的诗作尤为复杂精妙，就在于它们把这些和其他文体层次融合在一起。其对各类形式特征的运用同样精妙，包括格律、类韵和头韵等。这样极大的文体密度，因充分利用俄语语法提供的手段以实现的凝练而得到了平衡，由此便可以容纳大量的省略（即作者认为读者可以通过推断得出的语词都被省略了），这是英语通常做不到的。普希金的诗歌跟文学俄语的规范是顺从与叛逆并存。它既有一切优秀俄语作品共有的冒险奇趣，同时又紧紧把握住这样一个文学传统所固有的修辞拓展；在该文学传统中，写作者会积极寻求而非刻意避免创造性重复，即所谓的“语词编织”——跟爱尔兰英语、非洲英语或口语化的英国和美国英语不同，官方的英国或美国英语都倾向于避免这样的重复。如此有意识地**违反**语言规范，正是为什么俄罗斯评论家和理论家罗曼·雅各布森声称现代读者如果想要读
7 懂普希金，就“必须彻底抛弃普通的审美标准”的原因之一。

因此，我们可以用剧作家谢里丹谈到贺拉斯时所说的话来议论普希金：“要传达字面意义，还应借韵文形式。”但以格律诗的形式对普希金进行意译，弄不好译文听起来就很像某个因平庸而早已被世人遗忘的19世纪蹩脚诗人的作品：

The woods have doff'd their garb of purply gold;
The faded fields with silver frost are steaming;

Through the pale clouds the sun, reluctant gleaming,
Behind the circling hills his disk hath roll'd.

树林脱落了紫金色的衣衫，
枯干的田野流动着银白的霜，
阳光仿佛不情愿地透过白云出现，
随即溜到群山的后面隐藏。[1]

这是《一八二五年十月十九日》的开头几行，英文译者是1840年代皇村中学（就是普希金上过的那个中学）的英语教师托马斯·巴奇·肖，在当时，这几行译文获得了很高的评价。但如今听起来，却古板恶俗得令人难以忍受。这并不是肖的错。他是严格按照原诗的格律翻译的；虽说他生造出"pale clouds"（"白云"）和"steaming frost"（"流动的霜"）等意象，但他精准传递了俄语的语感，算是了不起的成就。问题在于英语世界的语言品味已经改变了，而在俄罗斯却没有。虽然普希金这首诗的风格有一种18世纪挽歌式的形式主义，但"hath roll'd"（"溜到"）或"doff'd"（"脱落"）这些词语的俄语原文如今仍是口语中的规范用法，并没有因长期不用而显得陈旧过时。对于富有感情和色彩浓郁的形容词"*bagryanyi*"（"绯红的"："*bagryanitsa*"一词用于形容绯红色的丝锦缎），"purply-gold"（"紫金色的"）是很有说服力的译文，但（为数不少的）英语诗歌读者早已全盘接受了T. S.艾略特对阳春白雪的诗歌用语的指

① 译文引自查良铮，《穆旦译文集》第七卷，人民文学出版社，2005年，第99页。配合作者在后文中对英译文的说明，这里对查译做了一些细微的改动。

摘苛评，这个词难免令他们厌恶。鉴于让俄语读者深受感动的短语可能会让讲英语的读者觉得尤其可笑或粗俗，以俄语为母语之人所喜爱的译文自然会让以英语为母语的人难以接受，反之亦然。那些听从约瑟夫·布罗茨基的建议，以叶芝晚期的风格翻译曼德尔施塔姆的英语译者，不大可能会得到其同时代读者的友善好评。即便普希金的作品由一位跟他同时代的天才译成了英文（如拉伯雷有幸遇到厄克特[1]那样），其译文也很可能令现
8 代读者大失所望。本章开头引用的丽贝卡·韦斯特的话，就代表了那些试图以英语阅读普希金但不得要领的读者的懊丧反应。

不过也不必对此大惊小怪。虔诚而感伤地哀叹普希金的不可译性，似乎已经成了一切普希金介绍文本的一项类型要求：跟所有关于诗歌无法翻译的老套说法一样，凿凿有据，却不免以偏概全。的确，普希金的作品最好还是读俄文原文，就像最好能用希腊文阅读埃斯库罗斯，或者用意大利语阅读但丁。但用英语阅读这些作家总好过根本不读。此外，俄文版的莎士比亚和英文版的陀思妥耶夫斯基的例子已经证明，伟大作家的作品，翻译版本越多越好。只有将一个作家的作品多方面地全盘呈现出来，才有可能突显他或她的多样性。至少在1990年代之前，每当有较大的翻译项目启动，普希金的英文版往往就是《叶甫盖尼·奥涅金》再加上几首著名的情诗——《致克恩》（1825）、《“我爱过你”》（1829）、《幽暗的夜色》（1829）。他给人的印象是俄罗斯的拜伦，但他的大部分诗作在精神气质上更像蒲柏，又或者更像雪莱、布莱克、华兹华斯甚至彭斯。翻译的版本越

① 托马斯·厄克特（1611—1660），苏格兰作家、翻译家，以翻译拉伯雷作品而闻名。

多，读者就越有可能在这首或那首诗中，抑或在同一首诗的这个或那个版本中，获得“新的发现”，这正是（如意大利作家伊塔洛·卡尔维诺所说）我们阅读经典最重要的原因之一。

这一“新的发现”不一定在英文译本顺畅易读时才会显现出来。特德·休斯翻译的普希金浪漫主义诗歌《先知》（1827）就使用了原文中没有的刺耳的辅音碰撞，并抛弃了原文的押韵。不过或许只有这种生硬粗暴的演绎，才能用1990年代的英语表达出普希金坚信诗人拥有救世天赋（英语读者无法立即接受这样一种观念）的神秘原力。纳博科夫的注释散文版《叶甫盖尼·奥涅金》是对普希金文本的补充，而不是一般意义上的独立 9
“翻译”，这又是一种演绎方式，它故意让译文与原文相去甚远，从而使后者的完整性不受损害。

下文中我自己翻译的普希金1836年的诗歌《“我为自己竖起了一座非手造的纪念碑”》采用的是上述第二种方法——过分追逐字面意义，而不自命为一首独立的诗作。以字数来看，它几乎比原文长一半，因为俄语词一般都要比英语长，所以这是不可避免的。这样一来，英语就显得比俄语啰唆得多。虽说有些头韵得以保留（完全出于偶然），但原诗的韵律却未能保留：原诗每一节的第四行都较短，以平衡前三行的长句。词汇也有问题。“*podlunnyi*”这个优美的词语变成了“sublunar”（“月光下的”），听起来像是从美国航空航天局公告上引用来的；“*nerukotvornyi*”（希腊语是“*acheiropoietos*”，意为“非人手造像”）这个术语适用于某种神奇的偶像，在这里则必须意译。然而我的译文促使读者注意这首诗中一些隐含的问题，因为它频繁入选各类诗集且人们总喜欢以俄文背诵原诗，大多数人已经无法细细品味它的精妙之处了。而尽管普通的英语无法呈现普希金用语言组织诗歌主题的方式——比如用"p"做了一个声音游戏，引出人死后灵魂不朽的宏大母题——这首诗的戏剧性仍呼之欲出。

'Я памятник себе воздвиг нерукотворный'

Exegi monumentum

Я памятник себе воздвиг нерукотворный,
К нему не зарастет народная тропа,
Вознесся выше он главою непокорной
Александрийского столпа.

Нет, весь я не умру — душа в заветной лире
Мой прах переживет и тленья убежит —
И славен буду я, доколь в подлунном мире
Жив будет хоть один пиит.

Слух обо мне пройдет по всей Руси великой,
И назовет меня всяк сущий в ней язык,
И гордый внук славян, и финн, и ныне дикой
Тунгус, и друг степей калмык.

И долго буду тем любезен я народу,
Что чувства добрые я лирой пробуждал,

Что в мой жестокий век восславил я Свободу
        И милость к падшим призывал.

Веленью Божию, о муза, будь послушна,
Обиды не страшась, не требуя венца,
Хвалу и клевету приемли равнодушно
        И не оспаривай глупца.

'I have raised myself a monument not made by human hands'

Exegi monumentum

I have raised myself a monument not made by human hands,
The path of the people to it will never grow over,
Its insubordinate head has risen higher
        Than the Alexandrian Pillar.

No, I shall not fully die — the soul in my fateful lyre
Shall survive my dust, and shall escape putrefaction —
And I shall be famous, wherever in the sublunar world
        Even a single poet lives.

Tidings of me will go out over all great Rus,
And every tribe and every tongue will name me: 11
The proud descendant of the Slavs, the Finn, the Tungus

Who is now savage, and the steppe-loving Kalmyk.

And for long I shall remain loved by the people
For awakening noble feelings with my lyre,
Because in my cruel age I have celebrated freedom,
And called for pity to the fallen.

O Muse, be obedient to the command of God,
Do not be fearful of abuse, do not demand a crown,
Accept both praise and slander with indifference,
And don't dispute with fools.

“我为自己竖起了一座非手造的纪念碑”

纪念碑

我为自己竖起了一座非手造的纪念碑，
它和人民款通的路径将不会荒芜，
啊，它高高举起了自己的不屈的头，
高过那纪念亚历山大的石柱。

不，我不会完全死去——我的心灵将越出
我的骨灰，在庄严的琴上逃过腐烂；
我的名字会远扬，只要在这月光下的世界
哪怕仅仅有一个诗人流传。

我的名字将传遍伟大的俄罗斯，
她的各族的语言都将把我呼唤：
骄傲的斯拉夫、芬兰，至今野蛮的通古斯，
　　还有卡尔梅克，草原的友伴。

我将被人民喜爱，他们会长久记着，
我的诗歌所激起的善良的感情，
记着我在这冷酷的时代歌颂自由，
　　并且为倒下的人呼吁宽容。

哦，诗神，继续听从上帝的意旨吧，
不必怕凌辱，也不要希求桂冠的报偿，
无论赞美或诽谤，都可以同样漠视，
　　和愚蠢的人们又何必较量。[①]

即便用英语来读，《"纪念碑"》（或许并不贴切，但这是通常附在这首诗上的标题）也不仅让人觉得获得了"新的发现"，而且还赋予我们一种在"经典"文本中同样重要的东西，即卡尔维诺所谓"好像是在重温我们以前读过的东西"的感觉。部分原因在于普希金的诗作本身就是对贺拉斯的一首颂歌的意译或模仿，"Exegi monumentum"这个拉丁引语就是明证。《"纪念碑"》还借用了18世纪的大诗人加夫里拉·杰尔查文早年间模仿贺拉斯的作品。杰尔查文的诗既是贺拉斯的直译版本，也是雕塑母

① 译诗引自查良铮，《穆旦译文集》第七卷，人民文学出版社，2005年，第438页。配合作者对英译文的说明，对查译有一些细微的改动。

题的直接版本：杰尔查文笔下的纪念碑没有任何虚幻或神秘的意义，而是“比任何金属都要坚固，比金字塔还要高大”。然而普希金的诗却不无揶揄地虚幻起来：从某些视角来看，一座“非手造的纪念碑”根本就不是一座纪念碑。

在某种程度上，这里的“人力不可能打造艺术品”看起来更像是20世纪而不是19世纪初的艺术品观念：它似乎更符合现代主义而非浪漫主义的特征。然而普希金这首诗作中的很多其他主题和
12 母题——例如在“冷酷的时代”高贵地不朽的观念——则让人想起启蒙运动的文明理想，普希金坚信那些理想在抽象层面是切实存在的，哪怕他自己一生很少有机会践行那些理想。艺术不朽的主题在这首诗和莎士比亚的第55首十四行诗中都有体现，后者也是在一个自命不凡的君主政体下写成的（“白石，或者帝王们镀金的纪念碑/都不能比这强有力的诗句更长寿……”），然而《“纪念碑”》中的某些语句还利用了奥维德的《变形记》的尾声，暗示普希金一生挚爱奥维德，后者也是一位遭到善变的统治者流放的诗人。

以卡尔维诺的观点，《“纪念碑”》之所以是经典的典范，不仅因为它有股子挑逗式的亲近，还因为它“带着以前的解释的特殊气氛走向我们”。这首诗经常被理解为普希金的诗歌遗嘱。它是1836年遗留下来的少数几首完整的诗歌之一，那是普希金生命的最后一年，那时生活于他已近乎不堪忍受，财务上入不敷出，为发行新的文学期刊《现代人》而四处求告，再加上妻子娜塔丽娅不忠的传言不绝于耳，让他焦躁不安——正是这些传言直接导致普希金在1837年1月的决斗中死亡，年仅37岁。从诗中的“骨灰”和“腐烂”等词，可以联想到普希金自1820年代末的作品中就反复出现的对墓地场景的深情思慕。从这个角度来

看，俄罗斯人的坟墓之上根据传统都放置着所谓“非手造的”耶稣圣像这一事实，自然至关重要。

然而把《“纪念碑”》看成一种“诗化的自杀遗言”回避了普希金在何种程度上预见到自己即将死亡或者决意赴死这一实质性问题，且无视普希金长期以来一直痴迷于纪念碑主题，以及更抽象的、美国普希金研究学者戴维·贝特阿所谓的普氏“创造性立传的潜质”，即有意识地创造自传式神话。这些神话一直扑朔迷离，面目繁多，而《“纪念碑”》绝非一首直白的诗作。普希金是想暗示只有另一位诗人才能够真正理解他的作品吗？这里提到的“亚历山大的石柱”（通常被认为意指亚历山大柱，是 13
为纪念亚历山大一世带领俄国军队战胜了拿破仑而建造的）仅仅是为了把这个存在于纸面上的令人惊叹的工艺品与静止不动、为了让子孙后代称颂统治者而用凿子、滑车和泥刀建造的纪念碑对立起来吗？［因为这里没有使用通常的“亚历山大柱”（“Alexander Column”）这一名称，普希金使用“亚历山大的石柱”（“Alexandrian Pillar”）这个名词可能也是指埃及亚历山大港的灯塔——并暗示自己的诗歌会成为世界第八大奇迹。］既然普希金那么骄傲地对整个民族发表宣言，何以这首诗这般渊博晦涩，其引喻和典故之多，令学术评注始终无法下笔？

这些问题可以有许多种不同的回答。考察《“纪念碑”》这首诗在俄罗斯历史的不同时代如何被诠释——解读为对斯大林主义文学文化的先知式的召唤、一个殉道作家痛苦而愤怒的抗议、诗人与诗人间传递的加密讯息，甚或解读为戏仿——不光有助于了解这首诗本身的意义，至少同样有助于了解俄罗斯文化价值观的演变。然而《“纪念碑”》的重要性不仅仅在于个体文学评论家甚或作家对它的理解。在短短的五小节二十行诗中，它提出了七个主题，它们在19世纪和20世纪的俄罗斯文化中引起了广泛共鸣。这些主题是：为名人建造的纪念物成为国家力量和文化权威的表现方式；一个纪念已故著名作家的“纪念碑”；其他作家成为一个作家的理想读者；一个作家担当起国师的角色；作家成为上流社会的一员；文学在殖民或教化野蛮民族中所起的作用；写作与宗教经验之间的关系。这些“要点”指向俄罗斯文学文化的不同主题，同时也指向在普希金继承者们的写作中始终举足轻重的观念和问题，我也将以它们为路标，引领本书的发现之旅。

14 遵循这一旅行路线并不意味着轻易相信俄罗斯人每次在某个庆典上聚集时都会表达的信念，即“普希金就是我们的一切”。普希金那备受推崇的精练和晓畅只能代表文学文化的一个面向。他的很多继承者受到的启发并非源于他字斟句酌的精准，而是得自中世纪布道或18世纪颂诗的传统，它们各有不同，在某些方面甚至是对立的；有些则彻底抛弃了书面文化，而更倾向于民间传说和通俗文化。然而对普希金如何写作的清醒考察（哪怕继之以批判和否定）往往甚或通常是后世作者文学创作的起点。“普希金神话”的存在本身，即心心念念地用金石以及文字、音乐、戏剧或电影来纪念这位作家，已经让人很难回避对他的正面讨论。普希金是距离我们相对较近的历史存在，不同于莎士比亚，他的生平有据可查，或许我们不清楚动机，但起码他经历的事件都有记录。因此，我们很难把缅怀个人史的过程与纪念俄罗斯民族诗人截然分开，要知道对19世纪末以来每一位受过教育的俄国人而言，普希金都占据了他们大部分的童年时代。如此说来，我们最

15 好还是从他们最初认识普希金的地方开启讨论：纪念碑。

第二章

“我为自己竖起了一座纪念碑”

作家纪念物和作家崇拜

我当如何说起普希金？一个站在巨人肩膀上的侏儒。

（安德烈·别雷[1]，1925年）

在最初通过纪念碑接触到普希金的俄国人中，有一位就是诗人玛琳娜·茨维塔耶娃。1890年代她还是个孩童时，常常被保姆带到“普希金那儿”去散步，也就是那座普希金雕塑，坐落在环绕着莫斯科老城中心的那些林荫道内环。“一个比谁都要高大黝黑的黑人”，他标记着那些孩童漫步的“终点和边界”。

普希金的那座雕塑低着头，一只手放在胸前，姿态和面部紧张专注的表情暗示他正灵感奔涌。那是个典型的浪漫主义形象，是诗人自己在他的短篇小说《埃及之夜》（1833）中唤起的“即兴诗人”和“梦想家”的形象。在那部短篇中，一个头发蓬

① 安德烈·别雷（1880—1934），俄罗斯小说家、诗人、理论家、文学评论家。纳博科夫认为他的小说《彼得堡》是20世纪四部最伟大的小说之一。

图2　位于莫斯科普希金广场上的普希金雕像（A. M. 奥佩库申，1880年）。这座雕像深受俄罗斯百姓喜爱，周围总有鲜花装饰：列夫·托尔斯泰觉得这座雕塑上的普希金像个男仆在向主人宣布“上菜了”，此话一出，照例让俄国人愤怒不已

乱、声名狼藉的外国人来到圣彼得堡，受邀参加一种上等人客厅里的文学游戏。女士们和先生们在小纸条上写下题目，扔进一个花瓶里，外国人把花瓶作为一种摸彩袋，从中取出纸条，看自己须根据怎样的题目作诗。最终，他即兴作诗的题目是克莱奥帕特拉和她的情夫们： 16

> 然而，即兴诗人业已感到神明附体……他示意乐师们奏乐……他的脸色十分苍白，浑身战栗，像打摆子一样，一双眼睛燃烧着奇异的火光。他抬手将垂下额头的黑发拢上去，掏出手绢擦一擦冒出汗珠的高高的额头……然后向前跨了一步，双手在胸前抱成十字……音乐停止，即兴诗人的朗诵开场。

这里，我们看到一位艺术家正处在浪漫主义灵感乍现的瞬间。不过最好不要轻率地把这一段当成普希金隐而不宣的自传。无疑，《埃及之夜》中没有哪一处文字明确鼓励我们认定，这则天降灵感构思创作的强力神话是普希金的生平真事。而诗人的草稿表明，他的作品绝非一蹴而就，而总是在最终完稿之前经过一再的大幅修改。普希金追求的精妙声音效果需要费些力气才能达到，而既要话语直白平实，又要避免过于露骨，这样一项复杂的任务就意味着在一次次的修改中，对诗歌主题或论调的表达变得越来越隐晦。然而那个关于诗人–梦想家的传说深入人心：普希金原本是个勤奋的写作者，但这一事实似乎就是没有“普希金是个快活的天才、他的每一份诗思都是天赐灵感”那么撩人遐想。后来的俄国作家，包括阿赫玛托娃和纳博科夫，往往用铅笔和橡皮而非钢笔来写作，为的是他们的第一、第二乃至第四十四稿不至成为让后世幻灭的佐证以及多事的学术研究的资本。用诗人叶莲娜·施瓦茨（生于1948年）[1]的话说，“没有什么改动。我的诗都是一气呵成。我无须努力，通常都是在浴缸里完成一切创作的”。

如果说这座雕像所选择的形象说明了浪漫主义对俄罗斯文学文化的持久影响，该雕像的建造却是普希金崇拜制度化的一
18 个里程碑，在很多方面堪比英国的莎士比亚崇拜。普希金崇拜最早出现在1879—1880年诗人70周年诞辰[2]的纪念活动上，在1899年诗人百年诞辰庆典上愈演愈烈，到1911年普希金就读的皇村中学建校100周年时再次达到高潮，结果不仅筑造了多座雕像和多块纪念匾，还产生了不少诗歌、颂词和画作。在最后这一类中，著名的有当时首屈一指的历史画家伊利亚·列宾的巨制。那幅画作纪念的是1815年的一次著名事件——普希金朗诵自己的诗歌《皇村回忆》，据说促使年迈的新古典主义诗人加夫里拉·杰尔查文夸赞他为自己的接班人。列宾几乎把那天的场景处理成了一个俗世的圣像画。普希金的姿态，他年纪轻轻便才华洋溢与老迈的杰尔查文的连连惊叹形成鲜明对比，这些都取材自教堂里的耶稣画像，表现的是年轻的耶稣在神学辩论中的口才令贤明的圣人们瞠目结舌。然而听众——除了起身探向普希金的杰尔查文之外——的面孔却是一幅幅贪婪、自私和愚蠢的漫画，取材自弗拉芒人和荷兰人描绘的对耶稣的嘲笑。它们暗示着另一个强大的神话，即政治和社会当权者充满敌意的不

① 叶莲娜·施瓦茨已于2010年去世。——编注

② 普希金生于1799年，此处应为80周年诞辰，原文似有误。

图3 《普希金在1815年1月8日的皇村中学毕业典礼上朗诵自己的诗歌〈皇村回忆〉》,伊利亚·列宾

解能够摧毁艺术天才的神话。

除了在雕塑家、作家和画家的作品中占据一席之地，到1880年代，普希金崇拜还产生了商业价值，类似于如今埃文河畔斯特拉福德[1]或霍沃思[2]的日常景象。当然，当时还没有商家出售“高加索的俘虏”桌垫、“叶甫盖尼”和“达吉雅娜”马克杯或“巴赫奇萨赖汗宫的泪泉”饼干，但已经有了普希金钢笔、普希金巧克力包装纸和普希金雪茄盒，乃至普希金伏特加酒瓶。很多希望俄罗斯文学远离商业市场的专业作家和评论家看到商家营销普希金，无不感到震惊和厌恶。这似乎成了一个身处商业价值观威胁之下的文化的诸多症状之一。西吉斯蒙德·利布罗维奇在1889年的纪念活动之后出版了一套普希金
19 肖像画册，在他看来，“对诗人备受爱戴的容貌的亵渎”恰恰说明了“广告，用魏勒的话说，可谓‘无远弗届，无知无畏，六亲不认，无孔不入’”。

俄国作家对重商主义的厌恶是19世纪末20世纪初的常态；它的影响还将继续，纳博科夫对爵士乐和杂志广告的抨击就是一例，他甚至还极富创意地在《洛丽塔》中写到亨伯特·亨伯特对美国流行文化的令人作呕的迷恋。悖论是，有时最前卫和政治思想最激进的作家，对商业压力反而最不敏感。马雅可夫斯基在1920年代中期环游俄罗斯做巡回诗朗诵时，就一心要斥责书店老板们在销售他的书时态度懒散、力度不够。1932年以后，苏联的文化集权把“商业文化便意味着低水准”作为官方信条。文化产品（书籍、绘画、音乐会、芭蕾表演）物美价廉成了让人自

① 莎士比亚的故乡。

② 一座距离伦敦三百多公里的小镇，因家喻户晓的勃朗特三姐妹而闻名于世。

豪的事情。

当然，与工业生产资料不同，文化生产资料从未完全国有化。出版社的确被收归国有，但打字机、纸张、钢笔和笔记本还是要花钱去买；杂志还是会接受非作家协会会员的供稿；版税仍在支付，版权也以有限的形式继续存在。不过文化对市场力量的依赖度大大降低了。作家们的版税取决于声望（这里是指是否与党政当局趣味相投）而不是书籍销售数字；那些加入了作家协会的著名人物自有带薪挂职，跟他们写得好不好甚至写了多少关系不大。对重要作家的纪念总会采用“文雅的”（引用苏联的说法）方式，也就是故意采用一种有助于群众自
我提升文化素养的方式。典型的物品是为毕业生设计的一套 21
明信片，上面把诗人普希金和一个地球仪、一排苏联少先队队
徽和共青团团徽，以及列宁全集并排列在一起。普希金胸像、
微缩版普希金纪念碑或“普希金的故事”牌子的巧克力倒是可
以买到，但印有普希金的T恤衫或《叶甫盖尼·奥涅金》连环
画则明文规定不在出售之列。另一方面，出版社也印制普希金
作品的普及版供私人阅读和课堂教学之用，普希金的雕像则在
苏联各地竖立起来——凡是普希金到过的地方，哪怕他只在那
里逗留了一个下午，至少会立起一座胸像。普希金博物馆雨后
春笋般建立起来：米哈伊尔·左琴科曾在短篇小说《普希金》
（1927）中温和地讽刺过这一做法，小说叙述者走遍列宁格勒， 22
每搬进一处公寓，不久都会遭到驱赶，因为那里又要建一个“故
居博物馆”。

对其他作家的纪念也受到了苏维埃国家的鼓励，只不过都未曾像纪念普希金那样开展得如火如荼。契诃夫的莫斯科故居

图4　一种普希金形状的伏特加酒瓶，1899年为纪念诗人百年诞辰出品。客气点说，还是有些相像的，不过把普希金的音容笑貌用作消费品品牌，激怒了诗人那些热切的崇拜者们，虽说（就这里显示的这件物品而言）诗人自己或许会满怀豪情地前去消费

博物馆于1954年开馆；列宁格勒于1946年建起了一座涅克拉索夫博物馆，1971年又建起了一座陀思妥耶夫斯基博物馆（后者建成时间很晚，表明从1920年代末到1950年代中期，这位作家一直受到苏联当局的反感）。纪念活动也分等级：所有著名作家的故居外都会挂上纪念匾，为顶级和次一级作家建立名人故居，但只为顶级作家竖立雕像。比方说，在莫斯科就有陀思妥耶夫斯基（1918）、果戈理（1952年建成，作为早期一座雕像的替代

品）、亚历山大·奥斯特洛夫斯基[①]（1929）、高尔基（1951）和托尔斯泰（1956）等人的雕像。获得类似荣誉的苏联作家包括马雅可夫斯基（1958）、A. N.托尔斯泰（“苏维埃公爵”[②]，其雕像竖立于1957年）以及亚历山大·法捷耶夫（曾长期担任苏联作家协会总书记，在赫鲁晓夫公开抨击斯大林之后，于1956年自杀；他的纪念碑建成于1972年）。为其建立“故居博物馆”的作家，除了上述之外，还包括苏联小说家尼古拉·奥斯特洛夫斯基，即长篇工厂小说《钢铁是怎样炼成的》（1935）的作者。纪念匾太多，就不一一列举了。

另一个表示敬意的做法更加骇人，就是把著名作家的遗体从原来的安息之处挖掘出来——这一做法突显了死亡崇拜在苏维埃国家的重要性。他们纷纷被从家族的墓地中掘出，重新安葬在为名人设立的先贤公墓，尤其是列宁格勒的“文学步道”。（有趣的是，普希金倒免遭此劫，大概是因为他在自己最后的一些诗歌里表达出对城市公墓的强烈厌恶。他仍然安息在俄罗斯西北部的米哈伊洛夫斯科家族庄园附近的斯维亚托戈尔斯基墓园里，而他的妻子娜塔丽娅则获准留在她的第二任丈夫身旁，即列宁格勒-圣彼得堡的亚历山大·列夫斯基陵园旁边的墓地。）

如此对待作家遗体显然与“迁葬”有关，后者是指东正教在崇拜某一位圣人时必不可少的一个步骤，就是把圣人的遗骨转移到别处。对作家的尊崇变成了一种世俗宗教形式，唯物主义

① 亚历山大·奥斯特洛夫斯基（1823—1886），俄国剧作家，俄国现代剧院的创建者。以《聪明反被聪明误》《大雷雨》和《没有陪嫁的新娘》而闻名。

② A. N.托尔斯泰的家族有世袭的公爵头衔。

是马克思–列宁主义的核心信条，它表现为一个缺乏想象力的决定，即纪念物应该切实供奉离世者的遗骨。1937年周年纪念的具体安排也印证了宗教与文学的联系，《消息报》在纪念活动之前的说明文字就写道：“在耶稣升天修道院原址的钟楼顶上将会张贴一幅普希金朗读自己诗歌的巨幅肖像。修道院的正面将悬挂一张巨大的画板，上面画的是一次苏联青年游行，游行者高举着普希金的书籍和领袖们的肖像。”耶稣升天修道院之所以被选作焦点，不仅因为它的位置距离普希金雕像很近，也因为这一虔信之地很适合纪念俄罗斯最重要的诗歌殉道者。

文学如此喧嚣地成为另一种宗教（后来在斯大林时代，对统治者自身的“个人崇拜”也是如此），或许是后革命时期作家崇拜的唯一一个“苏联”独有的特征。其他很多方面只是延续了过去的做法。文学博物馆和雕像早在革命以前就开始多起来了：一个例子就是托尔斯泰的莫斯科故居在这位作家死后一年，即1911年，就对公众开放了。而在后苏联时代，“故居博物馆”也成为自我教育的游人经常光顾的地方。诚然，1991年以后，无数由私人发起的博物馆在各地建立起来（例如，在圣彼得堡的舍
24 列梅捷夫宫有一处安娜·阿赫玛托娃曾居住过的公寓，又如玛琳娜·茨维塔耶娃位于莫斯科阿尔巴特区的故居）。1999年为纪念普希金200周年诞辰，重现了百年未见的商业衍生品（如普希金花瓶和普希金火柴盒再度面市），也出现了前所未有的产品（例如画着普希金在冥界脚踢丹特斯，继而亲吻娜塔丽娅的网络“明信片”）。但那年也竖起了许多完全遵循传统的纪念碑——例如在莫斯科的阿尔巴特区竖起了一座难看的普希金和妻子的镀金雕像，雕像中的诗人身材比娜塔丽娅略高一些，而实际上他

要比妻子矮一头。（图6）

作家崇拜居然能抵御历史的兴衰变迁而热度不减，着实令人吃惊。为作家建造的纪念碑和纪念物不仅历经苏维埃政权第一个十年间席卷全国的偶像破坏而未遭摧毁，而且在后来历次捣毁雕像的疯狂运动之后仍安然伫立。整个斯大林时代，丑化陀思妥耶夫斯基的雕像一直竖立在他的出生地外；作为文学斯大林主义的工具和受益者，托尔斯泰则逃过了1961年后苏联各城市为消除他的领袖斯大林的形象而进行的纪念碑清洗；在苏联秘密警察的创始人费利克斯·捷尔任斯基的纪念碑于1991年8月被抗议苏共强硬派政变的莫斯科人推倒之后，曾经亲手签署了无数逮捕令的法捷耶夫的雕像却完好无损地继续站在底座上。唯一没有完全遵守文物保护一般规则的是尼古拉·奥斯特洛夫斯基的故居博物馆，其中一部分在1990年代末变成了一个蜡像展览馆。但毫无疑问，这一个例根本无法证明对文学人物的崇拜整体衰落了。

与俄罗斯的纪念活动相比，20世纪英国文学爱好者的纪念活动（悬挂在伦敦各个故居上的慎重的蓝色纪念匾之类的东西）相形见绌。两国纪念物在流行文化中的作用也不尽相同。说得婉转些，很少有夫妇会决定在新婚蜜月旅行时去斯特拉福德（类似一对俄国夫妇去游览米哈伊洛夫斯科的普希金家族庄园）；就 25
连最著名的作家博物馆（例如霍沃思的勃朗特故居），跟对应的俄罗斯博物馆相比，其所吸引的游客人群也没有后者那么庞杂多元。此外，自19世纪末期以来，纪念物崇拜的存在已经变成了形式主义学者尤里·特尼亚诺夫所谓的“文学事实”，也就是现实生活中出现的、对文学创作举足轻重的一个要点。

图5　出现在莫斯科的一幅涂鸦，画的是《大师和玛格丽特》中的沃兰德在“玛格丽特屋”。此例表明文学人物已经成为通俗文化的一部分

看到对其前辈的纪念，并想到有一天他们自己也有可能会被纪念，作家们的态度有很大差别。在20世纪初的一些诗人——比如因诺肯季·安年斯基和安娜·阿赫玛托娃——看来，竖起一座雕像不失为强调过去与现在一脉相承的方式。两位诗人都曾想象过普希金的铜像复活，走在他曾用诗句赞美过的皇村街道上的情景。后来，阿赫玛托娃还在自己纪念大恐怖时期的诗歌《安魂曲》末尾提到，自己的纪念碑将来或许可以安
26 置在列宁格勒市中心的克列斯特监狱之外。塑像将长年伫立在那里，劝诫城市的民众警惕《安魂曲》本身所记录的悲剧：

让那僵冷的青铜塑像的眼睑，
像融雪簌簌地流下热泪。

让监狱的鸽子在远方咕咕叫鸣，
让轮船在涅瓦河上平稳航行。

阿赫玛托娃还在她的一些作品中提及用著名作家的名字为街道命名的风俗，以此来提出一个问题：自己的生命会在未来留下什么痕迹。诗人奥西普·曼德尔施塔姆也是一样，在1935年那段被流放的凄凉岁月里，当肉体的存活变得越来越渺茫：

这是一条什么街？
曼德尔施塔姆街。
那是个什么鬼名字？
任凭你翻来倒去
它听来都弯弯曲曲，绝非大道通衢。

这条街弯弯曲曲，绝非笔直，
而他的人生也是漆黑，而非洁白，
这就是为什么这条街
或者干脆说，这个坑洞——
有个这样的名字：
在奥西普·曼德尔施塔姆死后
以他的名字命名。

这条虚构的曼德尔施塔姆街的命名方式与通常的此类命名过程恰好相反，颇有荒诞感。这里选择了一条小街而不是大街，如此命名非但没有传递不朽和超越感，反而让人想起死亡和压

迫。“坑洞”（俄语原文是*yama*）一词是指公共墓地，如那些劳改
27 营的犯人们死后被埋葬的地方，在口语中也指代“监狱”本身。这条街是地狱中的一条小巷，而不是社会主义天堂的通衢大道。唯一一个效仿官方程序的细节，是街上的道路象征着被纪念之人的人生历程，然而由于二者都是“弯弯曲曲”的，结果自然是在两方面都不够体面。

然而如果说曼德尔施塔姆的诗歪曲了街道命名的创意，以此来暗示这位作家在自己的文化中处于边缘地位的话，它仍旧接受纪念碑与艺术家生平之间存在联系。只有在苏联历史上不那么森严恐怖的时段，作家们才得以与死后有来生这个概念拉开距离。在斯大林死后的那段所谓的“解冻期”，鲍里斯·帕斯捷尔纳克写了他最后一部诗集《到天晴时》（1956—1959），在其中一首诗中，他批判了把自己变成一份活遗产的想法：

成名毫无美感。
那不是什么升华。
人不该建起一座档案馆，
为自己的手稿瞎忙。

创作的尽头是自动屈服，
不是喧哗，也无关功名。
哪怕人人嘴边都挂着那个名字，
没有价值也只是脸面丢尽。

到苏联后期，像帕斯捷尔纳克这样一位知名作家所能想象

到的最大的回报，是可以默默无闻但体面地度过余生。但帕斯捷尔纳克的一位传记作家所说的他“精心设计的自我抹杀”，他和T. S.艾略特、罗伯特·弗罗斯特或伊丽莎白·毕肖普等西方现代主义诗人所共有的晦涩难懂，在他所在的那个文化中是较为罕见的，毕竟在那里，不管他们愿不愿意，作家们随时都有可能被抹杀。一个常见得多的策略是浮夸地拒绝官方的纪念 28
活动，或代之以对高调自负的另一个自我加以崇拜。弗拉基米尔·马雅可夫斯基在诗人谢尔盖·叶赛宁1925年自杀后为他写的出色的悼亡诗是20世纪最伟大的俄语诗篇之一，其中有一个非同寻常的段落，既批判了官方建立纪念碑，同时又在读者的眼前竖起了另一座纪念碑：

他们甚至没有
　　　　　　为你建一座纪念碑，
没有青铜之声响起，
　　　　　　没有把石头凿成大块儿，
然而记忆的栏杆
　　　　　　已挂满花环
装饰着颂词和回忆录——
　　　　　　　　一切无用的东西。

1995年（逢作家百年诞辰），由于历史策略的一次惊人失误，在距离莫斯科市中心的普希金雕像不远处，又为叶赛宁建起了一座特别荒唐难看的青铜雕像。就这样，在作家们的反对声中，为作家们“竖起纪念碑”的做法仍在继续。

或许“惊人”一词用得不对，鉴于莫斯科那座普希金雕像的建造者们居然厚着脸皮在他所有的诗歌中选择了《“纪念碑”》一诗镌刻在雕像底座上，要知道那首诗的主题恰恰是将诗歌的活的丰碑与死沉的金石截然对立。如此说来，作品最接近普希金诗歌精神的当属反偶像的马雅可夫斯基，他认识到一旦为作家立起雕像，便不太可能充分欣赏其作品中的蓬勃活力了。在一个纪念碑的存在显得格外令人敬畏的文化中，必须把普希金从石头的重压中解放出来，让他变成一个使人可以充分发挥想象的自由空间。因此，在米哈伊尔·布尔加科夫的戏剧《普希
29 金》（1934—1935）中，在表现最终导向普希金与丹特斯的致命决斗的一系列事件时，普希金本人始终待在后台，成为那些在他的书房门外和圣彼得堡的沙龙里谈论他的人，以及在剧院中以更高视角观看戏剧的第二观众头脑中的一个创造物。

然而，正如布尔加科夫的戏剧也意识到的那样，一个伟大作家的缺席同样可以是一股强大的文化力量，不亚于他的在场。那份臭名昭著的立体-未来主义宣言《给社会趣味一记耳光》（1912）中表达的那个先锋派的愿望，“将普希金、托尔斯泰和陀思妥耶夫斯基从现代性的汽船中抛出去”，固然攻击了伟大作家的地位，却也因为把他们视为各自时代的核心象征，反而巩固了他们的地位。大多数对普希金等以往著名作家的抨击都含混暧昧，而偶尔换另一副腔调攻击则更是如此，1860年代的激进批评家德米特里·皮萨列夫就是一例。针对普希金的《诗人与群氓》中的那句诗，“你们要把阿波罗的石像/也放在秤上去论斤两”[①]，

① 译文引自查良铮，《穆旦译文集》第七卷，人民文学出版社，2005年，第219页。

图6　坐落在莫斯科阿尔巴特区的普希金和娜塔丽娅的双人雕像，于1999年诗人200周年诞辰时揭幕

皮萨列夫的机智回应首先便对艺术作品的效用提出质疑。他劝诫一个他想象中的普希金的无名拥趸说："至于你，得到升华的笨蛋，天堂之子，你用什么来加热食物，烹锅还是阿波罗的石像？"在这里，石像和普希金本人一样，成了一个隐喻，表明一切艺术活动从功利视角来看都是无用之物，但那些无论如何都忠于艺术的人，有很多都在崇拜与作家、纪念碑与文学功能之间建立联系，上述隐喻反而进一步强化了他们的这种认同。

本章讨论了纯粹字面意义上的作家纪念碑——雕像、博物馆、墙上的纪念匾，以及政府、观众和其他作家如何赋予这些纪念碑意义。下一章，我们将探讨另一种意义上的作家纪念碑：他们实际写出的作品，以及作家本人和文学体制内的成员、出版商、评论家和审查者，如何将这些作品呈现给后代。说到审查者，他们在俄罗斯文学发展史上的作用不为人知，却至关重要。

30

第三章

"我的名字将传遍伟大的俄罗斯"

普希金与俄罗斯文学正典

他用自己的灵魂拥抱整个世界,无论东方还是西方。

（薇拉·潘诺娃,《作家笔记》,1972年）

让作品成为自己的"纪念碑",不仅是普希金在难以忍受的孤独中聊以慰藉的梦想,也是他念兹在兹的一项事业。他是最早把自己分散出版的作品集结成一部《全集》的俄罗斯作家之一,他精心规划《全集》的内容和排版,还修订了早期的一些诗作,将它们收录进去。在俄罗斯,如此煞费苦心地传播自己的诗作无疑是前所未有的。直到17世纪末,文本制作都是由东正教会垄断的,作家们发挥的作用跟圣像画家差不多。很多文本（如祈祷文）都是匿名发行的,作者对于抄写过程和他们提供的素材在编纂中如何使用没有发言权。作家的圣洁和对神学的精通决定了他们作品的价值,只不过为此目的,修辞力量也起到一定的作用。印刷术在17世纪的传入并没有立即改变这一状况,因为新技术一开始也是用于印制宗教书籍的。在世俗印刷文化于18 32

世纪出现后，一开始，书名比作者重要：翻译作品通常要么匿名出版，要么张冠李戴，抄袭和盗版屡见不鲜。

不过到了18世纪末19世纪初，情况总算有了改观。图书审查制度相继在叶卡捷琳娜二世、保罗一世、亚历山大一世和尼古拉一世治下逐渐强化，个人作者身份这一概念得到强调。究其原因，不仅是要让作者为自己所写的东西负责，而不提倡匿名出版（1848年，明令禁止杂志发表未经署名的文章），也是因为审查委员会除了发挥惩戒作用外，还须负责版权执法。引用一条官方法令的话说，他们应该“禁止出版商未经授权随意出版那些与其毫无关系的作者之书籍”。与此同时，图书审查员的出现促进了自我意识的提高，因为他们是既对作品带有敌意，又有艺术鉴赏力的读者（19世纪有几位大名鼎鼎的审查员本人就是作家，包括伊凡·冈察洛夫，他的著名小说《奥勃洛莫夫》刻画了一个整日赖床不起的人物形象）。于是作家们需要不断超越审查员，这刺激他们广泛采用各种花样翻新的寓言式写法。例如把故事的场景设在西班牙法庭上，实际上却是指俄罗斯法庭，或者提到《哈姆雷特》和丹麦国的腐败来暗指国内的某个地方。作家们使用这种所谓的“伊索式语言”也鼓励读者（当然还有审查员）在作品的字里行间读出其隐藏的深意。

同样，在19世纪初，书商们开始意识到作家“品牌”的市场
33 价值。他们开始签订合同，合同授予一位出版商某一文本或文集的独家权利，作为回报，他本人与作者平分利润。1834年，普希金与A. F.斯米尔金就两人都看好的一本书，即历史小说《上尉的女儿》，签订了这样一份协议。1836年，他又创办了一个文学期刊，名为《现代人》，不但为自己的作品提供了一个讨论平台，可以直

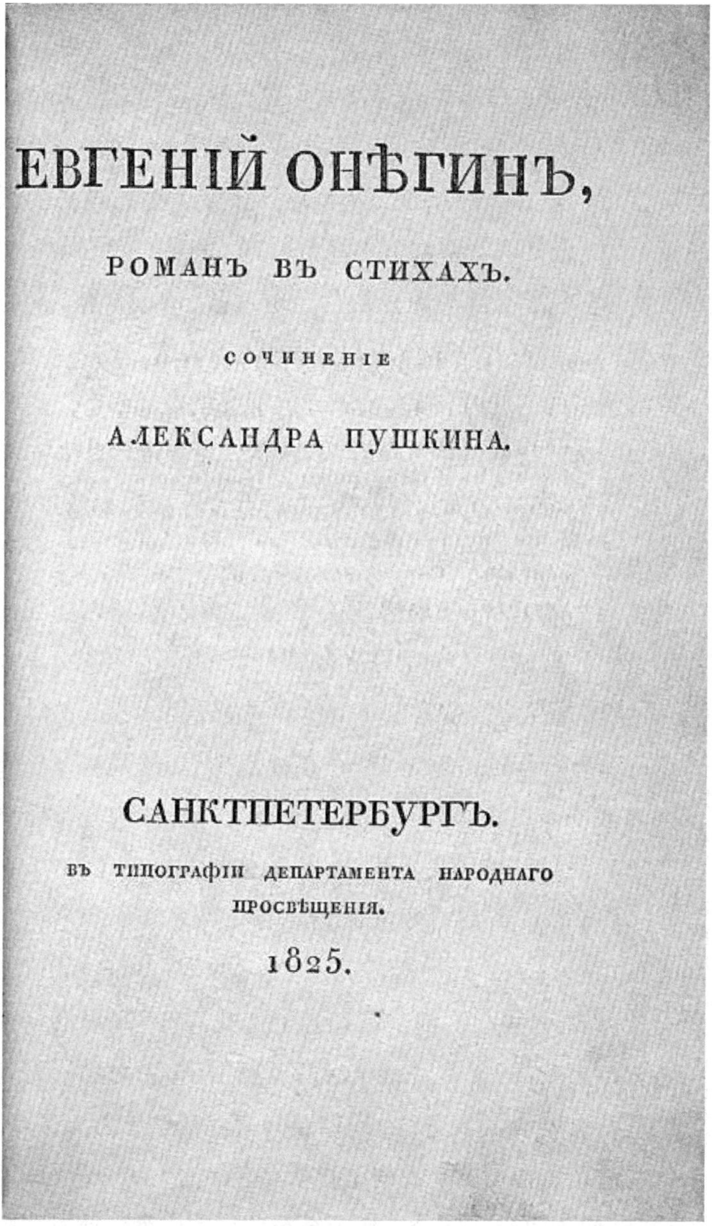

ЕВГЕНІЙ ОНѢГИНЪ,

РОМАНЪ ВЪ СТИХАХЪ.

СОЧИНЕНІЕ

АЛЕКСАНДРА ПУШКИНА.

САНКТПЕТЕРБУРГЪ.

ВЪ ТИПОГРАФІИ ДЕПАРТАМЕНТА НАРОДНАГО
ПРОСВѢЩЕНІЯ.

1825.

图7 《叶甫盖尼·奥涅金》第一章的封面

《叶甫盖尼·奥涅金》第一章的封面，首次出版于1825年。普希金的“诗体小说”被公认为是他的最高成就；有些人，如弗拉基米尔·纳博科夫，认为这是俄罗斯文学史上最伟大的小说。小说讲述了一个令人难忘的故事，一位来自俄罗斯乡下小地主家庭、富于幻想的姑娘达吉雅娜，爱上了叶甫盖尼这位老道世故、冷漠厌世，又心怀拜伦式抱负的彼得堡人，她付出的感情遭遇的是冷漠，待得到爱的回应时，她早已无力也不愿报以真心了。这个故事同时反抗和维护了传统，将深情与反讽的暧昧合而为一，一会儿让读者为之愤愤然，一会儿又令他们着迷不已。叶甫盖尼和达吉雅娜，特别是后者，成为后来很多俄罗斯小说人物的前身，从屠格涅夫《贵族之家》中的丽莎到托尔斯泰的安娜·卡列尼娜和纳博科夫的爱达。在文学史上，这本书还至少占据了两个地位。由于文本设定的时间在它实际写作的时间之前，在某种意义上，这是第一部伟大的俄罗斯历史小说。它还是分期发行小说的先驱性典范，每写完一章出版一章，七年（1825—1832）才出版完毕，单行本直到1833年才面世。后来许多其他著名作品也使用了这一分批出版方式，包括《战争与和平》和《罪与罚》（但这些小说都是在期刊上连载，而不是以书籍形式分批出版的）。在分批出版的过程中，作者对小说人物的看法有时会发生变化：他们及其读者往往视之为优点，因为这使得他们的小说创作和真实世界的人物一样，既不连贯，也不可知。很少有作者会在单行本问世之前对单个章节进行重大修改：正如普希金在《叶甫盖尼·奥涅金》的第一章中写到的，“里面的矛盾可真不少/然而，我并不想把它们改正”。 35

接掌控作品面世的方式，也创造了一个获得商业回报的良机。

因此在普希金看来，著述在一定程度上就意味着个人要谨慎地把握在公众面前发表言论的方式。他还认为，写作作为一种职业，尽管不够气派，起码有助于获得足够养活一位绅士的收入。然而他还把写作看作一种文化领导力。俄罗斯需要能和法国、德国或英国文学分庭抗礼的文学，而当时尚没有像样的本土文学传统，这为普希金和他那一代俄罗斯作家设定了明确的任务。在他们看来，俄罗斯的文学图景就像普希金在《青铜骑士》（1833）的“楔子”中提起的荒凉北部，到处是“寥廓的海波”、幽暗的树林和铺满青苔的潮湿的岸沿。单调乏味，而非杂乱喧嚣，正是文学创作的先兆和刺激物。普希金在1824年高调地宣称：“我们既没有文学也没有［好的］书籍。”虽然他也承认各位文学前辈的功勋，包括杰尔查文和伊凡·克雷洛夫（因活泼生动的寓言闻名遐迩），但显然，这些人中没有一个是浪漫主义意义上的“天赋异禀”（*Naturgenie*），因而没有一个称得上是民族的骄傲。在一年后写的一篇文章中，普希金明确否定了天才科学家和先驱诗人米哈伊尔·罗蒙诺索夫有权获得这一殊荣，称后者不过是诗歌匠人：“他把写诗当作消遣，或者往往是出于一种严峻的责任感的练习［……］在我们国家的首位诗人身上，我们竟然看不到喷薄而出的情感或想象力的爆发。” 36

图8　1913年第六期《阿波罗》的封面

《阿波罗》（第六期，1913年）的封面。从18世纪末到20世纪末，期刊在俄罗斯文学的出版中起到了极为重要的作用。普希金创办的《现代人》本身就是《雄蜂》和《欧洲导报》等杂志的继承者，之后又有十几本持各种政治观点的喉舌杂志步其后尘。苏联的文学史自然会强调激进期刊的作用，但保守期刊，例如《俄国导报》（托尔斯泰和陀思妥耶夫斯基的小说都曾在这本期刊上连载）至少同样出色。这幅插图显示了来自最重要的现代主义期刊之一的扉页。这一时期，文学杂志一反此前严肃出版物视为正统的单调封面，采用精美的设计和印刷，并使用大量插图，和1920年代的承其衣钵者一样，成为俄罗斯历史上独一无二的艺术精品。从1930年代初起，苏联杂志再次回归19世纪的传统，恢复了平庸乏味的视觉风格（劣质纸张和粗劣字体的使用更是雪上加霜）。

这些评论源自普希金心中暗想的关于自己在俄罗斯文学文化中所处地位的问题；它们表明，他已经逐渐意识到，既然大家都强烈地感觉到俄罗斯缺一位民族诗人，自己便有可能正是这样的人。他不同意一位同代人的观点，即伟大的诗人都是横空出世且玄妙莫测的，他们的荣光必将带来一段时期的衰落。普希金认为，恰恰相反，一个平庸的时代或许才是伟大作家的创作所必不可少的准备。难道埃斯库罗斯之前没有希罗多德，奥维德之前没有卡图卢斯？虽然顾及教养，他没有直说杰尔查文与自己或许也是同样的关系，但从1825年开始，普希金偶尔会称自 38

己为大写的“诗人”而非一般作诗的人——打个比方，正如1827年那首著名的诗作中，那个被阿波罗选中的牧师。但他对自己的看法始终充满矛盾［正如他在关于东方的诗歌《护兵》（*Tazit*，1830年）的稿纸空白处画的那幅涂鸦所暗示的：那是他的半身自画像，本来戴着一顶桂冠诗人花环，他又用浓黑的墨水把那顶花环抹掉了］。他生前志存高远，最终信心倍增地为他加冕诗坛桂冠的却是其他评论家，尤其还是在他1837年悲惨死去之后。最重要的一刻是赫赫有名的多产评论家维萨里昂·别林斯基在1838年宣称：“每一位受过教育的俄国人都应当拥有一部普希金全集，否则他就没有资格声称自己受过教育或声称自己是俄国人。”

每到普希金周年庆典，这类解读都自然而然会成为热点。
39 举例来说，在1880年莫斯科那座普希金纪念碑建成之时，作家们发表的演讲不仅包括陀思妥耶夫斯基著名的爱国讲话，也包括屠格涅夫的致辞，他在其中赞颂普希金集两项成就于一身：创造了一种全新的语言，并开启了一个文学传统——在其他国家，这两者没有同时发生，亦未由同一个人完成。普希金的成就彰显了俄罗斯的伟大，也构成了这个国家独一无二的特性。

屠格涅夫的民族自豪感没有多少事实依据。歌德在德国、密茨凯维支在波兰、吴克·卡拉季奇在塞尔维亚的角色至少跟普希金在俄国一样重要。俄罗斯的文学高潮绝非当世无双，而是席卷全欧的知识大潮的一部分，此前各自孑然独立的文化支流汇入欧洲知识主流。可见屠格涅夫的观点站不住脚，何况他行为乖僻，晚年大部分时间都在国外度过，跟那些出入他居所的名人用法语交谈，但这些都未曾减损他这话的可信度，随着时间

图9 《护兵》(1830)的草稿，普希金。他头戴桂冠花环的自画像被涂抹掉了

的推移，其分量不减反增。在1899年的周年庆典中，对“民族诗人普希金”的崇拜事实上主要是为了迎合尼古拉二世那个保守的民族主义政府的口味。给街道改名和向中小学生分发纪念品的倡议用官方宣传的爱国主义绑架了俄罗斯作家，同时也把他们绑架在了晚期俄罗斯帝国政府致力于教育俄罗斯民众的新近承诺上。

当然，普希金崇拜并非没有遇到阻力。托尔斯泰那本著名的小册子《艺术论》(1898)就是一例，他在其中不遗余力地讥讽人们居然把普希金这么一个花花公子和好色之徒塑造成民族圣贤。更早以前的1860年代，德米特里·皮萨列夫等激进批评

家在抨击浪漫主义诗歌而鼓吹政治散文时，也曾把矛头直指普希金。皮萨列夫以普希金那首恢弘壮丽的诗作《一八二五年十

40 月十九日》为例（这首诗感人至深地忆及诗人与同学威廉·库亨贝克的文学友谊），说明诗歌不过是以多余的复杂形式表达浅薄的思想：“如果用简明扼要的散文来诠释这通篇押韵的胡言乱语，那就只剩下这单薄苍白的一句话：‘你和我都曾胡乱写诗；我把自己的诗付之梨枣而你没有；如今我也不打算再把诗作印成文字了。’”有相当数量思想激进的读者，特别是那些出身工人阶级自学成才的知识分子，持有与皮萨列夫相同的保留意见。一位传记作家记得，在1910年代，他的一位工友曾说：“你的奥涅金和你的连斯基［……］真应该被送进工厂，干点儿把气缸固定在钳座上的活儿。”对于这类读者，马克西姆·高尔基那部讲述一位平凡的母亲因为沙皇当局的残暴而获得政治觉醒的政治宣传小说《母亲》（1906），可要比《叶甫盖尼·奥涅金》感人多了。

俄国革命之后的最初几年，这些疑虑曾有过很大的体制分量，那时“阶级战争”的官方意识形态在文学–历史学界一统江山。在投身那场战争的人看来，普希金不过是个才华出众的反动文化精英。大多数所谓的“左翼分子”也崇尚小说（特别是现实主义小说）而看不起“通篇押韵的胡言乱语”。意味深长的是，由高尔基发起、1933年开始面向大众市场出版、催人奋进的“名人生平”系列，首批传主是契诃夫、果戈理、18世纪思想激进的持不同政见者亚历山大·拉季舍夫以及无情鞭挞特权阶级的讽刺作家萨尔蒂科夫–谢德林，但没有普希金。同样，1934年苏联作家代表大会上的主题发言除了突出高尔基和托尔斯泰现实

主义小说的卓越贡献之外，也着重强调了别林斯基、尼古拉·车尔尼雪夫斯基和尼古拉·杜勃罗留波夫等“进步主义”评论家的杰出成就。直到1949年，由苏共领袖、老布尔什维克、工人出身的米哈伊尔·加里宁为苏联大众开列的必读书单也只包括了罗蒙诺索夫（自学成才者和科学天才的杰出典范）、“革命道德 41
楷模”拉季舍夫、别林斯基和杜勃罗留波夫，唯一一位充满想象力的作家典范是激进诗人尼古拉·涅克拉索夫。

直到苏联时代结束为止，“进步性”仍然是判断已故作家的作品应被公认为“经典文学”的首要标准，所谓“进步性”是指他们持有能被表现为苏维埃思想先兆的观点。车尔尼雪夫斯基那部关于妇女解放的冗长乏味的公式化小说《怎么办？》（1863）自是充满了“进步性”，陀思妥耶夫斯基的《群魔》（1871—1872）却没有，以至于《苏联大百科全书》第二版给它贴上了“恶毒诋毁俄国政治解放运动”的标签。托尔斯泰的《战争与和平》倒是有“进步性”，但《安娜·卡列尼娜》就差多了（从苏联官方角度来看，这无疑是一部二流小说，因为很遗憾，奸情占据了大量篇幅）。涅克拉索夫的社会批判诗歌显然是进步的，但俄罗斯象征主义和后象征主义的“唯心主义”作品绝对不是。《火花》这样原则性强但文学价值着实有限的激进期刊有着显著的“进步性”，而20世纪初那些艺术追求高远（政治上偏向自由主义）的现代主义期刊，如《阿波罗》和《天秤座》则根本没有。因此，在苏联处于领导地位的苏联作家出版社所出版的最有声望的诗歌回顾系列——“诗人文库”，是从前者而不是后两者中选取诗作的。

一旦涉及18世纪文学，强调“进步性”就显得尤其吊诡。在

“反动的”叶卡捷琳娜二世（她本人就是俄罗斯最早的女性作家之一）统治时期，俄语文学创作要比“进步的”彼得一世统治时期高产得多，这已经够糟了；更令人尴尬的是，大多数俄罗斯作
42 家本人气质保守，更愿意为赞美专制的宫廷抒写颂歌而非抨击农奴制度。因此，从1930年代初到1980年代末，大多数18世纪的俄罗斯文学根本就不再重新出版发行了，在这一时期，针对大众市场出版的书籍（不同于1890年代到1920年代出版的书籍）仅限于少数几个人物。除了拉季舍夫和罗蒙诺索夫外，尚可接受的少数作家包括文学记者尼古拉·诺维科夫（当局把他塑造成神话，说他是叶卡捷琳娜二世政治审查制度的殉道者）。另一方面，尼古拉·卡拉姆津则被宣传成“上流社会的感伤主义者”，他的大部分作品被封存起来：例如，他的杰作《俄罗斯国家史》（1818—1829）全书直到1980年代末才再次出版面世。想知道这有多荒谬，不妨想象一下，一份18世纪英国伟大作家的名单中只有托马斯·潘恩、玛丽·沃斯通克拉夫特和早期的华兹华斯，但因为政治立场可疑而不包括蒲柏、约翰逊、范妮·伯尼和汤姆森，因为品行不端而不包括斯威夫特。（事实上在斯大林时代，《格列佛游记》确实是作为儿童文学出版的，而且经过了极大的删减。）说到19世纪英国文学，我们也不必费心想象什么“进步”作家正典了，因为苏联翻译家们已经努力为我们实际拟定了一个。它包括雪莱（无神论者和民主人士的先驱）、彭斯（苏格兰的“人民诗人”）、威廉·布莱克（“撒旦的磨坊”的批判者而非不切实际的神秘主义者），以及鹤立鸡群的人物狄更斯。它绝对不包括简·奥斯汀（直到1950年代末期才开始翻译）、乔治·艾略特（她在19世纪的俄罗斯极受欢迎）或艾米莉·勃朗

特，更不用说杰拉尔德·曼利·霍普金斯或克里斯蒂娜·罗塞蒂了。

“进步”作家的正典既是静态的，也是灵活的。从苏联政权的开始到结束，托尔斯泰等作家一直保持着极高的声望；而普希金等另一些作家，其地位则经历了明显的变化。最关键的重新评定阶段是1930年代中期，官方宣布“阶级战争”已经结束，在家庭和教育政策上开始转向保守（当时出现的一系列变化被统 43
称为“大倒退”）。除了结构变化外还有象征性的变化：因为越来越强调文化价值应超越社会环境，在建筑、音乐和绘画等领域出现了“古典”风格的复兴。无独有偶，1924年列宁去世时形成的列宁崇拜开始退潮，转而强调“苏联爱国主义”，这次的爱国主义运动围绕几位中心人物展开，他们的荣耀反射并进一步增强了“一切知识的领袖”，即斯大林本人的万丈光芒。1937年普希金去世100周年的纪念活动在这一连串过程的关键期举办，活动本身就被用于在艺术价值与政治进步性之间重新画上等号，转了一圈，一切又回到了原点。

1920年代，普希金被认为是艺术天分极高但观点可疑的人；从1937年开始，他被看作是一位才华横溢且政见卓越的 44
艺术家，因极力反对农奴制度而成为专制政权的眼中钉、肉中刺。人们把他创办的那份表现平平的文学杂志《现代人》与它的后继者，也就是1840年代和1850年代由涅克拉索夫等人创办的同名政治期刊混为一谈。强调他与1825年十二月党人起义组织者之间联系的重要意义，以及他对持不同政见作家的崇拜，几成惯例。普希金委员会会刊在1937年大张旗鼓地刊出了《“纪念碑”》的草稿版。该草稿版表明，在最初版

45 本中，该诗最后一节有这样一行：“我跟着拉季舍夫一起歌唱自由。”学者们很早以前就知道这行被删除的诗句，它与那首诗的其他句子一样含糊不清、模棱两可（众所周知拉季舍夫是自杀而死，一个可能的解释是，普希金在呼唤他所行使的结束自己生命的自由）。而这一行被删除的事实，也让基于诗行本身所作的任何解读变得可疑。不过，为了虔诚地重现进步主义的普希金，这句诗居然一步登天，变成了决定性而非试探性的话语。正如一位评论家在1962年所说的：“到了1937年，在普希金惨死的百年纪念活动中，他的‘遗嘱’的真正含义才大白于世。”

图10 《梦中的普希金》(1937)，阿列克谢·列米佐夫

阿列克谢·列米佐夫的《梦中的普希金》(1937)。对革命之后被迫定居国外的各个俄罗斯流亡者群体来说，普希金及其作品有着象征山河破碎的非凡意义。流亡者们想要为普希金辩护，让他摆脱苏联国内那些令人讨厌的宣传，却苦于得不到普希金的手稿。然而，B. L.布尔采夫在1934年呼吁“在国外出版一套新版《普希金全集》，或者至少出版一些他主要作品的单行本”，却等到了迟来的回应，即弗拉基米尔·纳博科夫注释的《叶甫盖尼·奥涅金》，那是20世纪诠释学最伟大的成就之一。此外，每逢周年纪念(特别是1937年纪念普希金去世100周年)还会召开各种会议和展览会，但一如既往，普希金的作品始终是作家和艺术家们的重要灵感来源。这幅由作家阿列克谢·列米佐夫创作的幻想素描把普希金画成了一个良善的魔鬼般的人物，呼应了普希金作品中以象征主义突出强调的魔鬼信仰。

把普希金说成是一个“前瞻性人物”成了不容任何人干扰的绝对命令。在1940年出版的普及版皮萨列夫文学随笔集中，干脆漏掉了《普希金的抒情诗》，也就是本章前文中引用的“通篇押韵的胡言乱语”的出处。那篇文章只出现在宏大的版本中，例如1955—1956年的《皮萨列夫全集》。同样，普希金在1830年之后政治倾向明显变得保守——开始捍卫农奴制度，且越来越坚信启蒙思想的传播必须依靠专制统治——也成了苏联学术专家们忌讳的话题。反过来，普希金如今被看成是“了不起的俄罗斯文学之父”，在文坛的地位相当于政坛上的彼得一世，也成了18世纪文学黯然失色的原因之一：国父，顾名思义，不需要先祖。

“国父”崇拜的另一个结果是，普希金日益成为堂而皇之的沙文主义题材。“普希金是天才中的天才”这一主题本已是1937年普希金去世百年纪念的弦外之音，后来又成为翻译政策的言外之意。一份1945年出版的表格中列出了在革命之前和之后，
46 各位伟大作家的作品分别被翻译成了多少种语言：

作　家	1917年以前作品被翻译成的语种数目	1917年以后
普希金	9	66
托尔斯泰	10	54
契诃夫	5	53
莱蒙托夫	5	26
萨尔蒂科夫–谢德林	1	24
涅克拉索夫	1	21
罗曼·罗兰	1	13
歌德	1	6

到1949年普希金诞辰150周年时，这一主题已经上升为震天号角，也就在那时，冷战爆发，反对“无根的世界主义”的反犹主义和排外主义运动也开始了。苏联科学院一位院士发表的两次讲话（也被印成小册子分发）把普希金说成是既“吸收了此前俄罗斯国内外一切文化之精华”，同时又充满了“民族自豪感”，且预见性地“严厉斥责世界主义”及“唯美主义和形式主义”的人物。当然，说普希金认为“世界主义”十分丢脸，就让分析普希金与西方浪漫主义文学之间矛盾但亲密的关系等问题变得无

从下手。同样，一旦认为俄罗斯文学拥有极大的价值和个性，也就没法分析俄罗斯对感伤崇拜或现代主义等泛欧洲文化思潮的贡献。从1948年到1956年，关于这类话题的严肃讨论几乎绝迹。俄国激进分子对《叶甫盖尼·奥涅金》的崇拜（别林斯基更是高调宣称这部作品“写尽了俄罗斯生活的点点滴滴”，这当然是不实的夸张）被引为实例，证明普希金成熟地认识到了浪漫主 47
义的局限性。这部小说与“浪漫主义反讽”的做法如出一辙（堪比拜伦或海因里希·海涅的作品），对浪漫主义情感和人物典型的态度模棱两可，这一事实被彻底忽略了。而把普希金的小说《上尉的女儿》解读成毫不含糊地批判叶卡捷琳娜二世对农民起义者普加乔夫的“残暴”镇压，则是彻底无视它与沃尔特·司各特的《雷德冈脱利特》的相似性，两位作者都认为，只有在以理性的集权主义替代不可靠的暴君时，被压迫者的反抗才算取得成功。

除了将普希金塑造成苏联文学的始祖和国家至上主义的宣传工具之外，斯大林主义政权的另一个重要野心，是把普希金打造成“民族-大众”意义上的“民族作家”：一个为整个民族而写作的作家。早在1920年代，就已经开始了一次大范围的运动，旨在让新读者有机会首次认识俄罗斯经典文学。各类读者调查急切关注着无产阶级和农民对这些作何反应。那些调查本身产生了非常多样化的结果，但对结果的分析一般都会简化材料，得出一个明确直接的结论：现代主义让普通民众无法理解，而经典则是平实易懂的。正如一位俄国农妇在1926年的一项调查中所说的：“至于《‘纪念碑’》？怎么可能读后无感呢？”

这类说法不光是为了通报意见，也是为了影响观点。这是

图11 1937年普希金庆典的海报，V.克鲁西斯。画中打开的书页上显示的诗歌似乎是《“纪念碑”》

图11 1937年普希金庆典的海报，V.克鲁西斯。画中打开的书页上显示的诗歌似乎是《“纪念碑”》

苏联"大众读者"阅读伟大的文学时**应有**的反应。因此，官方就必须向他们提供可能诱导这类反应的那种文学。从1930年代中期开始，俄语经典再次成为学校文学教育的核心，教科书聚焦的素材都是既平实易读，又道德高尚的。学生必须背诵《叶甫盖尼·奥涅金》中达吉雅娜的那封信（达吉雅娜被认为是苏联 48
女性的典范），以及屠格涅夫赞美"伟大的、了不起的俄罗斯语言"的散文诗。教科书没有选择莱蒙托夫在生命最后几年写下的充满心理纠结与愤怒的诗歌，抑或这位作家抱怨他"悲哀地望着他那一代人"并向"满目污垢的俄罗斯"致以不受欢迎的诀别的尖刻诗歌，却收录了那些让人们想起俄罗斯帝国之宏大规模的象征性自然诗歌，或者诸如《两个巨人》这类鼓动性的爱国诗篇（诗中的俄罗斯巨人打败了他的敌国），以及让人想起俄罗斯在1812年打败拿破仑的《博罗季诺》。因此从童年起，俄罗斯读者们就在自己的头脑中珍重地携带着一部由这类诗歌组成的诗集，以及学校里教授的关于散文经典的知识（例如果戈理1841年的那个关于悲惨的公务员阿卡基·阿卡基耶维奇的故事——《外套》）。

对伟大作家的解读跟可供研读的作品选一样乏善可陈。学生们不得不写说教气十足的人物分析，比方说他们会这样评价普希金的杜布罗夫斯基："他常常放纵自己的暴脾气。"他们不得不回答"契诃夫有何重要意义"这样的考题，答题时必须歌颂作家预见到布尔什维克革命（这一发生在他死后13年的事件）的先见之明。回答这类考题需要的是套话而非独立思考。正如评论家和儿童文学作家科尔涅伊·楚科夫斯基1963年谈及苏联的学校作文时所说的：

> 无一例外，每一位经典作家都必须这样描述：1）他热爱自己的祖国；2）他热爱自己的民族和人民；3）他抗议自己所处时代的社会弊病；（和其他每一位经典作家一样）他也是4）一位人文主义者，5）一位现实主义者，6）一个乐观主义者，7）没有缺点且总而言之没有任何独特的个性。

50 从1930年代末到1960年代初，这些评论不仅适用于学校作文（教育系统里这种情况一直持续到苏联政权崩溃），也适用于著名的专业评论家和文学史专家为公众撰写的文章。

与谄媚同道的，还有对任何可能有颠覆性的生平细节的压制，例如普希金嗜酒如命，沉溺嫖赌，酷爱醋栗果酱，而托尔斯泰对上述四样中的至少三样同样偏爱有加。高尔基长期待在国外也是个令人难堪的禁忌话题（和其他遭到流放的俄国公民一样，据其定义，1917年之后离开俄国的作家也被认定为不够“热爱祖国”）。荒淫不检则是更敏感的细节。苏联为了向地位崇高的一流作家致敬，指派大量人员参与编纂并出版了注解繁多的所谓“全集”，但很少名副其实。即便某一位作家写过的每一部现存文本都以某种形式得以出版，某些篇章也必然会遭到删减，而且这些删减本不一定都有谨慎的标记，诸如代替普希金本人不顾廉耻地直接写下的语词的星号（比方说用*****代替“妓女”，或者用****代替“屁股”）。怀抱虔诚也是传记作品强调的重点。直到1963年，一位博学且相当开明的苏联作家还表示欣慰：虽然A. L.罗斯[1]

---

① A. L. 罗斯（1903—1997），英国作家和历史学家，因他关于伊丽莎白时代的英格兰历史研究和关于康沃尔一带的诗歌而闻名，他也是著名的莎士比亚学者和莎士比亚传记作者。

的作传视角相当粗俗，但他总算“彻底清除了任何关于莎士比亚是同性恋的疑虑”。在小说《癌症楼》（1968）中，亚历山大·索尔仁尼琴不无道理地讥讽这种得体地写书颂扬名人生平的行为，称之为“事无巨细地考证某某伟大诗人于一八几几年坐马车经过的是哪一条村道”，也就是貌似客观地报道那些或许极其乏味无趣，却既没有政治争议，也不会透露任何“淫秽琐事”（*poshlyatina*）的事件。

自“庸俗社会学”在1930年代末遭到谴责之后，就绝无可能 51
把普希金解读为“俄国小资青年的诗人”（D. S.米尔斯基1934年的说法）了。不过为了把作家还原到其时代背景中进行“深描”而对账簿、私人信件、日记、回忆录等各种微不足道的档案资料所进行的深入研究也就此终止。相反，那些反对“清单式”批评、反对根据社会阶级对作家进行肤浅分类的形式主义学者，他们的工作只能以淡化的方式继续。《征服果戈理》（或其他任何被公认为“伟大”的作家）这类命题研究承认，跟意识形态相反，写作技艺至少在有些方面或许还是有分量的。对最受尊崇的文学文本，其研读方式跟斯大林讲话没有什么差别，后者本人就很喜欢显摆自己熟读经典，比方说，把所谓“人民的敌人”称为“犹杜什卡”（此称谓来自萨尔蒂科夫-谢德林笔下猥琐虚伪的犹杜什卡·戈洛夫廖夫）。这些经典似应为每个人所熟知，但并非每个人都有资格对经典进行深入讨论，除非拥有能跟苏联科学院某个研究所的学者进行对话的特别学者许可，否则就和援引错误作品一样，无疑属于不当行为。

对经典文学的谄媚和死记硬背，其效果倒不一定都是负面的。首先，背诵并不是苏联的发明，就像把文学作为世俗宗教也并非苏联独有。早在革命之前，初中在校学生的课业就要求他们必须背诵罗蒙诺索夫、普希金和莱蒙托夫的作品了。在最理想的情况下，这给了俄国成年人一种对文学充满喜爱的熟悉感，常被用来证明此人有着良好修养。19世纪和20世纪的俄罗斯作家（及各类艺术家）可以指望他们的绝大多数读者了解文学典故，哪怕那些典故经过层层改写。（互文性，也就是直接或间接引用，作为俄罗斯文学史学者的一个重要研究课题，与作家们成长的精神世界有着密切联系。）要是某个孩子公开指出屠格涅夫
52 歌咏的“朴素而有力的俄罗斯语言”与苏联生活的关联在于这是压抑社会中唯一一个自由的领域（“要是没有你——想起家乡发生的一切，怎能不叫人绝望呢？”），那么他多半会被赶出教室，甚至被学校开除，但没有什么能够阻止学生私下里尽情探索文本中潜藏的颠覆性。

不过对于涉世未深的读者来说，学习“核心课程”的效果似乎不过是延续了某种文学民俗。那些关于作家生平的怪诞逸事因此而流传久远，1930年代的荒诞主义作家丹尼尔·哈尔姆斯曾戏仿这类故事，他“关于普希金的遗事[原文如此]”中就包含“普希金喜欢丢石头”之类无关紧要的遗珠。日记和信件等文件表明，人们对“中肯箴言”或套话的引用要比对经典文本的研究和细读常见得多。一个在情书中错引了莱蒙托夫的少妇（“寂寞又忧愁，我该握着谁的手”，而不是原文中的“有谁可以和我分忧”）或许对她错引的那首诗一无所知。她大概是通过某个中间渠道，如流行歌曲，获知这个引语的。

然而鼓励中学毕业生阅读有限的样板化经典文本，并将其视为文学创作的巅峰，以此为准绳来判断每一类作品的制度，最

坏的副作用在于它促成了咄咄逼人的审美保守主义。苏联的庸俗市侩们并非对艺术一无所知，而是对投其所好的东西一知半解，他们据此沾沾自喜，认为自己完全有权将自己的喜好强加于人。大量学生毕业时只熟悉玛琳娜·茨维塔耶娃所谓的“永远欢喜的普希金，生命中唯一的成就就是死亡”，认定此人仅有的两部作品就是《叶甫盖尼·奥涅金》和《上尉的女儿》，还有两三首抒情诗。因此，难怪那些更大胆的作品即便通过了审查，也往往会引发某一类读者的大量来信，我们不妨称这类读者为“深恶痛绝的坦波夫”——那往往是苏联“小知识分子”的一员，某 53
个小地方的教师或工程师，一看到有什么违背了他或她通过出版物而熟知的某种残缺的“俄罗斯经典文学”精神，便惊恐万状，为之胆寒。

因此，斯大林时代形成了一个极其狭隘的文学正典，不仅因为其中只包括少数几部作品，也因为对这些作品的讨论受到了格外严格的约束。始于1954年，也就是斯大林去世一年后的那次文化自由化，在文学和许多其他领域都是无计划、不彻底的。大体而言，它影响了学术界对普希金的解读，但即便在学术界，影响也相当有限。“普希金之家”，也就是位于列宁格勒的苏联科学院俄罗斯文学研究所，仍然保有出版普希金作品的特权地位，一位不友善的评论家不无公正地将其描述为“一小撮把持着垄断权威的普希金卫道士，就某一篇文章是否满足他们自己的目的而对其做出生杀予夺的决定”。无疑，文学和翻译出版领域已然显现出更大的多样性，且已经在文学批评和学术界初见成效了。1965年，在学者和批评家尤里·洛特曼的领导下，塔尔图大学开始出版“符号系统论丛”（*Semiotike*）系列，即为一个重

图12 《黑桃皇后》的舞美设计

柴可夫斯基创作的歌剧《黑桃皇后》，斯坦尼斯拉夫斯基[①]执导，姆斯季斯拉夫·多布任斯基所做的舞美设计。不仅是作家，各类艺术家都想当然地认为观众熟悉普希金的作品。于是，爱森斯坦在他1943年的著作《电影感》中，便很自然地用普希金的诗歌作类比，来解释他关于电影中的创造性交叉剪辑（“蒙太奇”）的理论。电影导演、作曲家和剧作家能够倚仗自己熟知的普希金作品的情节（或者起码是他的名著中的那些情节），这就跟英国艺术家对莎士比亚、狄更斯或简·奥斯汀了如指掌一样，让他们获得了很大的自由度，可用新的艺术形式改编这些作品。穆索尔斯基笔下饱受折磨但充满帝王风范的鲍里斯·戈杜诺夫与普希金所写的这个人物豪情万丈却罪孽深重的版本全然不同；柴可夫斯基这个《黑桃皇后》的版本抛弃了原著故事中那个充满讽刺的结局（丽莎最后收养了一个小女孩，洗清了自己身为被监护人的耻辱），插入了丽莎以恰如其分的歌剧风格跳入运河自杀的情节。同时，这些惊人的重新演绎有时会揭露出潜藏在原文本表面之下的主旨。如此说来，柴可夫斯基的《黑桃皇后》挖掘了普希金用幽默和讽刺掩藏起来的恶魔主题。多布任斯基为最后一幕设计的舞美采用比例过大和直逼眼前的布景，也符合作曲家的本意。

① 康斯坦丁·斯坦尼斯拉夫斯基（1863—1938），俄国著名戏剧和表演理论家。代表作有《演员的自我修养》。

要事件。符号学家们关注在某个特定时间、特定文化中的意义问题，而不是文本对后世有何意义，这对传统的马克思–列宁主义强调进步性暗暗提出了质疑。（耐人寻味的是，洛特曼某些最出色的研究，关注的就是所谓“上流社会的感伤主义者”卡拉姆津。）符号学方法要求沉浸在过去，这也意味着作家的信件和日记本身再度作为文学或亚文学写作的一个体裁而得到重视，不再仅仅被看成是关于某个作家在何时对其小说、戏剧或诗歌草稿做何修改的资料库。

56 然而无论是在洛特曼等俄罗斯学者的研究中，还是在其西方同行的研究中，在某些方面，所谓适合考察的素材仍然是被严格指定的。普希金写给他的文学同侪的信件被彻底分析，那些信件游戏且警觉地塑造的他的其他人格也被记录下来，但作家给妻子和其他亲近之人的信件却没有得到什么详细探讨，因为既然这些素材不是为出版而写，那么它们就只“对传记作家有用”，对文学史学者却没有什么意义。人们对俄国上流社会进行了透彻的分析：符号学家们以《叶甫盖尼·奥涅金》中的两句诗——“通达的人，我们承认，也能够/想法子使他的指甲美丽”——为线索，分析了几十个被马克思–列宁主义因强调精神生活而忽略的领域，从“花语”到决斗的习俗。然而彬彬有礼还是主流，虽然多部回忆录显示，和任何其他人类社会一样，19世纪初的俄国社会充斥着虐童、乱伦、强奸、暴力，以及下流粗鲁等上不得台面的不端行为，当时却不允许讨论这些话题，以免混淆视听，阻止人们继续把普希金及其同代人所处的那个“黄金年代”奉为审美灵境。换句话说，这样一个解读传统在力图追溯19世纪初俄国生活的传统的同时，往往会复制作家们自己曾一度抗拒的属性。即便在这类开明的俄罗斯学者看来，理查德·霍姆斯[①]撰写的柯勒律治传记大概也是琐碎且令人恶心的胡说八道，他说诗人在写作那些超凡脱俗的作品时，始终在对抗便秘等绝对世俗的苦痛。从某些方面来说，这反映了作家们本人超越肉体性的决心。诗人尼古拉·克柳耶夫病入膏肓，长期卧床，又受到斯大林主义的迫害，便只好以这样的想法安慰自己："圣人之所以为圣，就是因为他们忍受苦痛且能够超脱[……]有些人的灵魂就像号角，只有当灾难发生时，受难天使才会吹响它们。"而学者们拒绝关心个人的伤痛——失恋、离婚、性苦痛等——但有些作家偏偏一门心思书写这类主题，也就成了相关研究工作的一重障碍。形式主义的理论——即便在经历的同时，作家们也自觉地把个人体验塑造为艺术（俄语还为此造了一个词：*zhiznetvorchestvo*）——忽略了一个事实，即有些作家的灵感来源恰恰是生活本身不愿轻易屈从于这样的重塑过程（具体实例就包括本书第六章讨论的女性作家）。 57

即便在对知名作家的"独特个性"的兴趣猛增之后，也极少有人关心"缺点"：作家生平的写作并非西方意义上的"传记"，而是旨在陈述某一作家的"创作道路"（关于克柳耶夫的权威传记就刻意避开讨论诗人的同性恋逸事，而专注于他和其他作家及杂志编辑建立的艺术关系）。主要任务是把作家生平写成一条关于苦难和凯旋（*podvig*）的圣徒道路：偏离这一模式会引发激烈争论，俄裔美籍评论家亚历山大·左尔科夫斯基对安娜·阿赫玛托娃生平的修正主义解读就是一例。左尔科

① 理查德·霍姆斯（1945— ），英国作家、学者，以其关于英国和法国浪漫主义主要人物的生平研究而闻名。

夫斯基指出，阿赫玛托娃将自己在政治和个人生活方面遭受的苦难看成是一种个性的标志，并力图强调和拔高这一标志。她不仅仅是一个被动无辜的受害者，也在积极地寻求苦痛。她把他人用作冲突的工具（她不断与已婚男人发生关系就很值得关注）和悲叹的共鸣板（左尔科夫斯基提请人们注意阿赫玛托娃对观者的强烈渴望，她屡次强迫朋友们在她需要时放下手头的一切来看她，就是证明）。《星》，也就是刊登左尔科夫斯基这篇文章的那本文学期刊，随后便登出另一位俄裔美籍评论家的愤怒回应，指责左尔科夫斯基合谋和赞同对阿赫玛托娃的压迫："只有在一个安全的时空距离之外，才能如此镇定地超脱人类苦难，书写历史和文学。"传记写作仍被大多数人看作是需要道德承诺、需要近乎谄媚的尊重的体裁，哪怕是学者撰写的传

58 记也不能免俗。

1990年代末，关于作家生平的防卫心理不减反增，原因是人们担心俄罗斯文学失去了传统上在俄罗斯文化中所处的主流地位。1998年，一位在开明文学期刊《大陆》上撰文的随笔作家便提到，俄罗斯电视台为庆祝那年由鲍里斯·叶利钦官方确定的俄罗斯节日"普希金日"，只播放了"由半裸的前卫舞者们表演的拙劣芭蕾"。他列出了一连串指责俄罗斯媒体"没有文化"的实例，这只是其中一项。鉴于电视台为了给1999年普希金200周年诞辰庆典造势，事实上播放了几十个虔诚尊敬的节目，这样指控媒体显然很不公平。但这一事例表明，普希金变成了另一种保守主义的傀儡：这一次是一个四面楚歌的知识阶层的保守主义，他们觉得比起苏联统治时期，文化在后苏联时期面临着更加致命的威胁。在塔吉亚娜·托尔斯泰娅的未来主义小说《野

猫精》（2000）中，核爆炸之后的莫斯科居民被判以闹剧形式永远再现苏联历史，一位热心而蒙昧的爱书人便立起了他所谓的“一个普希金”，即一座木制雕像，献给那位一度存在过，但已差不多被遗忘的文学神祇。但这部小说一面嘲讽碑铭主义，一面又把对伟大作品的了解作为衡量真正的文化素养的尺度：后爆炸时代的独裁者背信弃义，他所控制的新原始文化贫瘠匮乏，这些都是通过这位独裁者谎称普希金、莱蒙托夫和勃洛克的名诗是自己的诗作这一事实来表现的。又一次，作品和作家的诚信正直代表了全社会的道德自律。

本章探讨了文学作品在俄罗斯传播的问题。开头先提出了作家对自己的作品有无支配权的论题，审查制度有时会帮助作家获得支配权，但更多的时候会起到阻碍作用。审查制度有时会刺激文学生产，但它对读者质量的影响是毁灭性的，特别是在苏联时期，当时针对群众的教育和出版创造了一个全新 59
的读者阶层，他们充满自信却认知有限，错把自己对经典作品的一知半解当成衡量审美标准的绝对尺度。虽然学术批评要凭借对基础素材有更广博的了解，但其本身也受到严格限制，1956年之前尤其如此。政治上有争议的素材必须极力避免，“粗俗”或“琐碎”的主题也不得关涉，如此就导致了对作家作品的删节，也让人们避开为作家作传，除非传记只关注某位作家的“创作道路”，也就是只关注跟单个文学文本的写作有关的思想经历。

本章的讨论不该被理解为每一个俄国人都必须在伟大作家面前表现出学校老师和政府官员所期待的虔敬。我们将在下一章看到，很多人，特别是其他作家，对德高望重者所持的态度都要大胆得多。不过即便在20世纪末，俄国人对经典作家的尊敬程度也要比西欧高得多，遑论美国；商业主导的价值观高歌猛进，它在整个俄罗斯社会，特别是新闻媒体中的蔓延促成了这一
60 现象，同时也对其造成了困扰。

第四章

“我的名字会远扬，哪怕仅仅有一个诗人流传”

作家们对普希金的回应

不要用普希金来攻击我——

我也会以眼还眼！

（玛琳娜·茨维塔耶娃，1937年）

普希金夸口说自己的名字会永远在诗人们心中回响，有时真会被俄罗斯文学史的评论家们信以为真，在他们看来，普希金的作品是他的继承者作品中一切瑰意雅言的终极来源。然而说普希金的作品是一切文学创作的起点和终点，其意义绝不仅限于爱国官僚或教育体系的支柱。相反，历代作家都坚信是自己这一代人发现了“真正的”普希金。由于普希金的很多作品并不像课堂上教授的那么“普希金式”，而是关于平衡、节制和教化的不那么体面的老生常谈，这一信念又被不断强化。举例来说，《溺死鬼》是一首典型的浪漫民谣，讲述了一个亡灵回到阳间来报复一位因自私而没有好好安葬他的农民的故事，展现出生动的鬼魂形象：

月亮从云层透出来——
怎么？一个人赤身裸体，凝固不动，
61 下巴的水直往下滴；
他只可怕地站在那儿，
默默地将两手垂下，
在他那浮肿的身上
还挂着一些小黑虾。[①]

正如英语世界的每一代戏剧导演和观众都建构了属于自己的莎士比亚（例如1960年代和1970年代表现扭曲性关系的所谓“问题剧”风潮，像《一报还一报》和《特洛伊罗斯和克瑞西达》），历代俄罗斯读者和评论家也发现了“他们的”普希金。例如，《青铜骑士》中描写的圣彼得堡既是一件超凡的艺术作品，同时也是摧毁一切的威权主义的象征。它在彼得堡现代主义文本中犹有回响，如安德烈·别雷的小说《彼得堡》，或因诺肯季·安年斯基的一首诗——诗中，陀思妥耶夫斯基小说中的“黄雾”萦洄在普希金诗里那位青铜英雄的周围。

鉴于20世纪初俄罗斯历史的状况，难怪普希金会因为宗教哲学家西梅翁·弗兰克所谓“对生命内在悲剧的忧虑”而受到重视。但他受重视的另一个原因是，作为一个作家，他曾强调过作家的重要意义。很多作家看重的恰恰是普希金浪漫主义的那一面。评论家米哈伊尔·格尔申宗认为，《“纪念碑”》应该被解读为在“懂得诗歌的人们中间”“真正的”名声和“群氓口中粗

① 译文引自查良铮，《穆旦译文集》第七卷，人民文学出版社，2005年，第201页。

俗的名声，一种沉默的名声——仅仅是为人所知而已”之间划清界限。这种解读完全符合当时的时代精神。在普希金的诗作《先知》中，诗人被描述成一个普罗米修斯式的流放者，拥有洞察所处文化的独特天赋，这首诗在1890年到1940年间产生了几十首模仿品，那段时期，现代主义作家们重申了艺术至高无上的地位，并据此充满浪漫主义地把艺术家理解为英雄、神圣的疯子和 62
先知。

无疑，20世纪也多少为前普希金时代的诗歌恢复了名誉，玛琳娜·茨维塔耶娃、奥西普·曼德尔施塔姆和后来的约瑟夫·布罗茨基等重要人物，都受到了杰尔查文的启发，后者顽固地坚持晦涩文风，冷峻硬朗却又令人振奋。然而现代主义强调追求原创性，这一点与人们关于18世纪作品刻意墨守成规的理解格格不入。一个典型的例子就是弗拉基米尔·纳博科夫，他在《叶甫盖尼·奥涅金》的注释中猛烈抨击卡拉姆津的枯燥乏味和史诗作家米哈伊尔·赫拉斯科夫的晦涩阴郁，勉强地说杰尔查文至多有“少许粗糙的天赋”。在诗歌中，普希金在自己关于诗人的那些作品中采用的叙述声音既带有反讽的怀疑主义，又充满挑衅地强调了灵感的价值，成为表达艺术体验的最佳手段。1910年代和1920年代，“普希金式”写法在散文中也得以复兴——利用框架叙事、引言、文本内嵌文本等策略来标示故事与现实之间的距离，其可能性更多地依赖风格而非内容。

虽然作家们总是在主题方面，以及借用词汇和有“普希金式”回响的形式来向普希金致意，但后世作家的作品却完全没有受到普希金文学创作的约束。事实证明，跟普希金写过的体裁相比，后世作家用他没有涉猎的体裁写作往往更为多产。虽然安德烈·西尼亚夫斯基曾将普希金的诗歌描述为“充满大量的私人素材”，但事实上跟他的信件或笔记不同，普希金抒情诗中堪称严格的“私人素材”的东西很少，而且这类素材总是经过变形后才出现。看似以第一人称写下的忏悔诗事实上却是“化装忏悔”，也就是借某个虚构人物的话语进行忏悔。在他的抒情诗及戏剧和小说中，普希金选择穿着的“戏装”令人眼花缭乱。普希金在随笔和笔记中明确说明他与莫扎特惺惺相惜，同时又跟萨列里[1]趣味相投，在他的其中一部《小悲剧》中，这两位可是公
63 然对立的主人公；《黑桃皇后》中那位固执而神经质的日耳曼主人公赫尔曼，与上流社会唠叨八卦的主角、毫不费力便魅力四射的托姆斯基，都是作者的第二自我。虽说“化装忏悔”的方式是俄罗斯文学的特色（比如说在莱蒙托夫的《当代英雄》和阿赫玛托娃的早期诗歌中都会看到这种方式），但普希金选择的面具之繁多新奇，实在独一无二。

忏悔诗也并非唯一不是由普希金作品开创的体裁。正如利季娅·金茨堡在她关于19世纪俄罗斯文学的经典文学史著作《论心理散文》中所说，亚历山大·赫尔岑的《往事与随想》才是忏悔散文这种体裁的先驱，赫尔岑在文中使用了大量情感炽热的华丽辞藻，大概连普希金看了也会觉得难堪。相反，普希金那些妙趣横生地自我贬低的信件却在俄国传统中后继无人。后期书信体的大师如玛琳娜·茨维塔耶娃，就倾向于文学–哲学式的抽象及悲叹命运的不公，而不是以揶揄的幽默写出具体的细节。就戏剧而言，普希金没有写过情节喜剧，而

① 安东尼奥·萨列里（1750—1825），意大利古典主义作曲家，著名作品有歌剧《音乐至上》和《威尼斯交响曲》等。

这一体裁在他生前身后都是俄国戏剧的光荣传统。（果戈理的《钦差大臣》是国际戏剧保留剧目中独一无二的杰作，它继承了18世纪的文本，如冯维辛的《纨绔少年》或克尼亚日宁[1]的《吹牛家》，并启发了亚历山大·奥斯特洛夫斯基，后者勤奋高产，是19世纪中期俄罗斯戏剧的中流砥柱。）普希金对悲喜剧这一极其重要的体裁也毫无贡献，这一体裁的杰作包括契诃夫的《樱桃园》和马雅可夫斯基的《臭虫》。他最伟大的成就始终是孑然孤立的。诚然，《叶甫盖尼·奥涅金》也吸引了不少模仿者，但那无非都是些逗趣的打油诗作。穆索尔斯基在《鲍里斯·戈杜诺夫》这部歌剧的编排中倒是抓住了原作的心理复杂性，而阿列克谢·康斯坦丁诺维奇·托尔斯泰关于鲍里斯、其前辈和后人的历史剧三部曲却因用力过猛而乏味无趣，远不 64
如年轻的普希金来得俏皮可爱、灵气逼人。

如果要把普希金看成一代先驱，那是说他开创了“混合体裁”文本的风气。举例来说，《埃及之夜》（1835）这首采用散文“框架”的叙事诗就有卡罗利娜·帕夫洛娃的《双重生活》（1844—1847）与之呼应（但绝非模仿），后者是用诗歌语言写成的散文故事，表现主人公塞西莉亚的思考和梦境。不过鉴于整个欧洲的浪漫主义文学都汲汲于采用新的混合形式（想想海涅的“诗体小说”《阿塔·特罗尔》，或者歌德的《威廉·迈斯特》运用歌曲来表现迷娘的想象世界），很难说俄罗斯文学的文类间文本完全来自普希金的影响。

就连普希金对于俄罗斯文学语言的发展起到过重要作用

---

[1] 雅科夫·克尼亚日宁（1742—1791），叶卡捷琳娜二世执政期间俄罗斯最重要的悲剧作家。其诙谐喜剧《吹牛家》于1786年首演。

这一传统观念，也并非十分有理有据。普希金对句法的精简大多早在18世纪就已有先例，不光在一贯被认为是前普希金时期文学先驱人物的尼古拉·卡拉姆津的作品中可见一斑，也出现在那些名不见经传的文本中，例如娜塔丽娅·多尔戈鲁卡娅女大公1767年撰写的回忆录（那是她为自己的后代撰写的私人记录），以及从法文翻译过来的小说和教养书等。此外，正如鲍里斯·加斯帕罗夫等学者所说，普希金式/卡拉姆津式传统只是19世纪初期众多文学走向中的一个；其他作家对它的态度可能是既有拥护，又不乏反对之声。

至于散文体小说，普希金的遗产也同样矜奇立异。拥戴普希金为“俄罗斯文学之父”的支持者的一个痛点就是，虽然普希金曾多次涉猎各类体裁并颇有辉煌成就，他却没有为鸿篇巨制的心理小说提供典范，自19世纪末以来，那才是国际上公认的
65 俄罗斯对世界文学的最大贡献。即便像纳博科夫这样一个坚定的现代主义者，曾宣称大部分俄语现实主义散文立意虚假、表达啰唆，还曾表示对心理写实主义充满憎恶，在评注普希金的《叶甫盖尼·奥涅金》时也说，奥涅金“一旦开始用心感受，一旦不再扮演他的创造者赋予他的角色——对其他文学角色的夸张戏仿，一个整日插科打诨、偏离正轨的蹩脚货色——就变得飘忽不定、索然无味了”。这首先是纳博科夫热爱这部小说的表面文章。诚然，《叶甫盖尼·奥涅金》风格多样，还有个可以充当多种
67 角色（小说人物的朋友和代言人，一个嘲讽愚行、同情悲苦的评论员）的叙述者。然而就连达吉雅娜也始终是一个象征而不是对真切现实的模仿，一个理想主义的尤物而非具象的表现。她既是外省少妇的肖像，也是创作感受力的显灵。如果说她在清

图13 《智者千虑必有一失》，奥斯特洛夫斯基

奥斯特洛夫斯基的《智者千虑必有一失》(1868)被电影导演谢尔盖·爱森斯坦搬上舞台(1923年),变成了一出"怪异的"马戏表演:十几个姜黄色头发的小丑攀爬在棚架上活蹦乱跳。作为19世纪中期俄罗斯戏剧的中坚力量,奥斯特洛夫斯基显然是跟普希金没有多少传承关系的成功作家的一个范例(他的童话剧《雪姑娘》或许是个例外)。跟普希金不同,他是专业的剧作家,他的很多剧目并非才华横溢但问题重重的戏剧实验,而是合格的公式化喜剧,却因为作者对市井俗话的敏感、十足的荒谬感和富有感染力的厌世情绪而摆脱了千篇一律。另一方面,《大雷雨》则是关于商人生活的热情洋溢的情节剧,全然不同于普希金表达情感的精妙细微。这样说并不是贬低奥斯特洛夫斯基作为剧作家的成就:他的剧作在国际(例如,《大雷雨》就启发雅那切克[1]创作了歌剧《卡捷琳娜·卡巴诺娃》)和国内舞台上都有着稳固的地位。在20世纪初期的俄罗斯,这些作品的平易近人并没有让导演们——包括梅耶荷德和斯坦尼斯拉夫斯基,以及爱森斯坦——鄙视,反而激发了他们的大胆创作。

醒时写给叶甫盖尼的信只是她从读过的书中摘录的一套引语,她关于叶甫盖尼被怪异生物包围的梦境却是普希金用自己的抒情歌谣语言记述的。

① 莱奥什·雅那切克(1854—1928),捷克作曲家、音乐理论家与民俗音乐学者。

比如说，在托尔斯泰、陀思妥耶夫斯基或契诃夫的作品中都看不到这些影响的痕迹。普希金笔下的人物往往没有他们自己的声音：他们是作者悬挂自己才华锦缎的木桩子（果戈理的人物也是一样，除了《钦差大臣》中的市长，这个人物在最后因为针对自己的恶作剧而愤怒爆发时，才获得了全剧中唯一一处真正个人化的雄辩口才）。普希金尖刻而超脱地刻画了赫尔曼和丽莎这两个人物，让他们几乎没有空间发声：尤其是赫尔曼，因为从头到尾我们都是从外部观察他，因而始终是个谜一样的人物。与之有霄壤之别的，要属陀思妥耶夫斯基那部出色的——并且无论以俄国还是以世界标准来评判都是革命性的——小说《地下室手记》，在那部小说中，我们唯一的定位点就是中心人物自己的声音，从小说的第一句话开始，他就用反复无常又前后矛盾的话折磨着我们：

> 我是一个有病的人……我是一个心怀歹毒的人。我是一个其貌不扬的人。我想我的肝脏有病。但是我对自己的病一窍不通，甚至不清楚自己到底患有什么病。我不去看病，我从来没有看过病，虽然我很尊重医学和医生。再说，我极其迷信；唔，以至于迷信到敬重医学。（我受过良好的教育，绝不至于迷信，但是我还是很迷信。）不，您哪，我不想去看病是出于恶意。您大概不明白这是什么意思。可是， 68
> 我明白。当然，我向你们说不清楚我这种恶意损害的到底是谁……[1]

① 译文引自臧仲伦译，《双重人格·地下室手记》，译林出版社，2004年，第177页。

英语翻译无法模仿原文的语法，原文利用了俄语句法的灵活性，把形容词放在每段第一句话的不同位置，如此抑扬顿挫，“其貌不扬”一词就有了歇斯底里一般的高音调，像大获全胜似的。不过修辞策略的性质还是可以通过翻译得以传达。每说一句话，它便立刻被反驳；正如“地下室人”一方面固执地独处，一方面又离不开他的倾听者，那个“大概不明白这是什么意思”的对立者，这本身就是矛盾的。在呈现“地下室人”的忏悔时，作者没有使用任何力求加强回忆录“真实性”的传统手段。在他死后没有发现日记，他的倾听者始终匿名，也没有什么激励性的事件（相反，托尔斯泰的《克鲁采奏鸣曲》中的杀人犯就在火车车厢里因为一场关于婚姻的讨论而开始了忏悔）。《地下室手记》打破了普希金散文中的文学规范，正如它那个粗鲁的、不宽容的偏执狂叙述者滔滔不绝地诉说着他对上流社会行为规范的不屑一顾。

当然，普希金散文的有些方面也被后来的一些作者视为典范。在契诃夫看来，普希金很少用比喻性文字，他更喜欢转喻而不是暗喻，这一点尤为可贵。在托尔斯泰看来，普希金的开篇段落总是开门见山，颇值得重视。《安娜·卡列尼娜》的第二句话——“奥布隆斯基家里一切都混乱了”——与《黑桃皇后》的第一句话同样是刻意为之的单刀直入：“一天，大家聚到近卫军骑兵军官纳鲁莫夫家里赌牌。”

不过，虽然托尔斯泰开展叙述的方式最“像普希金”，他在
69 其他方面却显然是反普希金的。他在《战争与和平》中滑稽描绘的拿破仑在表现手法上跟普希金风马牛不相及，普希金曾以矛盾但热切的笔触向这位浪漫主义的伟大领袖致敬。《拿破仑》

（1822）的开头几行利用18世纪正式颂歌的宏大意象来突出这位法国皇帝超越一切的伟大：

一个奇异的命运终了，
伟大的人已经逝去。
在暗淡的囚居中，沉落了，
惊人的拿破仑的世纪。[①]

在托尔斯泰的《战争与和平》中，“天意”代替了“命运”，人物在各自的上帝和文学创造者眼中之所以伟大，恰是因为他们没有心怀这里所述的“伟大”抱负。在普希金的作品，如《青铜骑士》中，“偶像”一词占据着举足轻重的地位，那是崇高伟大和道德过失的矛盾混合体。在托尔斯泰的心中，一切偶像顾名思义都是欺骗性的，偶像在试图超越其普通的人性的过程中，必然会暴露其粗俗空洞的真实自我。托尔斯泰的父亲是普希金的同代人，他曾经让幼年的托尔斯泰背诵那首《拿破仑》，然而这一经历竟丝毫没有让托尔斯泰对普希金和他笔下的英雄保持敬畏。

同样，普希金认为散文应该“节制”“明晰”，与他不同，托尔斯泰那些鸿篇巨制的“臃肿怪兽”简直挑衅得近乎无理。《黑桃皇后》的尾声让故事结尾夸张地简洁，突出了这是一部小说的事实。相反，托尔斯泰的小说结尾却总是被它们的尾声和后记弄得含混模糊。作者有意识地一再重返那些他不忍抛弃的主题。

① 译文引自查良铮，《穆旦译文集》第六卷，人民文学出版社，2005年，第343页。

命运的暗示在《黑桃皇后》中扮演了一个模棱两可的角色，而在托尔斯泰这里却总是可以避开的。如果说赫尔曼可能真的被某
70 种“未知的力量”——一种尽管源自他的内心，却充满恶意的超自然力量——带到了伯爵夫人的宅邸，那么在托尔斯泰这里，人物相信自己的命运可以被“预示”本身就是一种心灵的病态，一种自毁倾向。

因此，托尔斯泰是把普希金“当作诗人”来阅读的读者的典范，按照普希金本人的理解，“诗人”的意思是一种广义的创作型人格，灵感来源或许可以是无关的事物，而不必是他或她所阅读的文字。

在《战争与和平》出版后一个世纪左右，才有作者像托尔斯泰那样大胆而富有创造性地否定普希金。然而到了1960年代，至少在一些非官方的苏联作家中，几十年被强制洗脑的爱国主义已经让他们对文学经典产生了极大的厌恶。举例来说，瓦尔拉姆·沙拉莫夫的《科雷马故事》中的一篇，作者就在开头辛辣地戏仿了《黑桃皇后》的第一句：“一天，他们在战俘营骑兵军官纳鲁莫夫的兵营里赌牌”，无情地强调普希金的原文与苏联生活无关。约瑟夫·布罗茨基则在自己的诗歌中进一步驳斥了普希金，他个人列出的俄罗斯伟大诗人的正典（杰尔查文、巴拉丁斯基、曼德尔施塔姆）就公然绕开了“俄罗斯文学之父”。

例如，布罗茨基的重要系列《献给玛丽亚·斯图亚特的二十首十四行诗》（1974）就以各种公开和隐秘的方式跟普希金划清界限。它选择了一种普希金很少使用的诗歌形式（十四行诗）。头韵成为整个组诗中一个引人注目的修辞手段，远比普希金作品中的头韵更加一目了然。布罗茨基还从一开始就清楚地表

明，被称为“玛丽亚·斯图亚特”的那个“缪斯”是个虚构的幻想，她即将“步下荧幕/像一尊雕像那样，给公园带来朝气”（第一首十四行诗）。比起普希金晚期的好几首诗作中指称的雕像（布罗茨基使用这个比喻也让我们联想起那些雕像），这里被指称的这座雕像更虚幻，同时也更真实。她来自抒情主人公少年 71
时看过的一部电影，片中“萨拉/莱安德噔噔噔地走向绞刑架”（第二首十四行诗）。也就是说，她是个远不如雕像真实的艺术影像。然而与此同时，组诗坚称她是现实的实体存在，是应当得以实现的某个欲望的对象，因而“苏格兰成为我们的床垫”（第八首十四行诗）。为了进一步彰显他与普希金不同，布罗茨基频繁地引用普希金的爱情诗，以此来削弱它们的情感修辞力量，从传统的文学虔敬的角度来看，这实属粗鲁无礼，尤其是他运用了刺眼的字词错位，这跟普希金把不同的诗歌风格和谐地融合在一起的精神截然相反。一个恰当的例子是第六首十四行诗，嘲讽地戏仿了普希金的《“我爱过你”》（这里采用的是彼得·弗朗斯的译本）：

我曾经爱过您。这爱情（也许，
就是痛苦）还在钻痛我的神经。
一切都已散成碎片飞去见鬼。
我试图射击，但玩枪可不
容易。还有，两个太阳穴，
该向哪一个开火？坏事的不是颤抖，
而是沉思。见鬼！一切都是非人的！
我曾经爱您那样强烈那样的无望，

上帝保佑别人也这样爱您——但上帝不会！
虽然他无所不能，但是
按巴门尼德的学说，他不会再创造
血液中的炽热和宽大骨骼的脆裂，
不会让嘴巴上的铅封被碰触
嘴唇（我删去了“臀部”）的渴望熔化！①

除了两处直接引用普希金（这里使用了楷体加粗，原诗全文见本书第六章）外，这首诗与原诗的戏仿关系是通过在俄文诗第12行中，一个古体的冠词“*sei*”的使用建立起来的——就语域而言，“彼之炽火”应该是个正确的译法。然而这里使用原文仅仅
72 是为了衬托纯粹布罗茨基式的（也就是20世纪的）修辞装饰。这包括第14行中的俗语“*byust*”（即“胸部”，这里翻译成“臀部”，在爱情诗的语境中，普希金大概会使用高雅的“*persi*”一词，即“胸部”），第6行提到的“颤抖”，第11行中脱口而出的巴门尼德（5世纪希腊理性主义哲学家，他认为只有存在的才是可知的），以及特别要提到的，第9行中对于上帝典故的嘲讽式颠覆。

即便在20世纪的俄罗斯文学中，这样凭借着对普希金作品的了解，公然挑衅地以普希金反普希金的写法也不多见。更常见的做法是试图找到“另一个”普希金来替代那个“俄罗斯文学之父”，或通过再次审视普希金本人的作品来找到“他的时代之前的苏联爱国者”。正如审查制度培养了“伊索式语言”，“最伟大的俄罗斯作家”这一狭隘的官方形象也培育出了“伊索式普

① 译文引自刘文飞译，《我曾经爱过您》，载于《飞天》1994年第12期。配合后文说明有细微改动。

希金”。从1930年代中期开始，通过撰写普希金这个不证自明的“安全”话题（不像晚期的陀思妥耶夫斯基那样公然憎恶俄国革命运动，投身东正教会），作家们能够借以探讨某些倘若直接涉及便是绝对禁忌的问题。

一个例证就是安娜·阿赫玛托娃关于普希金的文章。这些文章强调了普希金“加密”的天赋——那时，阿赫玛托娃本人正在为应对制度化的压制而发展出一种保护性的晦涩文风。同样，阿赫玛托娃强调普希金在一个因威权主义而沦为道德阴沟的世界里为尊严而战，也表达了她对苏联作家所处地位的看法。也正是出于同样的动机，肖斯塔科维奇使用他为普希金的诗《再生》谱的曲中的引语，从而把身后艺术正当性的主题编入他的《第五交响曲》，那是在《姆钦斯克县的麦克白夫人》1936年首演遭受恶毒诽谤之后，他创作的第一部重要的公开作品。

当然，在这里强调作家的神圣角色会让这些对普希金的非官方看法接近于官方看法，即便解读不同，起码语调听来也很像。然而还有些不那么正襟危坐的“另类普希金”。很多人更喜欢，用安德烈·西尼亚夫斯基的话说，“绕开庄严堂皇的前门——那里立着一排供人检阅的胸像，脸上都带着不屈不挠的高贵表情——而凭借着街头文化凭空捏造的奇闻逸事”走近普希金，“那是对普希金显赫威望的回应，也可以说是报复”。顺着西尼亚夫斯基自己的比喻往下说，这些作家是通过后门或者“黑色入口”，而不是前门或“检阅入口”了解普希金的。

“后门”一词的低俗特质指向了一个事实，那就是一切形式的私密性都是20世纪反体制文学的一个核心比喻，这继而引发了对普希金私密作品的重视。《加百列颂》是一个对神不敬的风流故事，讲述撒旦和天使加百列及上帝致使圣母玛利亚怀孕，这首诗的手稿在普希金生前便开始流传，直到革命之后才得以全文出版，如今却获得了正典的地位。1920年代为了准备出版第一版普希金“全”集，私人信件、草稿、笔记等数量大增，也同样有助于建构一个全新的“私密的”普希金。最明显的是，他们探索了跟“民族诗人”的端庄形象格格不入的内容。在这里，我们会看到普希金吹牛说他从多产的应景诗人赫沃斯托夫伯爵新近出版的书上撕下了一堆纸片，已经用它们擦过了自己的“罪恶之洞”；看到他说自己的生殖器上点缀着“冒号和逗号”，而某个有权势但性无能的大人物的生殖器上只有一个“逗号”。然而关于普希金的新素材不光能让我们看到这些违禁品，它们还使得人们越来越意识到，作家的手稿本身就是文本，而不仅仅是灵感和出版物的中间阶段（不管普希金本人对文本完整性有何担忧，他一定也明白这一点）。1928年以后，随着审查制度越来越严厉，越来越多的作家开始尝试“沉默体裁”或撰写“收入书桌抽
74 屉”的文本，手稿本身便成了唯一有可能逃脱社会管制的东西。书籍可能会从图书馆里被清洗一空，但用米哈伊尔·布尔加科夫的话说，“手稿是烧不尽的”，他的《大师和玛格丽特》就是经历了斯大林时代仍幸存下来的著名手稿之一（布尔加科夫本人就没那么好运了）。此外，普希金的手稿上有他涂鸦的风景画、沙龙女郎的肖像、鸭子、魔鬼和战马，生动活泼，有一种1910年代和1920年代的前卫出版物特有的实体特质（“手制过程”），但在1930年代便随着印刷品文化的管制加强而消失了。（图9）

普希金随手涂鸦的自画像呈现了一个有别于青铜雕像的备受欢迎的另类诗人形象，让1960年代的现代主义者们感兴趣

的也恰是这位诗人的无形性、他的“空洞”、他的“聒噪”、他的毫无是非感和油滑多变的风格，以及他特有的不可界定性。人们又开始对打油诗人普希金感兴趣了，1920年代的作家们也曾为他的这一身份所吸引，那时，即便是普希金作为先知的神圣观念也曾被嘲讽地调用（1929年，作家维肯季·魏列萨耶夫曾好奇《“纪念碑”》是否像叶甫盖尼·奥涅金这个人物一样，或许不是对浪漫主义刻板印象的轻慢嘲弄：“有没有可能这首诗不仅仅是一首打油诗？”）。苏联社会主义现实主义者们严肃认真地把自己看成托尔斯泰和屠格涅夫的继承人，一本正经地向读者宣读他们自己关于“作家写作技巧”的看法。然而1960年代和1970年代的地下作家和半官方作家们却偏爱通过嘲讽的“后门”来研读俄罗斯文学经典作品。韦涅季克特·叶罗费耶夫的《从莫斯科到佩图什基》是对引用经典文学以展示某一文本的文化资历这一官方做法的归谬——它把从《圣经》到鞋油盒上的标签等各色文本杂乱无序地聚集在一起，压根儿没有孰轻孰重。在德米特里·普里戈夫仿《真理报》的风格写成的伪讣告中，作者利用普希金的轻浮品质来颠覆官方生平介绍和著名作家们的浮夸风气：

苏联共产党中央委员会、苏维埃社会主义共和国联盟最高苏维埃和苏维埃政府沉痛宣告：1837年2月10日（旧历1月29日），因一场悲惨的决斗，伟大的俄罗斯诗人亚历山大·谢尔盖耶维奇·普希金突然过早地离开了我们。

普希金同志一生坚持原则、勇于承担，对自己和他人要求严格。在每一个他受命承担的岗位上，他对委派的工作

> 都显出了无限的忠诚、军人般的英勇无畏，展示了一个爱国者、一个公民、一个诗人的一切高尚品质。
>
> 他将永远活在朋友们和那些熟识这位浪子、小丑、阿飞和讨厌酒鬼的人们心中。
>
> 普希金的名字像永恒燃烧的俄罗斯诗歌之火，定将永远留在俄罗斯人民的记忆中。

普希金从“俄罗斯文学之父”变成了一个小丑，一个终日沉溺于单身汉狂欢的人。甚至还有人似乎在用一部色情赝品恭维他，即1836年和1837年的所谓秘密回忆录，其中坦陈了他和妻子娜塔丽娅及妻妹亚历山德拉三人同床的狂欢。如今除了《叶甫盖尼·奥涅金》（其重要性不是别林斯基所谓的“俄罗斯生活的百科全书”，而是偷听八卦的有趣篇章和“操纵情节”的实例）外，他的主要作品还包括《科隆那的小房子》《加百列颂》和《努
76 林伯爵》。

第五章

“我的诗歌所激起的善良的感情”

被当作“思想大师”的作家们

文学的启示要比专著更自由也更独立；它往往透过真实的现象，将目光投向遥远辽阔的天际，简略地道出它的预言。

（帕维尔·安年科夫，1858 年）

上一章，我们讨论了普希金崇拜的浮夸风气惹得人们把他理解为小丑、游戏者、可与之“散漫溜达”的讨喜熟人，而不是一本正经的倨傲学究。普希金因而成为无意义之意义的使者，这位诗人最重要的作品成了《科隆那的小房子》（1830），这部异装癖厨子的传奇故事古怪离奇，诗人刻意让人不得要领，结尾这样写道：

这就是给您的训诫：以我看来，
不花钱雇用厨娘的确很危险；
谁要是生为男子，他穿着女裙
去谈生意，总归奇特而且枉然：
因为总要有个时候，他必须

刮自己的胡须——这件事，自然
不合乎女人天性……再多就没有：
77 请别在我的故事里拼命推求。[1]

不过这种轻浮气息并非理解普希金全部作品的关键。他的另一个同样典型的特征是《“纪念碑”》中表达的文学说教观，即作家有责任“激起［整个民族的］善良的感情”。就连《科隆那的小房子》结尾也有说教，即不必把文学太当真。这源于普希金失望地看到俄罗斯读者太计较寓意和教训，在《诗人与群氓》（1828）一诗中，他也强烈地驳斥了那些一听到“歌曲”，就只能以愚蠢的问题应对的人：

他弹些什么？教给我们什么？
为什么像固执地玩弄魔术，
他来把人心激动和折磨？
他的歌和清风一样自如，
但也和清风一样没有结果：
他究竟给我们什么益处？[2]

在《黑桃皇后》（1834）中，任何一个赌棍故事理应具有的教化雄心都被削弱了，因为这个故事本身就把讲故事和写作说成是不务正业、不可信赖、弄虚作假，不过是“为了跳一支玛祖卡舞而喋喋不休”。

---

① 译文引自查良铮，《穆旦译文集》第五卷，人民文学出版社，2005年，第475页。
② 译文出处同上书第七卷，第218—219页。

不过道德评说也时有出现。当赫尔曼出现在丽莎的房间，跟她道出自己隔空求爱的真实原因（事实上他给她写那些情意绵绵的信，是为了能够骗到进入这所房子的机会，好与她的监护人伯爵夫人见面），叙述者写道："她痛哭，揪心地忏悔，悔之晚矣！"如果普希金选择道德中立，他本可以选用不同的措辞（比方说"突然得知真相，十分痛苦"）。但作者让叙述者选用基督教的道德词汇（"忏悔"），而"悔之晚矣"这个词也传递出明确的道德判断（丽莎原是有分寸感的，只是太久以来，她忽略了良 78
知的声音）。同样，毫无疑问，叶甫盖尼·奥涅金与连斯基之间的决斗也将被理解为一种文明所允许的杀人方式，不过这一点是通过一篇关于复仇快感的长篇演讲间接表达的，那篇演讲带着可笑的愤世嫉俗：

用大胆的讽刺
挑敌人的错，自然很开心[……]
更开心的是：假如他脱口
叫出来：这正是我的面孔！
但尤其好的是：不声不响
给他做好寿终正寝的棺木，
而你高贵地居于远方，
悄悄瞄准那苍白的前额；
但是，若真的把他送回老家，
对您的胃口恐怕也不合适。[①]

① 译文引自查良铮，《穆旦译文集》第五卷，人民文学出版社，2005年，第173页。

把这里的最后一个建议解读为矫情，只为用直率的语言来削弱这一段关于复仇的夸张修辞，未免荒谬。但挖苦的幽默确实遮蔽了一个显而易见的事实，那就是即便杀死敌人，也算不上好事。

不过这类微妙的讽刺有赖于一个不牢靠的金字塔，也就是关于读者可能会作何反应的一套假设。正如尤里·洛特曼所说，在普希金那一代人中，决斗已经开始被看作是“活人祭”了［或者用一个不那么夸张的说法，被看成是一种故作姿态的方式，成年男性这么做是愚昧荒唐的，在莱蒙托夫的《当代英雄》（1841）中，这种解读始终盘旋在毕巧林和他那个冒牌货第二自我格鲁什尼茨基之间的决斗外围，半个世纪后才因契诃夫对决斗的描述而被充分认识］。在人们普遍认为决斗是解决荣誉事务的主要手段的社会里，攻击决斗是不道德的做法或许要表达
79 得更明确一些，才能被读者明白。在18世纪和19世纪初，俄国作家们强烈地感觉到严肃文学（而不是占卜书或教会日历）的读者都属于同一个阵营，即便有些读者对文学的理解没有那么在行，某些基本的评论事实也得有人提醒他们——比如文学跟现实生活不是一回事，以及叙述者跟作者不一定是同一个人。大体而言，这种融合感的原因在于受教育人口的规模较小。

1830年代和1840年代，随着智识生活进一步扩大，影响了来自更广泛社会阶层的人口，特别是来自俄罗斯社会中层的雄心勃勃的外省男性，知识分子共识的观念开始瓦解。第一个表征是文学世界内部的派系之争，特别是普希金这样的贵族作家与文学记者之间的争吵，其中最臭名昭著的记者要属顽固的保守主义者、密探、《北方蜜蜂》的编辑、通俗小说作家法捷·布尔

加林。一旦一切知识分子都属于同一圈子的想法消散了，人们也就不再期待他们共同拥有理所当然的道德价值观。这就给通过公开的评说和阐释在文本内部表达共识造成了压力，也给自18世纪末期以来在文学文本中作为反讽源头的直率说教带来了压力。

因此，在普希金自己创造的众多可能的普希金中，那个作为“思想大师”的作家、整个民族的导师，才是他的同代人和紧随其后的继承人心中分量最重的。1834年，别林斯基力图为普希金规定他应该如何写作，抱怨说这位作家已经从《波尔塔瓦》和《鲍里斯·戈杜诺夫》（这是“有着无懈可击的严肃性和对全民族的重要意义”的简略表达）转向了“空洞而毫无生命力的童话”（说这话时，别林斯基脑子里想的居然是普希金对莎士比亚的《一报还一报》的天才缩写《安哲鲁》，这实在令人震惊）。对作家的看法从元文本讽刺家转变为强调其社会责任， 80
尼古拉·果戈理就是一个明显的例子。果戈理的小说《鼻子》（1836）嘲讽了道德教化文学的概念：小说的结尾并不是道德训谕，而是叙述者在试图解释科瓦廖夫少校丢失的鼻子变成一名高级公务员这个趣闻有何意义时，竟语无伦次，最后陷入沉默。然而十年后，果戈理却对作家这个职业有了一套截然不同的观念。在他臭名昭著的文集《与友人书简选》（1847）中，他声称普希金是唯一一个了解《死魂灵》这部小说的崇高道德意旨的读者，并断言：“一个作家的责任不仅是愉悦心灵和品味；如果他的作品不能传播对灵魂有用的东西，不能向读者传达道德训诫，他将为此付出沉重的代价。”虽然果戈理在《与友人书简选》中表达的许多观点都受到了激进派和保守派双方面的抨击（果戈理建议地主在农民面前烧毁钞票，以此来教会后者对财富无动于衷，没有几个人觉得这是对的），但他强调作家有责任传达“道德训诫”却没有遭到质疑。相反，对《与友人书简选》的批评的关键在于，如别林斯基在1847年致果戈理的信中所说，果戈理传递了错误的训谕，因而违背了身为作家的职责。激进派和保守派这时都基于意识形态（*ideinost'*），也就是面对重要的热点问题的态度，来评价文学。

当然，意识形态倒也没有在1840年以后一统天下。政治激进的评论家们坚信现实主义小说乃至新闻体报告文学优于抒情诗，这激发诗歌作者反过来质疑文学的功利主义理论。（一个引人注目的例子是莫斯科评论家、“吉卜赛传奇故事”的作者阿波隆·格里戈里耶夫，他是别林斯基、涅克拉索夫、杜勃罗留波夫的劲敌，也是成为史诗级酒鬼的众多俄罗斯作家之一。）19世纪
81 末，俄罗斯颓废派效法其法国同类，主张艺术具有自主性，并坚持私利崇拜（颓废派理想的英雄，无论男女，不会献身社会进步，他们唯一的目的就是追求快乐和感官满足）。

然而把艺术与道德或政治问题截然分开的愿望始终是一个边缘现象，一个有力证据就是托尔斯泰这位19世纪末的大文豪，无论哪个政治阵营的人物都对其充满敬畏的评论家，动用自己的权威抨击了颓废派对美的崇拜。在《艺术论》（1898）中，托尔斯泰强有力地驳斥了唯美主义艺术观，在他看来，艺术的价值应该取决于它是否真诚地表达了情感，是否致力于善的传播。在俄罗斯知识界，民粹主义当道，人们普遍认为知识分子有义务帮助所谓的“普罗大众”，这意味着即便在托尔斯泰抨击的那些“颓废派”中，主张将艺术与政治混为一谈者也要比试图将两者

分开者更普遍。1906—1907年期间，短期的“神秘无政府主义”运动就表达了实现现代主义文学、宗教哲学和社会主义大一统的愿望；1917年以后，一批现代主义作家成为布尔什维克主义的热心拥趸，纷纷加入其羽翼未丰的文化机构。举例来说，象征主义诗人瓦列里·勃留索夫就受命负责制订苏联作家培训计划；马雅可夫斯基等左翼先锋派炮制了押韵的宣传词和海报，张贴在莫斯科的罗斯塔（即俄国电报通讯社）的窗口。

不过，艺术与政治的相互影响有时也不那么明显。玛琳娜·茨维塔耶娃坚决独立于任何党派路线，这使她在后革命时期的莫斯科、移民到布拉格、后来到巴黎之后都极为不得人心，作为最有天赋和才华的现代主义诗人之一，她在1917年后一再成为被讨伐的对象。她在苏联的莫斯科写过一首向俄国内战期间的反苏维埃势力“白军”致敬的恢弘诗篇《天鹅营》（1921），随后又于1923年，也就是移民到西方世界一年之后，在柏林发表了一篇同样争议巨大的作品，向“赶车的六翼天使”马雅可夫斯基致敬。 82

许多俄罗斯作家接受艺术和道德伦理可以共存的观念，在一定程度上，这是俄罗斯政府——包括革命前后的历届政府——要把道德和艺术都置于监管之下的野心使然。总的来说，严厉的审查制度和刻意创作道德败坏或浮夸艺术作品的做法之间存在着逆相关：为了开个玩笑而甘冒失去生命或自由风险的作家，才是不世出的好作家。无论如何，跟政治领袖们本人相比，憎恨沙皇和苏联的作家们也不一定对西方“市民社会领域”的自由主义概念深信不疑，什么文化机构与教育和市政环境管理一样，在某些重大方面具有自主性，是“高于政治”的。在

19世纪俄罗斯历史的某些时期，正如近期一位历史学家所说，“民主审查制度”（也就是俄罗斯激进评论家和编辑们希望胁迫作者服从政治的愿望）是个“跟官方同类一样需要考虑的因素”。

所有这些表明，声称“俄罗斯经典文学［……］很少公开说教”（引用一位西方俄罗斯历史学家的话）就大错特错了。相反，“公开说教”是俄罗斯经典作家的伟大特长之一。只有蛮横任性的读者才会看不到萨尔蒂科夫–谢德林的《戈洛夫廖夫老爷们》是对农奴主阶级道德沦丧的有力谴责，或者他的《一个城市的历史》是对独裁统治的无情讥讽。重点不是俄罗斯作家避
83 免讲道或典范故事，而是他们的叙述中超乎寻常的修辞笔力。

然而上述第一部小说中古怪猥琐的犹杜什卡·戈洛夫廖夫和第二部小说中声若洪钟的市长乌格留姆·布尔契夫不仅仅是萨尔蒂科夫的意识形态观念的传声筒。无休止地根据文学人物表达的所谓当代弊病对其分类，抹杀叶甫盖尼·奥涅金、毕巧林和安德烈·博尔孔斯基之间的区别，化零为整，简单粗暴地把他们变成一群齐整的“多余的人”的，是文学评论家而非作家。同样，尼古拉·杜勃罗留波夫关于冈察洛夫的小说《奥勃洛莫夫》的评论文章《什么是奥勃洛莫夫性格？》，也把这部小说当成一个关于懒惰和勤奋的寓言故事，而全然忽略了一个事实，即正是无比懒惰和贪吃的奥勃洛莫夫刺激了其创作者的想象力，而不是小说中那位正面主人公、自以为是的斯托尔兹。

跟评论家不同，对作家来说，意识形态和艺术创作这两个目标之间永远存在着张力。作家们频繁地为自己的文学文本撰写序言、后记和注释的做法恰恰表现了俄罗斯文学的“文类间”特征，即它力图弥合虚构与非虚构之间差距的愿望（注意托尔斯泰

的《战争与和平》中就插入了真实文献）。但它同时也表明作家们意识到，文学传统令他们无法直白地传达训谕。

关于虚构和意识形态之间的冲突，一个明显的例子就是托尔斯泰晚期的小说《克鲁采奏鸣曲》（1889）。托尔斯泰在小说发表之后为之撰写的《跋》中，支持主人公波兹德内歇夫提出的惊世骇俗的论点，坚称只有绝对禁欲才是符合道德规范的人类生存方式。托尔斯泰还对读者很难抓住这部小说的要旨表示惊愕。不过波兹德内歇夫其人在小说开始的那些章节里一直未停止神经质的抽搐，又喝下一杯杯浓茶以满足自己的咖啡因瘾，很难说能够有力支持他的创造者（托尔斯泰彼时正强烈建议戒除麻醉物质）的这些观点，虽然表面看来，他希望人们重视这些观点。84
这个人物甚至没有体面地忏悔自己的罪行或对受害者有一丝同情。无论当时还是现在，都很难把这个故事看成一个寓言；把它当作对杀人犯心态的冷峻有力的素描来欣赏就容易得多——此人穿着袜子在自己的家里徘徊，令他的受害者大为吃惊，事后还冷漠地回忆自己的匕首先是刺穿紧身褡，接着又刺到肉的手感。《安娜·卡列尼娜》中也有同样明显的沟通不确定性，那部小说既是关于得体婚姻生活的道德故事，又详细描述了那样的生活有多可怕。这本书把婚姻作为一个方便的出发点，来对**凡事**都有意义的俄罗斯社会开启百科全书式的探讨，但同时它又痴迷于生活中的寻常细节，而事实上，细节之美恰在于它**没有**意义。

不过米哈伊尔·巴赫金后来在一篇关于陀思妥耶夫斯基的著名研究论文中提出的小说话语的“复调性”，即其中统一可靠的全知视角的缺席，并不一定等同于道德或哲学定论的缺席。果戈理的戏剧《钦差大臣》中的语言鲜活有力，淫猥的俄语口语以其充沛的活力不断冒出，令剧中人物“说话得体”的努力显得不无可悲；与之密切相关的，是果戈理认为这是一部宗教道德剧的观念，他以这部戏剧为实例来说明那些他认为污染了人类灵魂且终将在审判日大白于天下的恶行。在果戈理看来，语言得体与失当是人类同一个过错的两个方面，这过错即想当然地以为可以在神的全见之眼面前隐瞒自己的弱点和缺陷。

如此把“媒介”和“训谕”、说教目的和表现区间难解难分地混在一起，在苏联的一些作品中也时有出现，虽然在苏联时代，一方面国家干预激增，另一方面知识分子也越来越服从。一个恰当的例子是马雅可夫斯基的诗歌。马雅可夫斯基1917年后
85 的作品往往被认为远不及他早期的文学成就，十分可悲——有人指责这位作家“踩住自己歌吟的喉咙”（这是他自己在未完成的临终伟作《放开喉咙歌唱》中使用的说法）。然而不能据此说他与历史脱轨，在文学史上选择了一条小路；要说作品中的说教和艺术密不可分，后期的马雅可夫斯基可是俄罗斯作家中的一个典型。例如，他那首扣人心弦的诗《两个不完全寻常的事件》（1922），就把莫斯科一条街道上饥荒的场景和正在一家饭馆里进行的“瘟疫时期的盛宴”的片段并置起来——饭馆里，作家们和其他知识分子正在享受这个危机四伏的城市中最后一点近似佳肴的东西。总结起来就是这么赤裸裸的几句话，这首诗读来也像洗发水广告中的“前后对比”图，或1920年代游行中使用的反资产阶级宣传条目（骨瘦如柴的流浪者、大腹便便的银行家）一样简略直白。然而上述总结中省略了马雅可夫斯基在描述无声的莫斯科街道时那种怪异恐怖的力量，以及他的开篇意象——那个半人半马的怪物——的震撼效果：

突然
我看到
在我和窗子中间
一个木头人动起来。
蹒跚着,滑动着。
一个长着马头的木头人。
他——不,是它,继续滑动。
他的手指
插进自己的鼻孔里:
三个手指,也许是两个。
睁开的眼睛周围停着苍蝇。
它脖颈的一侧
悬着一段血管,
往街道上喷洒血滴
冒出的血滴便冻成了黑冰。
我看着,看着那个爬行的影子:
突然因为无法承受的确信而战栗:
这个半人半兽
一定是我头脑的臆造。

86

安全的理性很快就重新建立了起来,摆脱了其神话意义的"半人半马"其实是一匹饥饿的老马的头颅,被一个绝望的莫斯科人用匕首把它从瘦骨嶙峋的脖颈上割了下来。然而这个幻象,就像跟它类似的那个噩梦一样,无法被简化为日常生活的一次异常事件,它甚至无法被简单地概括为死亡的暗示。它是无法简化的，是恐惧的表现，那些恐惧通常已被驱离现代城市，但极端时刻仍会不可抑制地升起。

如此说来，《两个不完全寻常的事件》不能作为例证说明想象力屈服于说教目的，而是说明前者与后者密不可分地交织在一起。它诉诸把神话解读为人类经验原型的心理分析方法培养起来的感受力，无疑也同样诉诸一个坚定的布尔什维克主义者认为革命年代的苦难只有通过实现共产主义才能避免的信念。莫斯科街道上那个恐怖的半人半马怪物本是作为一个例证来支持马雅可夫斯基的政治布道的，却获得了自己的艺术生命，甚或还成为对现代主义诗歌的一种隐喻，影射后者是荒谬怪异的混合体。

因此，关于苏联文学的说教主义实属反常的讨论本身，就建立在误解的基础上。其终极出发点是对苏联文学力图动用说教手段实现何种性质的目标反应过激，这也不难理解。到底有无可能把艺术价值与道德节操彻底分开？一首献给苏联秘密警察，或者献给如斯大林这般邪恶、间接害死了数千万人的大独裁者的颂歌，到底有没有任何美学价值，哪怕它的创作者是一个有着无可争议的艺术才华的作家？这些绝不仅仅是假设性问题。“捷尔任斯基的士兵”事实上是马雅可夫斯基1926年所写的一首颂诗的歌颂对象。而在1930年代中期，社会主义现实主义已
87 经建立起来，对斯大林的官方崇拜经历了全方位发展。希望让自己的作品得到发表的作家就必须展现出党性，即要对党的价值观无限忠诚，包括（1930年代末期以后）阿谀奉承领袖。在无数的诗歌、短篇和长篇小说中，他被写成全体苏联公民的洞视一切的朋友：

每天深夜，当万籁俱寂
在克里姆林宫那古老的灰色大楼背后
各国人民隐秘而神圣的愿望
被世界托付给了敬爱的领袖斯大林。

这首由亚历山大·苏尔科夫所写的诗歌以任何标准来看都是拙劣的，但确有才华的作家们也对斯大林崇拜做出了回应。例如，曼德尔施塔姆的一首《斯大林颂》，就因其优雅措辞和表达清晰的真挚情感而出类拔萃。

很多加入所谓“第一波”移民潮的评论家（在革命中或革命后不久离开俄国的人），其反对苏联艺术的观念是先入为主的。出色的文学评论家和杰出诗人弗拉季斯拉夫·霍达谢维奇曾说：“马雅可夫斯基从来不是歌颂革命的诗人，也绝不是什么革命诗人。事实上他的修辞是大屠杀式的修辞，将暴力和辱骂指向一切弱者和无力防卫者，不管那弱者是莫斯科的德国香肠铺，还是个被勒紧了喉咙的布尔乔亚。”霍达谢维奇的这段评价本身很难受到指责，但麻烦在于，1917年后俄罗斯出版的文本很少能够满足无条件地支持苏联政权下的受难者这一标准。安娜·阿赫玛托娃的《安魂曲》是为肃反运动（1937—1938年对数百万所谓“人民的敌人”的屠杀）的牺牲者吟咏的哀歌，毫不妥协地公然与施暴者为敌，是致力于无懈可击的道德宗旨的上乘艺术作品。然而这毕竟只是少数。在大多数情况下，陷于数次压制风潮的天才作家们会做出各种形式的道德妥协。拿布尔加科夫 88
的小说《大师和玛格丽特》（1928—1940）来说，他把遭到魔鬼撒旦破坏的1920年代莫斯科的堕落景象与一个“人格化”的耶稣基督并置起来，后者被描述为社交无能的“圣愚”，穿行在跟1930年代的莫斯科有着神秘相似性的耶路撒冷。这部小说的尾声把最后的发言权交给沃兰德，也就是布尔加科夫笔下的梅菲斯特，后者道出了道德相对论的一套准则，“善”和“恶”被分别对应于物质世界的“光明”与“黑暗”，二者都是感觉丰沛的生命必不可少的。至于丹尼尔·哈尔姆斯的那些短篇小说，比方说《偶然事件》（1934—1936），都出色地揭露了1930年代的非人生活，也是在这些文本中，无意义的残酷行径本身成为核心的艺术手段，成为叙述者和读者合谋的欢愉对象。

因此就苏联艺术而言，根本不可能那么容易地说出天赋才华与坚守道德之间有何关系：很多极有才华的作家对暴君的态度是模棱两可的，甚至满怀崇拜。基于其伦理可疑性而把几乎一切作品都看成是糟糕的作品，包括写完即“收入书桌抽屉”的很多作品（布尔加科夫和哈尔姆斯都没有奢望过发表他们后期的作品），而对《大师和玛格丽特》和比方说安娜·卡拉瓦耶娃的三部曲《祖国》（1951）还要区别对待，把它们归入地狱中不同的圈层，因为后者歌颂了在全见全知的斯大林的英明统治下人们美好愉悦的生活——这些都是符合逻辑的反应。然而这样做无异于逆向效仿苏联时代思想狭隘的文化政治，在苏联的统治下，只有具备“共产主义道德”和“进步性”的作品才能流传（见第二章）。这样做还会掩盖苏联艺术家们的道德困境在一定程度上与其他时代和其他社会的艺术家不无相似的事实，正如俄罗斯历史学家鲍里斯·格罗伊斯曾经指出的那样：“历史上，被普遍视为善的艺术常常具有美化和歌颂权力的功能。”如果我们以更广阔的时空维度来考察“美化和歌颂权力”这一传统，不妨把曼德尔施塔姆的《斯大林颂》放在罗蒙诺索夫献给彼得一世（很难说此人是最仁慈的统治者）的赞歌的背景下去阅读。或者把苏联现实主义小说和第三帝国的小说，20世纪中期法国、意大利和爱尔兰的天主教小说甚或像“禾林言情小说”[1]及英美侦探小说这类程式化体裁对比阅读，也同样能够得到启发。 89

另一个立场是无视苏联艺术与政治权力的关系。如果可以抹去陀思妥耶夫斯基在《作家日记》（1876—1881）中如此刺眼的泛斯拉夫弥赛亚主义[2]和反犹主义（顺便提一句，这些在他的小说中也显而易见），把他理解为普遍人类自由的预言家，那么把1920年代的马雅可夫斯基看成是不由自主地预言自由的先知也同样合理。在《臭虫》（1928）的最后一幕，全剧从头到尾被当作最糟糕的小资产阶级唯物主义者的代表而遭到嘲笑的工人普利绥坡金，突然变成了一个悲剧人物，在笼子中扭动着，抗议乌托邦未来那种贫瘠刻板的自命不凡，还可以由此推理，说他抗议任何相信将未来拉到眼前便能代表进步的愚蠢社会。

另一种做法是将道德评判彻底悬置起来：苏联文学完全可以从其本身出发进行研究，从人类学角度加以讨论。这样做意味着将“五年计划小说或斯大林颂歌的创作是否具有道德和美学的正当性”这个问题替换为“写这些作品意味着什么，以及与其同时代的读者如何理解这些作品”的问题。卡特琳娜·克拉克关于社会主义现实主义的开拓性研究《苏联小说：作为仪式的历史》首次出版于1981年，指出苏联现实主义所创作的那些

① 一家总部位于加拿大多伦多的出版公司出版的言情小说。在通常被称为罗曼司小说的言情小说类别中，该公司的销量是全世界最大的。

② 弥赛亚是基督教术语，意指受上帝指派前来拯救世人的救世主。泛斯拉夫弥赛亚主义认为斯拉夫民族是上帝派来拯救众生的优选民族。

说教和程式化小说，事实上是对自我改造的强力神话及忠诚感的表达，这些有助于维系苏联这个紧张不安的新国家。这些小说人物塑造潦草，也很少考虑人物心理的合理性，并且通过克
90 服外部困难来强调进步，这些让它们一方面继承了传统的俄罗斯民间文学的手法，另一方面又与古典史诗结为盟友。最近，戴维·谢泼德、托马斯·拉胡森和约亨·赫尔贝克等其他评论家也分析了苏联现实主义作家自身经历的自我成长的主动进程：他们无论在私人日记还是在公开讲话中，都努力把自己塑造成党性要求的样子，不断重写自己作品的早期版本，为的是让自己跟上政策的变化。这类进程或许不符合关于艺术和道德独立的西方理念，但它们也绝非毫不含糊和易于解读的：斯大林时代的一个主要悲剧就是，有那么多复杂的思考和备受折磨的才智，都被用于创作党的政策要求的那些头脑简单的宣传小说和诗歌了。

无论如何，作家是“思想大师”，这是19世纪和20世纪俄罗斯文学一以贯之的观点。即便像弗拉基米尔·纳博科夫这样一位刻意反讽的现代主义者，也乐于声称自己不是“轻浮的火鸟”，而是“抨击罪恶，谴责愚蠢，嘲笑庸俗和残忍，以及崇尚温柔、才华和骄傲的道德家”。反对意见的形成也是围绕着道德说教和美育的方式以及应该教化哪些内容，而不是围绕着这类教化首先能否被容忍的问题。作家有权利也有义务进行这些教化，这是苏联文学文化政纲的核心之一，在这样的文学文化中，官方赞许的作家不但享有物质特权，也被看成是当时各类热门话题的专家。（一个特别古怪的例子就是，1963年末1964年初，当时年逾六十的苏联杰出诗人帕维尔·安托科尔斯基参加了共产主义青年团的报纸《共青团真理报》举办的主题为“今日青

年”的辩论。）官方把作家看成“群众导师”并不意味着该政权反对的那些作家就能逃过这一职责。各类回忆录和信件清楚地表明，像安娜·阿赫玛托娃和约瑟夫·布罗茨基这类边缘作家或受迫害作家也被认为在心理学、道德和美学问题上见解独到。91
聪慧的国民不光把他们看作是文学文本的庇护者和权威读者，在遇到从绘画、音乐、建筑到日常礼仪、服装和家庭装饰等各类问题时，也会求助于他们的专业眼光。

对作家如此重视，是大量俄国人在苏联时期成为“书写狂”患者的原因之一，这种强迫症的患者都有抑制不住的写作冲动，只要有可能，就会把所写的东西变成铅字，不管有无价值。1920年代的宣传勉励苏联群众勇敢地表达自己（“每个人都能写作！”），受此鼓动，书写狂开始泛滥，一直到苏联政权结束方才停歇。这类书写包括抒情诗和小说，也包括致新闻媒体的信件、前卫作品乃至官方文学。正如流亡作家斯维特兰娜·博伊姆指出的，书写狂让各类官方和非官方“文学机构都很难堪”，因为它提出了关于究竟能以什么为根据来分辨才华的有无这类令人不快的问题。在苏联政权下创作的一些最有创意和极为有趣的小说，都戏剧化地考察了好艺术与坏艺术之间致命的亲密关系。如果说托马斯·曼的《死于威尼斯》中阿申巴赫的天才被视为理所当然，纳博科夫笔下的亨伯特·亨伯特的鉴赏力至少是对真正的艺术家的模仿（虽然他把幻想与生活混为一谈，犯下了致命的错误），那么许多苏联作家–主人公的所谓才华则实在值得怀疑。举例来说，在尤里·奥列沙的小说《嫉妒》（1927）中，两个全然不同但同样含混暧昧的作家人物就是理解力和创造力与寄生依附和意志薄弱的结合体。病态幻想家、自诩为发明家的拙劣命题诗人伊凡·巴比切夫与尼古拉·卡瓦列罗夫比肩，后者有着出色的艺术洞察力（他把鸟儿比作理发剪，把一道伤疤比作被砍掉的树杈上的刀痕），却在小说最后沦为空虚的酒鬼，只会对寡妇阿涅奇卡·普罗科波维奇那张臭虫滋生的花饰大床发
92 发诗兴。

因此，1930年代和1940年代那些更有远见的作家们担忧的，是在制定出版方针时把美学标准最多放在第二位的政体下，一切文学创作或许都会变成书写狂。（这样的担忧并不一定是杞人忧天，奥列沙本人就是一例，他在1930年代中期整日酗酒，陷入绝望，只写过一些支离的碎片。）然而斯大林死后，“书写狂”一词又获得了一种不同的力量，盖因人们开始考察斯大林时代的获奖小说，并发现它们有所欠缺，社会主义现实主义本身受到审视。虽然其信条在官方层面一直有效，直到1991年才土崩瓦解，但1956年以后出版的文学就跟社会主义现实主义无关了，即便在1954—1964年“赫鲁晓夫解冻时期”之后那段相对压抑的“停滞时期”（1964—1987）也是如此。苏联文学的未来成为人们热烈辩论的话题，这类辩论偶尔会出现在杂志和公开会议上，但多是些私人谈话。那些公开谈论艺术独立性的优点、“为艺术而艺术”的人可以列举出很多庄重严肃却被遗忘的鸿篇巨制，它们像搁浅的鲸鱼一样散落在艺术的海滩上无人问津。在索尔仁尼琴1950年代和1960年代初创作那些长篇和短篇小说之前，外省报纸上发表了关于地方主义问题的大量文章，那些小说之后又有更激烈的论战文章，这些都为人们指控索尔仁尼琴是翻版的彼得·博博雷金或亚历山大·阿姆菲捷阿特罗夫（这两位都是19世纪末多产的时事小说作家，早已被历史遗忘）火上浇油。

然而支持写作的道德宗旨的人同样有可能提到20世纪早期的先锋派作家阿列克谢·克鲁乔内赫和大卫·布尔柳克，在未来主义手法的创造力枯竭很久之后，这二位的重复性产出仍然在机械地复制那些手法。在安德烈·西尼亚夫斯基1960年的短篇小说《书写迷》中，一些人物充满激情地投身其他体裁的写作，这极其拙劣；然而小说的叙述者，一个官方认可类型的“书写迷”加尔金，写的是一种社会主义现实主义的“数量写作”，似乎至少同样荒唐。《书写迷》中表达的悲观主义后来成了解冻后对 93
“俄罗斯文学现状”的各类讨论的标准主题。比方说，在《空中灾难》一文中，约瑟夫·布罗茨基就指出，“政治填补的，恰恰是艺术在人们头脑和心灵中留下的真空”，但他对于先锋写作（在他看来，它通过伏特加酒瓶把人们引向了孤立）却跟对政治投入的态度一样尖刻。在《悼念苏联文学》（1990）中，维克多·叶罗费耶夫再次提起这一主题，指出无论是持不同政见者还是官方的苏联作品，有的都不过是狭隘的时事趣味而已。

还好，后斯大林时代的文学，远比这些长篇声讨文字所预言的更加丰富多样和充满活力。的确，有些作家，如长篇和短篇小说作家尤里·特里福诺夫，为寻找“中间道路”，退回到了契诃夫式的现实主义——作者低调隐身，并不断强调文化衰落、道德沦丧。然而“隐形文体”并不是后斯大林时代俄罗斯作家对“中间道路”的唯一解读，甚至不是最受青睐的解读。恰恰相反，与对作家立场的怀疑态度并行的，（和1920年代一样）是强调艺术作品的建构是一个有意识的行为。举例来说，这一点在约瑟夫·布罗茨基的挽诗《1972年》中就显而易见，作者抛弃了“诗人”这个人物而偏爱“语言大师”，他的工作不是“为了赢得声名”，而是“为了我的母语和写作本身”。而它在亚历山大·索尔仁尼琴和瓦尔拉姆·沙拉莫夫等致力于逼真描写真实事件的作家的作品中，也同样不证自明。虽然这两位作家对在劳改营的监禁经历持全然不同的看法（索尔仁尼琴认为，劳改营让他得以展望内心自由和道德复兴，而沙拉莫夫则把它们看作是道德沦丧、幽闭恐怖的“深坑”），但他们都强调写作行为的重要性，在这一点上惊人地相似。在沙拉莫夫的庞大故事集《科雷马故事》（1978）中，《踏雪行》开头的描述事实上不光是在介绍监禁生
94 活，读者也在跟着囚犯们一起跋涉，穿越远北荒原。同时它也在隐喻书写前人从未涉猎的素材，以及打破沉默、重启叙事的行为：

> 在无人触动过的茫茫雪原，如何踏出一条路来？
>
> 一个人走在前面，大汗涔涔，骂骂咧咧，勉强挪动双腿，不时陷入松软的深雪。[……]
>
> 沿着前行者踏出的一行狭窄而模糊的脚印，五六个人肩并着肩，排成一列往前走。他们从脚印的旁边走过，并不踏着脚印。[……]
>
> 沿着脚迹行进的每个人，连身个最矮小、身体最羸弱的人，都应当踏一块未经触及的雪地，而不是踩在别人的脚迹上。坐拖拉机和骑马的人，不是作家，而是读者。[1]

如果说沙拉莫夫在文本一开始就让读者注意到了叙事的问题，那么索尔仁尼琴的小说《第一圈》（1978）和《癌症楼》的开

① 译文引自黄柱宇、唐伯讷译，《科雷马故事》，广西师范大学出版社，2016年，第53—54页。

篇则相当传统，没有前言，“开门见山”。不过从文学角度来看，它们仍然是有差异的。《癌症楼》中引用托尔斯泰晚期的短篇小说《人靠什么活着》（1881年，讲述的是一位天使突然降临在一个贫苦的修鞋匠和他的妻子身边），突出表明小说并不仅仅是借描写一家医院来隐喻苏联社会，也是一个专注于庸常生活中的奇妙神迹的文本（这一见解对我们理解这部小说超凡脱俗的最后一章至关重要）。《第一圈》中的一个嵌入叙事——《伊戈尔王子》，就是极致的创造力的例证，这个故事就是为讲述而讲述的，原因恰是它与“现实生活”没有任何直接或间接关系。而《伊凡·杰尼索维奇的一天》（1962）中不断重复着“饱汉不知饿汉饥”，和沙拉莫夫为《科雷马故事》撰写的前言一样，也在提醒人们注意，表现恐怖是根本不可能的。叙事越“真实”，就越不可能与预期的读者充分沟通。这类言论不光是为了让“饱汉”闭嘴思考的修辞策略。在那个任何言论都有可能只留下“唇上说过‘晚安’的印记/再也没有机会对他人说上一句”（引用约瑟夫·布罗茨基的组诗《言辞片段》中一首诗里的话）的时代，它 95
们还对文学的功能提出了质疑。

因此，在后斯大林时代，作家乃“思想大师”的观念在被社会主义现实主义折中之后，便受到了许多聪明的文学评论家和写作者的严重质疑。这些不仅包括被维克多·叶罗费耶夫称为“文学”写作者的沙拉莫夫，也包括据说是“目的论”者的索尔仁尼琴。随着越来越多的人怀疑作家的功能是不是或是否应该是纯说教，小说的地位也开始衰落，这一体裁在斯大林主义盛行的时代最受推崇，恰是因为据称它有足够的能力进行有力的道德评说。（1952年幽默杂志《鳄鱼》刊登过一幅漫画，上面画着两个作家在谈话。作家A对作家B说:“我刚刚想到了一个绝好的主题,可以写成一篇精湛的短篇小说!”作家B说:“嗯,那就把它写下来吧!”作家A:“不,现在的问题在于我想不出怎么把它扩充成一部长篇!”)(图14)

然而在后斯大林时代,这样一种道德说教在左、小说在右的折中立场在西方却没有得到充分的理解。许多西方读者希望俄罗斯作家为他们提供直接无反讽的伦理问题讨论,全然不管第二次世界大战后这些在西方早已过时。在1950年代末的许多评论家看来,比起英语世界近期的任何出版物,鲍里斯·帕斯捷尔

图14　尤·戈罗霍夫绘制的两位作家的漫画

纳克的《日瓦戈医生》（1957）分量要重得多，而索尔仁尼琴的《伊凡·杰尼索维奇的一天》叙述的权威性让人想起陀思妥耶夫斯基关于劳改营的回忆录《死屋手记》（1861—1862）。如果说纳博科夫希望托尔斯泰把注意力全都放在安娜·卡列尼娜脑后那一绺松松的鬈发上的话，自《安娜·卡列尼娜》出版以来，许多读者更关心的是这部小说核心的道德主题：是否应该不惜让他人受苦来追求个人的幸福，或者世间到底有没有无法避免或
应受的苦难。他们期待着托尔斯泰的继承者们为他们提供这 96
类伦理刺激。第一个由西方投资者资助在俄罗斯设立的文学奖是布克奖，此事绝非偶然，它源于人们想要在俄罗斯大地上复兴小说这一文体的堂吉诃德式臆想，许多人至今仍然认为那
里是小说诞生的故乡。 97

第六章

“和愚蠢的人们又何必较量”
男人、女人与社会

献给你，我的魔女，
只给你一人，我的美人……

（普希金，《鲁斯兰与柳德米拉》献辞，1820年）

说起翻译普希金有多难，没有什么比《“纪念碑”》里的最后一句更能说明问题了。在英语中，这一句听上去是标准的陈词滥调，就像从某个“交朋结友、登高一呼”的人生指南里摘录的句子。还是语域起到了关键作用：俄语的“*glupets*”一词有种亲民的调子，因而原句更加贴切的译法似乎是“和傻子打啥口水仗”。即便如此，现代读者还是会不解，为何这最后两句诗把如此不搭界的主题组合在一起。诗人先是对自己的缪斯庄严地发出号令：“诗神，继续听从上帝的意旨吧”，然后又来了这句看上去不足挂齿的人情世故之道，其间究竟有何联系？（无疑，这句话跟《叶甫盖尼·奥涅金》的草稿上匆匆写下的据称引用《可兰经》的那句“别跟愚人较量”有些关系，不过既然引用这句话的是叶甫盖尼本人，而在此之前他刚刚公然轻浮地说了一句“《可兰经》里还是有不少常识的”，这里，圣言文本便被贬为日常生活行为指南了。）

然而看了《“纪念碑”》的草稿就知道，“和愚蠢的人们又何必较量”这句话从这首诗创作之始就坚定地存在于普希金的头 98
脑中。在最后三节中，这是诗人唯一毫不犹豫地直接写在最终文本中的一句。认为诗人这个身份不仅跟宗教和神秘表象的超验世界有关，同时也跟上流社会的陈腐庸俗密不可分这一观点，是普希金的后期诗作中频繁出现的主题。举例来说，《诗人》（1827）的结构就围绕着（上流社会的）“世俗无谓的烦忧”与（诗意灵感的）“神圣话语”之间的对立，这个对立贯穿诗人本人的一生，他一直在这两个领域间穿梭。他既借助于艺术家与世隔绝的浪漫主义神话，也引出了另一个与之对立的神话，即艺术家都是正派人，也就是谈吐风雅的世俗之人。这一神话是18世纪末由尼古拉·卡拉姆津引入俄罗斯文化的，在《为什么俄罗斯的文学天才凤毛麟角》（1802）这篇著名的文章中，卡拉姆津断言，如果无法得体地进入文雅的上流社会，一个作家无论多么博学，都很难养成自己的鉴赏品味。

在18世纪末和19世纪初的俄罗斯，无论男女，阅读文学都是一项必要的文化素养；的确，写作本身也被视为得体的社交技能。贵族和绅士阶层的很多女性人手一本纪念簿，那是剪贴簿和摘录本的结合体，里面有朋友题写的赞美诗（“抒情诗”）、象征爱情和友谊的格律诗以及诙谐的韵句，写在素描人像和水彩风景画旁边。杂志和指南会提供一些得体文字的模板供她们记在纪念簿上（被问到而无话可说会显得不善交际）。在这种情况下，写诗就成了彬彬有礼的谈话的延伸，是一种高雅的游戏。根据社交习俗，一般来说，应该由男人来写诗赠献给女人，用华丽的辞藻赞美她们的容貌、智慧、才思和品味。卡拉姆津曾在他
99 的《致女人的长信》（1796）一文中赞美女人的感知能力和精神深度，他认为上流社会女人的语言应该是俄罗斯文化的典范：在《为什么俄罗斯的文学天才凤毛麟角》中，他提到“那些妩媚的女人［……］我们不妨偷听她们的谈话，以便用文雅贴切的表达来润色小说”。

因此，至少对某些文学素材而言，女人被视为理想的读者，还是作家们希望在自己的小说中模仿的谈吐出色的高手。这一认知被付诸实践的特定地点是私人宅邸或公寓的厅堂（*zala*）或客厅（*gostinaya*）。从18世纪末、19世纪到20世纪初，社交界的头面人物（其中很多是女人）每周选一天举办家庭招待会已成习俗。作家和音乐家会应邀当众表演他们的作品，来宾中或许会有其他艺术家和著名的外国人以及俄罗斯社会名流。最有名的此类“沙龙”（它们在19世纪末开始广为人知）之一就在1820年代初公爵夫人季娜伊达·沃尔孔斯卡娅在莫斯科的宅邸：普希金是出席的作家之一，他还在女主人的纪念簿上写下了表示敬意的赞诗。

但切记不要夸大沙龙的重要性，把它说成是文学机构（相反，它只是一般上流文化的交际手段，引用1765年译成俄文的一本守则里的话，在这个地方男人能获得“那种灵魂和品味的温柔抚慰，很多人认为那是女人独有的天分”）。跟16世纪和17世纪的法国不同，在19世纪初的俄罗斯，男女共处的场合不宜进行那种（只有男人的地方会展开的）严肃的文学讨

图15　普希金为“绿灯”文学社朗诵自己的诗歌。在整个沙龙时代，诗人们更偏爱在这种只有男性参加的聚会上发表严肃的新作品

论，而更适合轻松调侃和打情骂俏般的口头辩论。艺术家会表演适合这一场景的作品（诙谐机智而非深刻的作品）。虽然
100 沙龙女主人有时会用她们自己的作品来款待宾客（沃尔孔斯卡娅的沙龙就是这样），但大部分时候，女性的贡献仅限于适婚的姑娘在钢琴上炫耀她们的歌唱或演奏才艺（就像简·奥斯汀小说中的那些客厅一样）。一旦浪漫主义把艺术是一种神圣行为，应该受到读者、观众或听众的尊重和无声的赞同这一观念引入俄国，出席沙龙在艺术家们看来就越来越无法忍受。有一次，在沃尔孔斯卡娅的沙龙上，人们频频要求普希金朗诵一首娱乐诗，据说他不胜其烦，便背诵了自己的《诗人和群氓》作为回应，毫不留情地抨击了愚蠢的读者预期。（这个故事的准确性存疑，因为沃尔孔斯卡娅于1828年离开俄罗斯，而那首诗的写作日期是同一年，但这个故事能够流传，本身就表明了时人的普遍态度。）在19世纪中期俄罗斯最有才华的浪漫主义女诗人卡罗利娜·帕夫洛娃的中篇小说《双重生活》（1846）中，诗人们在女主人公母亲的客厅里对着一群对艺术一无所知的观众背诵自己的诗作，那些人认为艺术不过是主业之外的消遣，而他们的主业是促成一门有利可图的亲事。

正如帕夫洛娃的小说所示，到1840年代，上流文化与文学文化就多少显得有些格格不入了，在这种品味的变化中，重量级文学杂志（它在俄语中被亲切地称为“厚杂志”）起到了相当重要的作用。这类杂志的编委会清一色由政治立场强硬的个人组成，既有激进派，也有保守派；文学文本与政治论说齐头并进（或者文学文本本身就是一种变相的政治论说）。像

“抒情短诗”或“社会逸闻”这类体裁本身就表明人很难一面表达感情，一面又要符合社会行为规范，因而在新时代就失去了风头。人们更偏爱表现俄罗斯工人阶级生活的歌谣、关于妇女解放的励志故事以及对农民苦难的描述。表现缱绻柔情的诗歌成了边缘体裁。阿列克谢·托尔斯泰和卡罗利娜·帕 102
夫洛娃两人都曾写过以“禁恋”为主题的好诗，但从1850年代起，这类素材大体上变成了客厅言情小说独享的特权，该体裁的文化影响力（虽然不过尔尔）主要源于它的音乐场景而非文学关联。到20世纪初，那些遵循浪漫传统的诗人都是些边缘人物，如“G.加林娜”（格拉菲拉·玛莫西娜的笔名）或“K. R.”（K. K.罗曼诺夫大公的笔名）。虽然他们的作品很受欢迎，但在当时的文学体制下，这些人地位很低。1915年，玛丽埃塔·沙吉尼扬（后来成为社会主义现实主义小说家，但当时她还是个不入流的现代主义诗人）指责她的朋友、作曲家拉赫玛尼诺夫的诗歌品位太差（他早期的声乐套曲曾使用过加林娜等人的诗作），并劝说他在下一部声乐套曲中使用更有文学抱负的素材。

当然，俄罗斯现代主义者们也有他们自己的沙龙，不过这些可一点儿不像过去的上流阶层聚会，也不像19世纪末20世纪初圣彼得堡和莫斯科的奢华客厅。在季娜伊达·吉皮乌斯和德米特里·梅列日科夫斯基的家里，话题变成了招魂术、玄学和神秘宗教；在维亚切斯拉夫·伊万诺夫的顶层公寓，也就是所谓的“高塔”里举办的周三聚会上，宾客们散坐在天鹅绒坐垫上，屋里挂着充满异国情调的窗帘。这样的奢侈在俄国革命之后并没有存续太久，但即便在苏联，也有些德高望重的作家主持聚会，难说不是另一种沙龙。举例来说，安娜·阿赫玛托娃就给她喜爱的宾客灌输了不少自己关于文学、艺术和当代文学人物的格言式评价；在作家协会身居高位的社会主义现实主义作家薇拉·潘诺娃也曾大宴宾客，趋之若鹜的客人们不光是为高妙生动的言论而来，如果可以的话，还想请她帮忙给出版社写封介绍信。

然而，在1910年代遍布莫斯科和圣彼得堡的现代主义圈
103 子和艺术家酒馆中，标新立异成为主要的文化价值观。它们的名字——“流浪狗”“戏子客栈”——本身就彰显着放浪不羁的边缘化的风尚。和19世纪初的上流社会一样，这种文化也信奉“整个世界都是舞台”，更看重的是自信的表演而非真诚；然而艺术家如今扮演的角色远比1820年代和1830年代更加放肆夸张，彼时作家们还没有像如今这样跟法律或公务彻底割裂，真正的演员的地位也要低得多。（19世纪末和20世纪初，大批演员在文学世界获得了极高的文化权威，最明显的例子就是被誉为“俄罗斯的埃莱奥诺拉·杜塞[①]”的薇拉·科米萨尔热夫斯卡娅。）但首先，在一个人们认为生活就是要模仿艺术的世界，就必须通过古怪的行为，以及通过藐视艺术和语言套路来表现自己的创造力，俄罗斯现代主义者跟法国现代主义者一样藐视“陈词滥调”，归根结底，他们的很多理论评价都是从后者那里学来的。换句话说，如今需要的是诡诞不经的行为，而不是对普遍公认的伦理和美学约束的服从，尽管这曾经是对19世纪初各类文学聚会参与者的核心要求。

① 埃莱奥诺拉·杜塞（1858—1924），意大利女演员，被认为是有史以来最伟大的女演员之一。

不过在普希金写作的时代，文学与上流社会文化的关系虽然已经开始瓦解，但仍被视为理所当然。他是参加季娜伊达·沃尔孔斯卡娅组织的那一类贵族沙龙的最后几个俄罗斯大作家之一（正如后者是最后几个尚能算作严肃艺术家的女性贵族成员之一）。普希金的好几部作品——《埃及之夜》《叶甫盖尼·奥涅金》和《宾客聚集别墅》（1828—1830）的小说片段——都使用贵族沙龙作为中心事件发生的背景。在上流社会培养出的温文尔雅的语调是诗人频繁使用的语域之一（如这句“和愚蠢的人们又何必较量”）。他的一些最著名的诗歌有着沙龙需要的那种透着才华的循规蹈矩（一个例子就是那首著名的爱情诗：“我忆起了那美妙的一瞬：我初次看见你的倩影/那如 104
倏忽的昙花之一现”，这首诗被格林卡[①]配上了浪漫曲调，后来又在客厅里流行过很长一段时间）。跟卡拉姆津一样，普希金也对女人的心理和语言表现出强烈的兴趣：这不仅体现在他作品中女性主人公的突出地位，也体现在他的有些“化装忏悔”是身着女装进行的这一事实（正如《“纪念碑”》的最后一句，这句话建议人们应避免有失身份的争执，也符合他的同代人对淑女应处变不惊的期待）。

不过另一方面，在从沙龙获得创作灵感的同时，普希金对文雅语言的边界并不确定，甚至为此很烦躁，特别在他需要以一种循规蹈矩的方式来表达强烈情感时。在另一首很有名的爱情诗《“我爱过你”》（1829）中，就能感受到这种无所适从：

---

① 米哈伊尔·伊万诺维奇·格林卡（1804—1857），第一个获得广泛声誉的俄罗斯作曲家，被誉为俄罗斯民族音乐的奠基人。

图16　普希金涂鸦的女装自画像。诗人对他毫无淑女风度的外形未加修饰：梳着圆发髻和长鬈发的他呈现出一种不相称的滑稽效果

我爱过你；也许，这爱情的火焰
还没有完全在我心里止熄；
可是，别让这爱情再使你忧烦——
我不愿有什么引起你的悒郁。
我默默地，无望地爱着你，
有时苦于羞怯，又为嫉妒暗伤，
我爱得那么温存，那么专一；
啊，但愿别人爱你也是这样。[①]

这首诗端庄质朴，有种一目了然的直白，是典型的“普希金式”诗作；有时人们会以它为例，说明诗人不喜欢隐喻（此说法不尽准确）。但事实上，这首诗隐含的内容远比乍看或乍听之下能够领悟的更多。除了很多隐藏在字面之下的联想以外，这首诗的开头几行让我们想起“女性语言”——这种新语言主要用于表达感伤主义曾认为独属于女性范畴的那些情感。大量韵律重心放在了“忧烦”和“悒郁”等动词[②]，以及把爱情比喻为火焰上面（这个毫不新奇的意象是通过“止熄”这个动词微妙暗示的，这个动词通常用于灯光或蜡烛）。诗的第二部分又不无夸张地召唤难以言表的爱，它在情感上词不达意，却是一位（男性）神祇的天赋，以此跟第一部分那些传统的动词和修辞格对立起来。最后一行使用宗教语言绝非偶然，因为这种语言既象征着真诚，也代表着普希金后期的“俄罗斯性”[例如，在他最后几首诗之一《隐居的神父和贞洁的修女》（1836）中，也表现出了这一 106

① 译文引自查良铮，《穆旦译文集》，人民文学出版社，2005年，第252页。
② 英文原诗中为动词。——编注

点]。因此，一旦全诗的叙事完结，“男性”真诚就替代了表面上那种妩媚的“女性”技巧。表达情感的“女性”词汇因而成为灵感的起点而非终点。与其特殊性相对立的，是“男性”宗教文本的普遍性。普希金一方面启用女性语言，另一方面又拒绝被它束缚：《“我爱过你”》从爱人言词的腹语转化为另一套全然不同的语言学价值主张。

普希金不是个厌女者。如果听到有人这么说，大概会让他大为震惊：在他那个时代，典型的厌女者是乖戾的乡绅或粗野的商人，认为教育会让女孩子变成难以驾驭的糟糕妻子，且认为“任何成年男子伏在女人的脚下都是无法容忍的”。在19世纪初一些作家的作品中，包括像果戈理这样的天才，我们还能看到这种态度的蛛丝马迹，但普希金自己的诗歌或小说里却没有，反而以精致优雅和富有同情地刻画女性而闻名（因而成为女性和男性作家共同的灵感源泉）。不过历史学家要是在筛查了普希金的所有文章、评论和乱写乱画之后得出结论，说普希金（和很多同时代人一样）只毫无保留地崇拜过一位女性作者德·斯戴尔夫人[①]，还真是很难让人反驳。此外，在他的信件、韵体书信和出版物题词中，男性和女性受话者扮演的角色也截然相反（后者只是接受偶尔带着些爱欲的殷勤，而前者扮演的角色就宽泛多了，从知心好友到辩论伙伴，从情敌到沉湎酒色
107 的放荡盟友）。

照此逻辑论述并不意味着把普希金归入被评论界打倒的作家行列，把他押送到——引用一位资深的美国斯拉夫语言文

① 杰曼·德·斯戴尔（1766—1817），法国女小说家、随笔作者。在法国，她将那些当时并不为人所知的德语作家的浪漫主义作品推广开来，并以此而闻名。

化专家写于1994年的嘲讽说法——“助理教授们的严厉裁判所”。有性别意识的评论不一定等同于意识形态上的放逐，也不必像另一种偶尔用来批驳性别意识的敌对论调那样，把现代观点强加于不同时代的文本。“女性主义”是指有限的地理和历史范围内的现象（一种始于16世纪的欧洲运动或一系列运动），但性别差异和性行为却是一切人类社会痴迷已久的话题。没有证据表明普希金对他那个时代的女性主义感兴趣，他甚至可能不知道有这么一个主义（比方说，他绝不可能读过玛丽·沃斯通克拉夫特的《女权辩护》）。他不可能预见到佳亚特里·斯皮瓦克或埃莱娜·西苏的理论，就像他不可能预见到马克思和列宁主义一样。但他无疑对性和性别问题兴味盎然，跟那个时代大部分受过教育的人一样，他也津津乐道于那个在他看来显而易见又令人着迷的尴尬真理，即男人和女人有着永恒的差异。

这一观点，以及由此推论得出的所谓女性语言和经验有着特定的意义，而男性语言和经验具备普遍的意义，也是许多与普希金同时代的女性所持的观点。举例来说，叶夫多基娅·罗斯托普钦娜在她的诗作《普希金的笔记本》（1839）中写到那个笔记本，不是为了暗示普希金没有发表的文本跟女作家不愿将自己的作品付之梨枣如出一辙，而是为了强调女性作品逊色一筹：“我是一个女人！我的才智和灵感/真的有限，羞于示人。”在这首诗的结尾，罗斯托普钦娜充满歉意地说，她居然敢用自己“怯懦的歌”来替代“普希金美妙的韵文”：“歌”和“韵文”是“诗”的两种不同的释意，作者这样写，意在强调男性和女性文本之间的差异。 108

关于“男性”的表达或经验是普世的，而“女性”的表达或经验意义有限的论点，是19世纪和20世纪俄罗斯文化中一股持续存在的力量。女性作家首先被冠以界定明确的文化角色，最重要的当属表达情感和提供个人道德指南。大致说来，人们认为男性作家启迪心智（*prosveshchenie*），女性作家教化德行（*vospitanie*）。这一信念给了女性作家强烈的个人使命感（例如阿赫玛托娃坚决反对国家首肯的谋杀就是这种使命感的表现，此外传记作家娜杰日达·曼德尔施塔姆或叶夫根尼娅·金茨堡也凭借着同样的使命感充当起各自时代的见证者）。另一个微不足道的好处是，它让女人变成了社会主义现实主义小说中“共产主义道德”的代言人。然而尽管女性作家可以从关于女性身份的传统观念中收获名声，但同时，如果她们的作品太过于关注被视为女人特有权力范围的私人领域，她们也一定会受到批评——就连薇拉·潘诺娃这样正统的社会主义现实主义作家也不例外。早在苏联的审查制度使得所有的作家都开始定期创作“收进书桌抽屉”的文学作品之前，女性作家就已经习惯这么做了；她们匿名发表或者采纳笔名的概率也远大于男性，有时她们还发表“重见天日的文本”（是指发表原创小说作品，却谎称是某个早夭的年轻女子的日记，最近在其书桌的秘密抽屉里发现，才重见天日）。

但这一切都没有阻止某些女作家自称是独立的艺术家，特别是在20世纪初，那时女性解放已成为公开辩论的话题，支持女性主义的评论家（如叶莲娜·科尔托诺夫斯卡娅和季娜伊达·文格罗娃）便公开表示为女性的创造力所吸引。俄罗斯象征主义者们认为人类的人格事实上是雌雄同体的，这也有助

于女性作家：她们现在终于可以公开仿效自己的男性和女性 109
作家前辈了。《“纪念碑”》被解读为一个受到围攻的作家的遗言，他确信自己死后能沉冤昭雪，以此作为心灵的安慰，因而这首诗对那些坚信自己的天才没有得到当世承认的女诗人们有着特殊的历史意义。（一个例子就是安娜·阿赫玛托娃，本书第二章引用了《安魂曲》中提到的未来有可能为她竖立纪念碑的那一段。）

然而，虽然她们都有着与男性同代作家平分秋色的远大抱负，女作家们仍然很难进入文学伟人的先贤祠，她们希望至少能出现在那些有志于评价过去，而不仅仅是编录过去的评论文章中。因此，虽然在参考书目以及实证主义评论家的文集，例如V. V.西波夫斯基两卷本的《俄罗斯小说史》（1909）中提到了不少女作家，但在20世纪初期最卓越的一群理论家即俄罗斯形式主义者的作品中，她们（跟18世纪和19世纪初那些次要的男性作家不同）却基本上被排除在外了。原因在于形式主义者关于文学演变的一些纲领性假设，他们认为文学演变主要是由一位或多位天才作家的努力驱动的。一个天才作家会在“自动化”（即文学技巧滑向陈词滥调）开始发生的那一刻立即意识到这件事；他（这正是合适的代词）能够把特尼亚诺夫所谓的“副文学”[①]（*literaturnyi byt*）提升到真正的文学的水平。虽然形式主义者更喜欢称自己的作品为“叙述诗学”，但事实上他们的研究却是一种诠释诗学。因此，他们能够既厌恶传记式文学批评（“清单式学术研究”），又对某些特定个人的文学成就推崇

① 副文学是指被贬损至正统文学边缘地位的一类作品，往往被认为是亚文学而受到轻视，包括很多现代流行小说和戏剧形式。

备至——杰尔查文、普希金、陀思妥耶夫斯基、托尔斯泰、丘特切夫、叶夫根尼·巴拉丁斯基和康斯坦丁·巴丘什科夫（他们对当代大学里的文学正典的主要改动，是承认了亲近普希金的作家，例如最后这两位）。任何演变模型中都没有明确地把女性
110 的作品考虑在内，但在实践中，通常会将女性的作品归为“副文学”之列。例如，利季娅·金茨堡关于19世纪现实主义的权威研究《论心理散文》（1971），就把政治思想家和传记作家亚历山大·赫尔岑的**写作**才华与他的妻子娜塔丽娅（也写过自传作品，但金茨堡明显认为那些作品的记录价值大于文学价值）的天赋**个性**加以对比参照。

在形式主义和后形式主义评论中，关于“文学”与“日常语言”、“文学”与“副文学”之间壁垒分明的假说，抹杀了女性作家作品中跨体裁文本的重要性，例如用韵文写成的日记（在罗斯托普钦娜的作品和阿赫玛托娃的作品中都时有出现），还抹杀了女性作家引用副文学作品的意义，例如对日常会话的引用（像阿赫玛托娃早期诗歌中一位不忠的情人那些平淡的家常话）。此外，虽然形式主义评论家对传记文学的轻视在一定程度上有助于对女性作品的研究（例如1923年埃亨鲍姆关于阿赫玛托娃的卓越研究，就戒绝了关于“女性诗歌”的陈词滥调，转而细读她本人的文学写作技巧），但这同时意味着女性作家也不能被当作女性来研究了。因此，一直没有人提出在被标记为女性语言的文本（例如使用阴性形容词和动词形式）中，各类文学写作技巧是否会产生不同影响这个问题。同样，传记事实对许多女性作家的重要性（虽说有些男性作家，像勃洛克和马雅可夫斯基，写作的重要主题之一是被拷问的男性自我，因而也极为重视传

记体裁）也被忽略了。阿赫玛托娃的《没有主人公的叙事诗》（1913）是一部回顾往昔的宏大叙事诗，写的是“20世纪初”，如果对诗人圈子里的那些人以及诗人本人的经历没有一些了解，就会觉得这首诗非常费解，茨维塔耶娃的《终结之歌》也是一样；阿赫玛托娃和茨维塔耶娃两人都对作为艺术家和男人的普希金顶礼膜拜，就他与娜塔丽娅·冈察洛娃的婚姻撰写了过于主观和偏袒的评述。同样值得注意的是，茨维塔耶娃在她的文章《诗人与评论家》中公开抨击形式主义，声称她所有的作品都 111
在试图表现世界，跟抽象的“形式任务”无关。

俄罗斯的“四大”诗人

安娜·阿赫玛托娃（1889—1966）、鲍里斯·帕斯捷尔纳克（1890—1960）、奥西普·曼德尔施塔姆（1891—1938）和玛琳娜·茨维塔耶娃（1892—1941）四人同属20世纪最伟大的诗人之列。这四人都遭受过苏联政权的迫害。曼德尔施塔姆1938年死于劳改营；阿赫玛托娃的第一任丈夫尼古拉·古米廖夫于1921年被枪决，她的儿子和第三任丈夫在肃反运动中被捕入狱，茨维塔耶娃的丈夫和女儿也是一样；帕斯捷尔纳克在《日瓦戈医生》出版且获得诺贝尔奖之后遭到诽谤中伤。同时，由于这四人（跟纳博科夫等人不同）都死于俄罗斯，他们的作品在后斯大林时期便可以公开讨论并重新出版了。在西方关于俄罗斯文学的著述中，这四人往往被归为一类，仿佛他们组成了某种像布鲁姆斯伯里团体[1]那样的非正式小圈子。然而这四位诗人却没有过一张合照或集体肖像（事实上他们根本没有机会同时出现在同一个地方）。虽然阿赫玛托娃和曼德尔施塔姆两人有过很长时间的友谊，其他人之间却很难说有什么长久联系（茨维塔耶娃和曼德尔施塔姆有过一段短期恋情，但在茨维塔耶娃移民之后两人便失去了联系；茨维塔耶娃与帕斯捷尔纳克频繁往来都是通过信件，且主要是茨维塔耶娃一厢情愿；阿赫玛托娃和帕斯捷尔纳克彼此至多保持着敬而远之的关系；阿赫玛托娃和茨维塔耶娃之间的关系则非常紧张）。另一方面，另外好几个人物也跟这四位中的至少一位过从甚密，弗拉基米尔·马雅可夫斯基就是一例，他对茨维塔耶娃的影响很大，是阿赫玛托娃一首诗作的致敬对象。因此，这个四人组与其说是事实，不如说是个神话，阿赫玛托娃的一句诗助长了这个神话的传播："我们没有很多人，大概三四个吧。"此外大概也得力于两个男声、两个女声组成的音乐平行，他们的音色又各不相同，这一组合让人想起音乐上的四重唱，就像莫扎特歌剧里的四重唱那样：阿赫玛托娃唱女中音，茨维塔耶娃是女高音，曼德尔施塔姆和帕斯捷尔纳克分别是男高音和男中低音。

因此，女性作家不符合把作家看作"思想大师"的政治参与观，也不一定更符合形式主义的分析模式。从1960年代初开

① 1904年至第二次世界大战期间，以英国伦敦布鲁姆斯伯里地区为活动中心的文人团体，代表成员有弗吉尼亚·伍尔夫等。

始，由于形式主义再次成为西方及俄罗斯评论家们从事严肃俄罗斯文学研究的唯一重要的趋势，1970年代在英国、美国、法国和斯堪的纳维亚兴起的性别视角批评起初并没有在批评实践或大学课程中掀起波澜，即便在西方也是如此。不过在1980年代中期，少数几位西方的斯拉夫语言文化专家——他们大部分在美国——开始系统地努力为女性作家的作品恢复地位。芭芭拉·赫尔特的《糟糕的完美》（1987）就呈现出这样的矛盾对立：一方面，男性作家认为女性天生具有道德优越感，这一观点令人窒息；另一方面，女性作家自身却奋力挣扎，希望能表达其对女性身份更丰富、更有挑战的理解。由玛琳娜·列德科夫斯基、夏洛特·罗森塔尔和玛丽·齐林编辑的《俄罗斯女作家辞典》（1994）就让学术界开始重新关注成百上千被遗忘的作家。到1990年代末，这些作家和其他作家的作品已足以形成某种另类的俄罗斯文学正典，它由女作家组成，并受到个人主义者强烈关注自我肯定和自我审视的影响（也就是关注各种形式的自传和虚构化自传）。新发现和重新发现的作家包括卡罗利娜·帕夫洛娃、19世纪初期的诗人安娜·布宁娜、20世纪的女同性恋诗人索菲亚·帕尔诺克和19世纪的散文作家娜杰日达·杜罗娃，后者写下了异装癖回忆录《一个女骑兵的札记》。性别批评的优先地位也启发人们重读知名作家，特别是茨维塔耶娃，她成为俄罗斯女性中撰写女性身体的先驱。 113

毫无疑问，评论界偶尔也会省略掉另一批人，这一次是那些无法轻易套入女性主义叛逆者形象原型的作家。一个很好的例子就是罗斯托普钦娜：比方说，一位美国女性主义评论家就在著述中说她“过分关注聚会和跳舞”，还提到她对待文学的轻浮态度（“对她来说写作［……］只是一种讨喜的嗜好”）。然而我们有理由指出，罗斯托普钦娜之所以做出文艺女性的谦卑姿态，事实上只是为了进入“不合礼仪”的写作世界。在一个女人公开出版文学作品（而不止是写点诗歌、故事和回忆录在亲友间传阅）被认为等同于性暴露狂甚或卖淫的时代，戴上一个得体的面具（这样一副面具有时会误导人们，使之看不出作家的真实特征）是一种社会保障方式，有时可以让女人写作“不守妇道”的话题而免受责罚。

同时，历史主义论调也不该走得太远：如果一种评论解读的视野只是局限于某个**刻意表达**的文学文本的智识空间，而不去试图探索意义的深层色彩和细微差别，它就有可能变成一种同义重复的释义，也要冒抹平异常或不和谐元素的危险。如果认为罗斯托普钦娜那首《普希金的笔记本》只是温顺地认可了女性地位低下（哪怕这是可取的，因为首先只有这样做，罗斯托普钦娜才可以公开发声），那就会遗漏这样一个事实，即在提到女人“有义务”（*skovany*）谦卑时，罗斯托普钦娜使用的是一个通常用于描述普罗米修斯的形容词，后者曾因反抗父权控制而成为前浪漫主义和浪漫主义年轻男子的典范，从歌德到雪莱无不如此。罗斯托普钦娜或许不大可能**有意**把自己比作普罗米修斯，但她选择使用的词汇却有可能无意识地反对痛苦的天才必是男性这一当时普遍流行的观念。显然，以这一个词为根据来解读整首诗实非明智，但这个例子表明，即便是刻意循规蹈矩的文本偶尔也会为语言“去习惯化”。如果套话摆脱了其传统语境，它就不一定是陈词滥调。

正是这样一种女性主义评论，一种在形式主义传统中，同时也在历史和传记语境中对语言细微差别保持敏感的评论，于20世纪末开始零星地出现在俄罗斯和西方评论界。同样，到1990年代末期，开始出现一些迹象，表明女性作家在其祖国的地位发生了变化。她们（阿赫玛托娃除外）或许仍然没有自己的纪念碑或（茨维塔耶娃，或者还是阿赫玛托娃，除外）博物馆，但作家们的作品开始在俄罗斯内外重新出版：仅列举四位，索菲亚·帕尔诺克、阿德拉伊达·格尔茨克、阿尔拉·格洛维娜和季娜伊达·吉皮乌斯的作品如今都已有单行本出版。当然，对女性主义持怀疑态度仍然相当普遍，这是苏联文化隔离政策的残留（和波兰、南斯拉夫或德意志民主共和国的某些同行不同，俄罗斯作家和评论家在1980年代末之前很难直接读到任何西方文化理论），但也是对精神分析传记根深蒂固的怀疑态度所致；在俄罗斯，早期某些生硬的女性主义宣传策略（大而化之地攻击《洛丽塔》是淫秽色情作品等）无助于消除人们关于女性主义是异类的感觉。但随着人们对新式文化理论的日益熟悉开始使得俄罗斯内部的俄罗斯文学研究变得更加生动和丰富（它在20世纪的最后20年里经历了某种观念停滞），随着后现代主义观念的传 115
播使得表达某个特殊而片面、古怪而个人化的观点成为最佳选择（不光对生而为女性的作家，而且对所有作家都是如此），对于女性的“边缘化”自我探索有更大的容忍已经成为可能。一个例子是1997年，最活跃的俄罗斯文学评论杂志《新文学评论》上，刊登了西方学界对女性写作的严谨讨论。总而言之，几代俄罗斯女作家曾梦寐以求的死后为自己建起一座纪念碑，一座智识的而非金石的纪念碑，起码对其中有些人而言，开始显现出实实在在的可能性。与本书中讨论的某些评论视角不同，性别意识评论从不自称是唯一正确和合法的文学文本讨论方法，也不自称能够提供最终的答案。它不以从女性主义角度而言是否具备“进步性”来为作家排名。但它完全能够宣称它提出了一套新的有趣**问题**，且证明了（作家们本人对此一直心知肚明）跟文学中所反映的人类自我的其他任何方面相比，男性和女性身份
116 不再是不言而喻或浅显易懂的。

第七章

“她的各族的语言都将把我呼唤”

俄罗斯文学与“原始文化”

所谓“俄罗斯人”，不过是一群俄语专家。

（M. L. 加斯帕罗夫，2000年）

《“纪念碑”》设想普希金的名字不但在欧洲尽人皆知，在亚洲也闻名遐迩。诗人预言，俄罗斯的各大部族——波兰人（“骄傲的斯拉夫人后裔”）、芬兰人（芬兰大公国已于1800年并入俄罗斯版图）、通古斯人（如今被称为鄂温克人，是西伯利亚的土著）和卡尔梅克人（来自高加索以北地区，里海沿岸）中都会有他的读者。如果普希金真的有预言地缘政治的天赋，他大概还会加上乌兹别克人、哈萨克人和吉尔吉斯人，因为在苏联时代，整个苏联的所有学校都必须教授俄语，这意味着绝大多数公民，不管隶属于哪个民族，都听说过普希金的名字。

关于中亚各民族没有出现在普希金所列的“各部落”中很容易解释：俄罗斯在中亚的首批征服发生在19世纪中期，该地区直到1880年代才完全臣服。但即便以普希金时代的俄罗斯

117 帝国版图来说，他所列的清单也不够详尽。“芬兰人”还代表波罗的海人（爱沙尼亚人、拉脱维亚人和立陶宛人），而且这里也没有提到格鲁吉亚人和亚美尼亚人。这样有选择地对待少数民族群体并非偶然。格鲁吉亚人和亚美尼亚人都是有文化的民族，基督教在那里有很长的历史，因此提到他们就会动摇普希金所说的将自己的诗作为向野蛮人传递文明价值观之手段的信念（在《“纪念碑”》中，诗人事实上真的对通古斯人使用了“野蛮”这个形容词）。普希金在二十出头的青葱岁月里曾对东方异国情调有过拜伦式的着迷，然而从写作《茨冈》（1824）之时，他便开始对此持反讽态度，力图淡化各民族之间的奇妙差异。《茨冈》的结尾强调了道德问题的普遍性：

> 到处是致命的激情，
> 没人能逃过宿命。

一位吉卜赛[1]长者后来被证明是一个启蒙主义说教者，还很古怪地听说过奥维德（不过他并不知道这个名字：只知道这是个政治流亡者，从南方的罗马流亡到“北方”的高加索）。更值得关注的是，诗人在叙事中选择了相对平淡无奇的细节，以此来淡化地方特色。吉卜赛侍从中包括一个戴着镣铐的跳舞熊，就是很多俄罗斯村庄里出现的那种；外来者阿列科是天真的理想主义者，而他的吉卜赛妻子泽姆菲拉则是个实用的利己主义者。同样，在他的游记《埃尔祖鲁姆之行》（1829）中，普希金百无聊

① 诗题“茨冈”意即为吉卜赛人。——编注

赖地记录了穿越高加索遭遇的那些恼人的困难：交通不可靠、车夫太贪婪；旅馆太脏、女人太丑；土耳其人和高加索部落民的敌意有增无减。只有通过对比，俄罗斯侵略军的大无畏和正义感才能显出优势；这个文本强调通过军事干预即有希望获得救赎，这是它与亚历山大·威廉·金莱克的《日升之处》（1841）之间最主要的不同，虽然两个文本的语调都尽显疲态。用语言学家和学者彼得·弗朗斯的话说，《埃尔祖鲁姆之行》“破坏了大多数 118
高加索作品的浪漫尚古主义根基［……］是对夏多布里昂的《从巴黎到耶路撒冷》的戏仿，嘲讽了这类游记文学的陈词滥调”。同时，该文本还符合正在扩张中的俄罗斯帝国主义的官方意识形态，那种意识形态认为，用地理学家马克·巴辛的话说，被归于亚洲的“停滞”“看似恰好为西方那种富有创造力和进步性的发展活力提供了落后参照物，俄罗斯现在认为这活力是属于它自己的”。

然而就帝国的想象世界来说，《埃尔祖鲁姆之行》违背了常理（普希金本人似乎也感觉到了这一点：在他生前，这本书只出版了一部分）。让-雅克·卢梭关于“高贵的野蛮人”的信念在1830年代和1840年代仍对很多人颇有诱惑力；浪漫主义文学中随处可见的对异国情调的追寻在俄罗斯已经转向了国内，用于那些刚刚被帝国征服、尚未丧失强烈的地方特色的领土，当然这些地方特色有时也充满危险。在这些被征服的领土中，更有吸引力的当属克里米亚，特别是高加索地区，盖因其将“东方”风味与壮美风光（就像吸引西方猎奇者的阿尔卑斯山风光一样）合而为一。普希金本人在《高加索的俘虏》（1822）和《巴赫奇萨赖的泪泉》（1823）中，将沉迷于肉体欢愉和文化纠葛的拜伦式戏剧场面从奥斯曼帝国移植到了克里米亚和高加索地区。在这两个文本中，更吸引现代读者的是《巴赫奇萨赖的泪泉》。该文本不仅在心理层面对核心冲突（后宫中因妒而生的阴谋）进行了更充分的发展，也揭示了关于女人是民族身份象征的有力神话（一个暴躁阴郁的格鲁吉亚人的对立面是一个贞洁的金发碧眼的波兰女人，后者是西欧的象征）。此外，整首诗不光华丽丰美，也摆脱了拜伦式的陈词滥调（什么山峦是“荒野之王”云云），《高加索的俘虏》则仿造了类似的陈词滥调。然而后一首诗对普希金的同代人来说更有意义：的确，这首诗可以被称为
119 启动了文学上的“高加索大发现”。那时的读者们为诗中对风俗、服饰和礼仪的长篇描写（这些都是从出版资料中借用的，但在当时却被解读为第一手民族志）欣喜若狂，诗中那位神秘而冷漠的主人公因为被囚禁在风景如画的地方，而治愈了奇怪的疾病。用曾经写过一部关于俄罗斯殖民主义文本的先驱性著作的苏珊·莱顿的话说，这首诗鼓励了一种“关注自我的康复旅游业”，记述了一种关于俄罗斯南部的“浪漫而富有想象力的地理”，在其后的三十年里，被数不清的作家所借鉴。毫无疑问，普希金本人得自母亲一方的异国血统（他的曾外祖父汉尼拔，也就是“彼得大帝的摩尔人”，是非洲人）也有助于建立他作为这一“富有想象力的地理”描述者的可信度：《高加索的俘虏》第一版的出版商就找了一幅皮肤黝黑、“像摩尔人”的普希金童年肖像作为该书的插图。（图17）

这个例子表明，出版商、评论家和读者总是倾向于混淆作者和主人公，在莱蒙托夫的《当代英雄》（1841）中，作者在序言部分烦躁且适时地警告人们不要如此混淆。之所以如此，

图17　伊格尔·盖特曼根据一幅普希金儿时的匿名画作雕刻。浓重的交叉影线让普希金看上去像个深色皮肤的“非洲人”

部分原因是“康复旅游业”神话本身往往会利用伪装的母题。约翰·巴肯笔下的桑迪·阿巴思诺特（苏格兰绅士、“绿斗篷”、德尔维希先知）和鲁德亚德·吉卜林笔下由动物们抚养长大的毛克利，两者共有一个离奇的先驱，就是亚历山大·别斯图热夫–马尔林斯基那部《阿玛拉特–伯克》（1832）中的同名主人公，这位完美的部落人事实上是俄罗斯人的后裔。俄罗斯东方题材奇幻故事中最伟大的人物是切尔克斯人——一个骁勇善战的山里人，过着节俭的游牧生活，偶尔会靠成群劫掠改善生活。这个另类的世界一点儿也不像《巴赫奇萨赖的泪泉》中提到的危险阴毒、封闭放纵的浴场和后宫世界，也不像杰尔查文曾在他的讽刺杰作《费丽察颂》中大肆抨击的那种18世纪的俄罗斯东方风格。在杰尔查文的那部作品中，叶卡捷琳娜宫廷里的贵族显要身穿丝质长袍，慵懒地躺在天鹅绒沙发上抽着水烟袋。“充满阳刚”和坚不可摧的切尔克斯
120 人对19世纪俄罗斯游记作家的吸引力，很像20世纪上半叶前往阿拉伯的英国游客对贝都因人的崇拜（比如T. E.劳伦斯[1]和威尔弗雷德·塞西杰[2]）。人对自己得不到的东西都会充满浪漫想象，在这里，这种想象既适用于不同的文化之间，也适用于男女之间的关系：欲望的终极目标会长久地无法占有。与此同时，作家们本人被卷入了殖民化进程，而反抗殖民化的那些部落又让征服过程带上了特有的光环：侵略者的勇猛与侵

① T. E.劳伦斯（1888—1935），也称“阿拉伯的劳伦斯”，一位英国军官，因在1916年至1918年的阿拉伯起义中担任英国联络官的角色而出名。许多阿拉伯人将他看成民间英雄，许多英国人认为他是英国最伟大的战争英雄之一。

② 威尔弗雷德·塞西杰（1910—2003），英国探险家和游记作家。他的游记作品有《阿拉伯沙地》（1959）以及《沼地阿拉伯人》（1964）等。

略过程中的危险相得益彰。用苏珊·莱顿的话说，高加索地区并不只是“救赎之地”，也是一个“杀戮战场”，是俄罗斯军官展示荣誉之剑的试验场。

与此同时，深思熟虑的俄罗斯作家们则感觉到了俄国与“被征服民族”之间微妙和矛盾的关系，这使得他们不再以脸谱戏剧化的方式来表现“文明”与“野蛮”的对峙。一个例子是对哥萨克人的描述，传统上一直认为，他们是俄罗斯边疆的守卫者（果戈理在他那部狂热的民族主义小说《塔拉斯·布尔巴》中，就写到他们守住俄罗斯的边境和东正教，不让它们落入背信弃义的波兰人手中）。跟民族主义的神话相反，高加索地区的哥萨克人非但没有保卫俄国人和其他少数民族之间的前线，反而展示了那个前线有多薄弱。正如近代历史学家托马斯·巴雷特所说，他不理解“比如哥萨克瑙尔村的亚科夫·阿尔帕托夫，他曾两次逃到山上，又皈依伊斯兰教，在1850年代成立了车臣人和哥萨克人的盗窃团伙，不但劫掠哥萨克人的农庄、盗窃牛羊、掳走俘虏，还深入大草原去抢劫卡尔梅克人和诺盖人，这样的人会有多‘哥萨克’？”。这些民族身份的紧张关系也是托尔斯泰的中篇小说《哥萨克》的重要内容，小说的主人公阿尔帕托夫发现自己面对的那个文化在外人看来，跟土耳其或埃及社会一样“东方”，一样刀枪不入。如果这里的“东方”和“西方”之间的边界只是向东稍稍偏移了一些（把城市人阿尔帕托夫和土著居民所 122
代表的部落文化隔开，而不是把土著居民和部落文化隔开），其他文本则使得这个界限的存在本身变得可疑。莱蒙托夫的《当代英雄》中最动人的人物不是坏脾气的毕巧林——他不过是邦雅曼·贡斯当的《阿道尔夫》的一个近亲后裔——而是不善言

图18 切尔克斯勇士：这是一位19世纪的英国艺术家所画的阳刚的英雄

辞、资质平庸的马克西姆·马克西梅奇，这位低级军官对土著的情况了如指掌，这不仅令他对“懒惰的土著”态度粗暴且毫不容忍，也让他对土著的信仰十分敏感，因而能够处事圆通。毕巧林那位短暂的切尔克斯情人贝拉死后，马克西姆·马克西梅奇不光亲自为葬礼做了安排，还为贝拉本人献出了一段感人的悼文：

> 我们把她葬在要塞外面的小河边，靠她最后一次坐过的地方。如今在她的小坟头四周，白刺槐和接骨木已经长得很茂盛。我原打算立一个十字架，可是您知道，这不合适：她毕竟不是基督徒啊……[1]

这段话与毕巧林在厌倦了贝拉之后用犬儒主义的滥调对她做出的宣判形成了鲜明对比：“一个蛮女的爱情比贵妇人的爱情并好不了多少；这蛮女的无知和单纯，跟贵妇人的卖弄风情同样使人厌倦。”[2]连毕巧林面对贝拉之死的反应也是套路：用马克西姆·马克西梅奇的话说，“他却抬头笑了起来……这一笑使我浑身发冷”[3]。不管毕巧林怎么像部落民那样夸张做戏，他始终没有像业余“游记作家”叙述者那样充分领会山地精神，接近山地居民。这位游记作家发现了毕巧林的日记并决定发表这些日记来用文学引起世人注意，在莱蒙托夫那部多视角的小说中，他提

① 译文引自翟松年、余振、顾蕴璞译，《当代英雄·莱蒙托夫诗选》，人民文学出版社，2004年，第36页。

② 译文出处同上书，第31页。

③ 译文出处同上书，第36页。

图19　哥萨克士兵。注意这人和他妻子的“东方化”外表，由一位不知名的19世纪俄罗斯艺术家所绘

供了第二层的评说。

如此看来，莱蒙托夫的小说就把浪漫花花公子假装同化的作态与普通实干家对差异的尊重，把都市绅士对所谓不同民族 124
间不可逾越之障碍的长吁短叹与下层居民关于这一障碍只是假象的信念同时呈现在读者面前。与此同时，毕巧林本人也不曾与高加索人和东方世界面对面地遭遇：他最终死于波斯，在那之前，他的身体和精神曾屡次濒临崩溃。正如苏珊·莱顿所指出的，俄罗斯作家不像他们的西欧同行（不妨加上一句，西班牙除外）那样容易相信"东方的相异性"，因为他们的国家不断吸收一波又一波的侵略者（佩切涅格人、鞑靼人），并把"东方"同化并融入他们自己的文化中。

俄罗斯民族情绪起伏易变，最清楚地表现这一特点的，莫过于在卡拉姆津那部划时代的《俄罗斯国家史》（1818）中，收入的15世纪商人阿发那西·尼吉丁那部出色的印度游记《三海纪行》。位于一部歌颂强大俄罗斯的历史著作核心的是这样一个文本，其结尾几乎逐字逐句地转录了伊斯兰教皈依者所念的祈祷词。卡拉姆津在自己的著作中发表尼吉丁的叙事，显示了俄罗斯国家身份中核心部分的不确定性，也表明与"他者"的接触可能导致俄罗斯与东方更加亲近，而不是加深俄罗斯的欧洲与远东领土之间的隔阂。

这种亲近感不仅体现在1820年代开启的研究东罗马帝国语言和文化的卓越学术传统中，也体现在哲学和艺术作品中，最终在20世纪初的"欧亚主义"中达到高潮。勃洛克的重要抒情组诗《在库利科沃战场上》，是对1380年战胜鞑靼人的那场著名战役的与众不同的解读，那场战役对必胜式民族史的重要意

126 义相当于博罗季诺战役[1]（或英格兰传统中的阿金库尔战役[2]）。勃洛克在组诗中选择的意象不仅让人想起了14世纪末庆祝库利科沃大捷的文本《顿河彼岸之战》，还让人想起一部更著名的歌颂光荣的俄罗斯失败的12世纪文本《伊戈尔远征记》。在一个视角于14世纪和写作时间之间来回滑动的文本中，这种互文性的两次曝光只是文本的多重歧义之一。跟勃洛克写于同时期的文章《人民与知识分子》一样，该文本也是为哀叹“鞑靼”知识分子与“真正的俄罗斯”下层人民之间那种“牢不可破的边界”而作。

因而在某种意义上，我们可以看到俄罗斯文学既是殖民主义的，又是后殖民主义的，同时采用征服者和被征服者这两种对立的视角。欧亚派中见解最独特的思想家尼古拉·特鲁别茨科依对欧洲文化采取一种军事相对论的态度——“欧洲文化只有对创造了这一文化的那些民族才是必不可少的”——这非常符合“认同黑人文化传统”运动（*négritude*）精神，即1940年代法语区的非洲和西印度知识分子掀起的自我认同运动，当然也符合美国黑人哲学的精神。在特鲁别茨科依看来，俄罗斯文化的多样性就像俄罗斯帝国集合了各个种族一样，是值得骄傲的。不过说到自然风光，欧亚派更容易为他们熟悉的风光所吸引，而不那么钟情异国情调。大草原成为更受青睐的想象空间，而非高加索地区无法逾越的绵延山脉。河流作为大草原上唯一的边界，不仅被看成是战线之间“牢不可破的边界”，也被

① 博罗季诺战役是拿破仑侵入俄国时期的一次会战，它发生于1812年9月7日，是拿破仑战争中最大和最血腥的单日战斗，超过25万士兵投进了战场，至少有7万人死伤。

② 阿金库尔战役发生于1415年10月25日，是英法百年战争中著名的以少胜多的战役。

看作是可以秘密穿越的边境或被用作商贸路线。俄语也是一样，虽然屠格涅夫等西化的俄国人认为它首先象征着国家差异，但如今人们则认为，俄语是可以被东方语言渗透的，它大量吸收了土耳其外来语和语音，这也是它跟其他斯拉夫语言的差别所在。

写作《在库利科沃战场上》十年之后，勃洛克本人也转变了，他不再把俄罗斯文化的二元遗产，即“鞑靼性”和“俄罗斯 127
性”看成悲剧，转而认为它是力量之源。他写于1918年的诗歌《斯基泰人》（这里引用的是罗宾·肯博尔的译文）赞颂的，就是一个自古希腊时代起一直被看成是活力和野蛮典范的部落。斯基泰人代表着俄罗斯生命力的复苏，在俄罗斯传统上一直被认为是抵御东方人入侵的堡垒，如今却威胁着要用它多种族混居的生命力去征服衰落的西方文明：

所以，俄罗斯——斯芬克斯——凯旋，亦是满心悲伤——
恐怖的荒野上，到处是黑色的血流，
她的眼睛深深、深深、深深地瞪着你，
目光中有恨——也有充满善意的爱！
是的，那么就爱吧，既然它在我们的血液深处，
多少年没有爱过了，你们所有的人！
你们已经忘却了世上有这样的爱
它像火焰般永恒燃烧，就算成灰也不消逝！

勃洛克在诗中含蓄地把俄罗斯的“斯基泰人”一面与俄国革命的创世神话联系起来，诗人自己最初对革命反应热情，把它

理解为以前受到压迫的“野蛮的”贫困阶层获得了权力。建立这种联系的倒也不止勃洛克一人。在作品中表现东方，从历史上看，是和表现“人民”（*narod*，这个俄语名词有“人民”和“国家”两种含义）密切交织在一起的。在一个直到1897年非文盲还仅占人口21%的文化中，有时人们认为“文明”与“野蛮”之间的对立恰恰映射了“西化的”和“本土俄国人”之间的分野。随着斯拉夫派运动在1830年代兴起，“受过教育的俄国人在自己国家是外国人”这一观念变成文学和新闻中的老生常谈。人们意识到，寻找未受污染的异国情调不一定要前往高加索地区：在俄罗斯乡下也能体验。1820年代，和其他欧洲国家的同类一样，一些俄罗斯浪漫主义作家也开始把民间传说和民歌视为文学创作的灵感来源。起初提供灵感的是民间文本的主题和情节，而不是语言和结构。普希金某些基于民间传说题材（*skazki*，即童话）的故事，如《神父和他的长工巴尔达的故事》（1830）就演绎了口语传统的题材（诗人是于1820年代末在米哈伊洛夫斯科家族庄园逗留时，亲耳听人讲述并记下的），使用的语言接近大众口语，只略加文饰。但其他作品，例如《金鸡的故事》（1834），则源于西欧，以韵文而非散文写成，使用了有教养的谈话的词汇和词形变化。和他的童话叙事诗《鲁斯兰与柳德米拉》（1820），以及他的同代人及后继者们创作的韵文故事（如彼得·叶尔绍夫的《小驼马》，1834年）一样，普希金的童话也有迷人的雕琢痕迹，就像夏尔·佩罗或让娜·莱里捷改写的法国民间故事，如《睡美人》和《美女与野兽》。

然而俄罗斯农民真正的日常生活——贫病交加、少到可以忽略不计的教育，以及（1861年以前）随时可能沦为农奴的风险——可没有让作家们变得风趣机智。相反，从18世纪末开始，俄罗斯文学开始充满感伤地把注意力转向在残暴冷酷的地主那里干活的俄罗斯农民的苦难。传统上风流潇洒的俄罗斯军官象征着高加索地区教化文明的浪漫先驱，而这一形象的对立面就是受剥削的下层妇女形象，比如卡拉姆津的《可怜的丽莎》（1792），就表现了一个农村女孩遭到了一位自私的上层社会年轻男子的玩弄。当然，普希金的《别尔金小说集》（1829）中的《驿站长》那个故事表明，上流社会的男子和他来自“人民”的情人之间的关系或许是双方你情我愿，而不是一方对另一方的剥削，但从已经开始占据1840年代俄罗斯文学创作半壁江山的俄罗斯激进主义者的视角来看，这个说法可站不住脚。的确，在1840年代和1850年代，就算在某些保守主义者看来，农奴制也 129
是一种本质邪恶的制度。1851年，在俄罗斯富有政治热情的韵文作者中极富才华的激进诗人尼古拉·涅克拉索夫，用一个堕落的平凡农妇作为他诗歌的意象和他充满社会同情的标记：

> 然而我的身上早早便上了枷锁
> 来自另一位冷漠无情、无人喜爱的缪斯，
> 她是悲伤的乞丐们悲伤的旅伴，
> 他们生来只知挣扎、受苦和劳累——
> 来自一位哭泣的、哀叹和伤痛的缪斯，
> 她永远在饥饿，在堕落中祈求，
> 她唯一的偶像便是金钱。

1861年的农奴制改革使人们对农民苦难的关注不减反增。

诚然，托尔斯泰等作家对地主和农民的新型关系采取了一种乌托邦式的看法。《安娜·卡列尼娜》（1876—1878）中列文庄园的情景把家长制的农村家庭表现为一种成功家庭的模式，夫妻互爱互补，生活圆满幸福。二十年前，在《一个地主的早晨》（1851）中，托尔斯泰曾写过一个热心的年轻俄罗斯绅士试图向自家的农奴们介绍合理的工作方式：而如今的列文则不仅从他那些被解放的农民那里学习如何锄地，也学习如何看待生活。在书本中学习哲学和神学也未能平息自杀式幻灭的列文，最终却因为听说了一位“为灵魂而生，要记着上帝”的老农的生活态度，才开始获得内心的平静。

然而只有当农民的自耕地能为他们提供尚可忍受的生计时，才有可能赞颂农村生活。土地改革的混乱过程不但让1861年以前靠庄园收入维生的很多地主破了产，也让农民的经济变得毫无着落，有些人的境遇比土地改革之前更差了。一个坏年景
130 就能导致贫困和饥荒。在农奴解放后的农村管理机构地方议会（*zemstva*）里，那些受过教育的雇员，如医生和教师，把这一切都看在眼里，他们中的很多人都同情民粹主义（*Narodnichestvo*），该运动的宗旨不仅在于让“人民”获得教育和政治启蒙，也（不无悖论地）包括维持传统做法和农民生活的价值观。伴随着民族志学（系统收集民间故事、记录物质文化和日常生活）的繁荣，民族学细节丰富的小说开始兴起，但这些小说同样对社会充满悲观情绪。格列布·乌斯宾斯基、尼古拉·乌斯宾斯基、瓦莲京娜·德米特里耶娃以及后来的弗谢沃洛德·迦尔洵、弗拉基米尔·柯罗连科和叶卡捷琳娜·列特科娃等作家的批判现实主义小说为读者描绘了一幅悲凉无望的俄罗斯农村图景。这些文学

作品中描述的堕落潦倒如此极端，让人们不得不思考应该如何通过社会改革来改变现状。这一传统后期的一个尤其令人沮丧的例子是契诃夫的短篇小说《农民》，它让托尔斯泰等更为理想主义的民粹主义者觉得完全无法接受。在契诃夫的虚构村庄中，河里处处漂着垃圾，农舍肮脏邋遢，人际关系残酷无情，在这日复一日的苦难生活中，唯一分散人们注意力的事件是一年一度的宗教游行，人们用虔诚得近乎歇斯底里的狂热迎接这场盛大游行，那种狂热跟他们一年中其他时间的生活内容全然不同。值得注意的是，小说中仅有的"有人性"的人物是一位在城市生活多年后回到农村的服务员以及他的家人。

看到农村遭到毁坏，看到他们惯常所谓的"人民的兽化"，促使人们到俄罗斯远北地区去找寻古意，那里受到农奴制的影响相对较小，因为地处偏远，也没有受到城乡间季节性迁徙的影响，毕竟（在许多民粹主义者看来）城市的生活方式已经污染了距离莫斯科和圣彼得堡较近的乡村。那里是民俗收集者们寻找各种庆典礼仪、符咒歌谣和民间故事的首选之地，他们认为这些东西保存了可以追溯至前基督教时代的传统。然而归根结底，131
素材的诞生地并没有它的特点那么重要。19世纪末和20世纪的作家们有时会自己收集民族学素材，有时会从已经出版的这类素材选集中引用素材，但首先吸引他们的，始终是强调城乡差别的文本。以象征主义诗人瓦列里·勃留索夫生动的故事独白《玛莎》为例，叙述者是一个农村姑娘，在她看来，屋鬼之类的传统民俗人物都是绝对有形的现实存在：

哦，夫人，您真不知道住在雅罗斯拉夫尔有多好，在这儿只需小心骗子就是了，要是在村儿里，让人害怕的东西可就多了：院鬼、屋鬼、恶魔和大恶魔。出门院子里有院鬼，进到屋里也有鬼。院子里那个鬼的脸长得跟主人一个样，屋里这个浑身都是毛。谁要是晚上九点之后到院子里去喂马，那他铁定会遇上院鬼。那样出去是不行的，得先咳嗽一声……

这个例子表明，到了那时，叙事语言已经和所引用的素材一样重要了。20世纪初大部分俄语散文的生命力都源自大众口语（*prostorech'e*）。更受青睐的文体是第一人称叙事，如此可以避免文雅用语的规范［这类叙事在后来被俄国形式主义评论家回溯性地命名为“讲说”（*skaz*），例如鲍里斯·埃亨鲍姆1918年就曾写过一篇文章，题为《“讲说”的假象》］。革命之前，最出色的“讲说”大师是阿列克谢·列米佐夫，他被很多人模仿，较成功的模仿者有叶夫根尼·扎米亚京和奥尔加·福尔什。但革命之后，列米佐夫派（不妨将其做法归纳为“土语装饰主义”）就近于衰落了，其原因不仅是列米佐夫移居海外（他于1921年前往柏林，后来在巴黎定居），还有苏联政权初期果断采取的
132 亲城市立场。然而“讲说”仍以变化的形式继续存在。米哈伊尔·左琴科的小说（如《澡堂》）中那些工人阶级叙述者的话，就把当时政治话语中拙劣的陈词滥调（“现在可不是沙皇那时候了！”）和一种全然不同的大众口语（*grekh odin*，直译为“真活受罪”，但大致相当于“恶人不得安生”）拼接在一起。那些小说在结构上也吸收了传统的民间故事叙事模式，例如三度重复（《澡堂》的叙述者就三次试图给自己抓住一个澡盆），以及在

叙事的开头和结尾使用浮夸的套话，跟其他语言明确区分开来（《澡堂》的开头就是一句精彩的超现实主义的话："公民们，听说美国的澡堂特别好"）。与此同时，左琴科笔下的人物不光是社会学研究的素材，他们还是作者本人的面具。正如文学评论家亚历山大·左尔科夫斯基所说，作家的小说主人公总是遭到社交和性交失败，这也是左琴科受到心理分析启发而写作的自传《日出之前》中反复出现的主题，左琴科并没有嘲笑他发明的人物拙于辞令和能力不足，而是利用那些人物的无助，合理地展开他本人的自我探索。不妨多说一句，他的小说在本质上是现代主义的，不仅因为它们"让世界陌生化"（形式主义文学理论家维克多·什克洛夫斯基使用的术语），还因为它们对语言的交际功能表达了一种深刻的哲学上的悲观态度。左琴科小说中的主要人物往往不被理解，他们经常被其他人的反应弄得困惑不已（在任何意义上都是如此），这一事实不仅反映了早期苏联生活的琐碎的残暴，也反映了城市生活的孤寂，那是跟生活在丹尼尔·哈尔姆斯，当然还有塞缪尔·贝克特小说世界里的人物所经受的同样的孤寂。

诗歌中也是一样，"讲说"的社会学、美学和哲学功能交织在一起：民俗不再是一定距离之外的事物，而被直接用于抨击关于得体行为和语言的旧观念。例如，茨维塔耶娃的韵文故事《少女王》，就讲述了一个咄咄逼人、气质阳刚的王妃爱上一个举止 133
温柔、高贵优雅的年轻美学家的故事，是一种变性叙事；《乡村少年》把一个乡村少女和吸血鬼情郎的结合表现为一种崇高的情欲体验。和另外几位象征主义和后象征主义女诗人一样，对茨维塔耶娃来说，调用民间故事是她们摆脱传统"女性诗歌"束缚的一种方式，传统上认为，女人无非只能写写表现悲伤的爱情、优雅的自恋或自我抹杀的创造力的诗歌。她的诗《缪斯》刻画了一个就算在乡村社会也属边缘的女人，一个流浪者，甚至或许还是一个娼妓和逃犯：

没有出生证，没有结婚证，
没有先父，没有“猎鹰”[即年轻男子]。
她衣衫褴褛，
竟走了那么远的路！

忧郁的眼睑下
[闪着]金翼的火光。
她用饱经风霜的手
攫取过——她忘记了。

她的裙摆拖在尘土里，
她的鞋子已经张开了嘴。
她既不邪恶，也不良善，
只是走远了：她自己的女人。

没有“证”（出生证、结婚证），没有男人确保她的体面，她的裙边拖在尘土里（这也是众所周知的性意义上的污秽意象），茨维塔耶娃的缪斯跟阿赫玛托娃笔下那些端庄得体、文学声望无懈可击的缪斯女神有着天渊之别。此外跟茨维塔耶娃的所有作品一样，19世纪和20世纪初其他作家在大部分作品中贯穿始终的“得体的”农村民俗与“粗俗的”城市民俗之间的两极分化在这里土崩瓦解了。（的确，茨维塔耶娃在1920年代早期的诗歌 134
中模仿“粗俗的”街头民谣文体就要比她采纳农村民俗的诗歌文雅得多。）不过，这首诗最引人注目的是那种典型的民谣风现代主义作品的风格特征：固定搭配（“金翼的火光”）；否定结构（“既不邪恶，也不良善”）；以及排比的使用（特别是第9—10行的“裙摆”和“鞋子”）。同时，这首诗也是一幅自画像，是诗人藐视世俗、申明自己有权存在于“出生证和结婚证”等官方文件之外的宣言。

以民间风格创作的现代主义作品远比俄罗斯浪漫主义的作品更接近真实的农村民间文化，这是真正来自俄罗斯下层社会的诗人创作的诗歌在20世纪初首次进入文学主流的原因之一。像阿列克谢·科尔特索夫这样的“农民诗人”在19世纪不过是偶尔出现的罕见现象，而他们20世纪的继承人，尤其是尼古拉·克柳耶夫，在美学和智识上都堪称伟大，令人赞叹。克柳耶夫把自己的出生地即远北地区的方言土语和自然现象，与神秘的东方哲学、鞭笞派[1]和阉割派[2]等教派的神学以及引用的（从芬兰到北美）各民族史诗杂糅在一起。他有着超凡脱俗的个性化艺术视野，在他看来，死亡是“一场风暴/降临在满是泡沫的牛车上/把它推向生命的外海”，古典的缪斯被替换成一只云雀，抑或一头从北冰洋的涌浪中挺胸而过的鲸鱼，而列宁是那“春天雪松上的白霜”，这个意象就像“大天鹅的天籁之音”一样充满情感。与克柳耶夫同时代、有时是他战友的叶赛宁，虽然不像他那么重

① 鞭笞派是以各种工具鞭打惩罚自己肉体的极端教派。

② 阉割派曾在18世纪的俄罗斯十分流行，甚至被宫廷贵族追捧。

要，却在去世40年后成了俄罗斯最受欢迎的诗人，他那首悼念年轻的生命“如白苹果树的烟花”逝去的诗歌伴随着吉他声，在上百万青年旅社和私人公寓里传颂。

不过总的来说，真正致力于寻找另类素材的还是知识分子作家，包括一群全身心沉浸于民间词汇和民间传统的重要的上中产阶级女作家（季娜伊达·吉皮乌斯、阿德拉伊达·格尔茨
135 克、玛琳娜·茨维塔耶娃）。革命前在工人刊物上发表作品的无产阶级诗人和革命后的无产阶级文化协会[1]各派则倾向于使用传统风格的晚期浪漫主义意象，如铸造厂的火光和燃烧的熔炉。社会主义现实主义命令作家们必须义不容辞地使用“易为大众读者接受”的文风，而不应使用公认的大众读者受教育之前的语言：这抑制了散文和诗歌中的“讲说”实验。到文学冒险在1960年代再次出现之时，大多数俄罗斯人口都生活在城镇，俄罗斯乡村（受到了大众基础教育、广播以及后来的电视的改造）已经不再如往日那样是“民间文化”的宝库了。不过（基于城市大众口语的）左琴科式“讲说”开始重新流行起来，特别是在那些不在苏联官方渠道发表作品的作家中（官方渠道禁止使用“下流语言”，也就是真正的大众口语几乎句句不离的脏话，这意味着街头语言只能以删改的形式出现在出版物上）。它不光出现在对苏联和后苏联黑社会的新现实主义研究中，也出现在有着更大的文学和哲学野心的文本中，如尤兹·阿列什科夫斯基的复仇叙事《手》（1980），故事中的叙述者厌恶在集体化时杀了他家人的苏联官方，但他同时又觉得自己拥有的一切都有着不可

① 配合1917年俄国革命而建立的苏联的一个实验性艺术机构。

思议的美，他深情地称之为“你们这坨屎”。

本书的大部分讨论都强调了俄罗斯文学传统的中心意识，一代代评论家们要求写作服务于一个严肃的宗旨，各种纪念碑、非正式评论和历代教育系统所共同维护和赞誉的那个经久不变的伟大作家正典始终居于主流，这些都是那种中心意识的表达方式。在第六章中，我提出这种中心意识将女作家置于其文化的边缘，可以说让她们变成了自己文学遗产上的外省人。本章指出，那种中心意识本身也有局限。无疑，19世纪和20世纪的俄罗斯作家都栖居在一种帝国意识之上，他们往往将非俄罗斯人看成多彩的民族学展品，看成或古怪或有趣的他者。然而与 136
此同时，帝国的地理外围地区，特别是“东方”，可能会让有所反思的俄国人自身的民族认同感变得不那么坚定，使他们质疑“东方”和“西方”之间差异的本质。19世纪后半叶，在俄罗斯文化**内部**追求异国情调开始流行，此时人们认为民间传统是迷人的野蛮主题和语言的宝库，而不是必须“文雅化”才能进入上流社会的素材库。民间传统地位的这一改变继而使得男性文化精英群体之外的作家们（农民、女性、少数民族）得益于自己的边缘地位，可以利用（在上文所用的转化意义上的）“外省性”，使之
成为独特个性的标志，而不是低人一等的代名词。 137

第八章

“哦，诗神，继续听从上帝的意旨吧”

精神世界与物质世界

（为尼古拉·果戈理等人建立的）纪念碑在俄国并没有实现预期。那是因为似乎我们所能建造的唯一可以接受的纪念碑是一座小教堂，让其中那盏偶像之灯永远为“神的仆人尼古拉”燃烧。

（瓦西里·罗扎诺夫，1913年）

在普希金的大多数作品中，上帝通常并不如在《“纪念碑”》中那样突出。值得注意的是，打个比方，在《叶甫盖尼·奥涅金》中就看不到任何基督教信仰或习俗，哪怕是四旬斋戒和复活节庆典这样本该是真实的拉林家一年一度的大事件。（1850年代，一位前往俄罗斯的英国游客就曾写道，圣周[①]期间，“哀伤的寂静笼罩着全家，唯一偶尔打破寂静的是牧师单调的嗓音”。）普希金年轻时漫不经心，崇尚伏尔泰的哲学，后来却为自己年轻时不

① 在基督教传统中，复活节之前的一周被称为“圣周”，用来纪念耶稣受难。

信上帝而尴尬不已（他曾屡次尝试停止发行他关于圣母玛利亚的不虔诗作《加百列颂》，就表明了这一点）。然而他同时也属于18世纪对宗教“热情”有着强烈不信任的一代人。他的姐姐奥尔加是个狂热的信徒，也写过不少法语宗教诗歌，普希金则毫无公开宣称信仰的意向。无疑，他后期的很多诗作中都写到了死亡即将到来的主题，其中有些，例如《“每当我在喧哗的市街漫步”》（1829），认为意志唯一可以发挥作用的方式就是选择一个 138
安息之地。而1836年的好几首诗都把世俗的权力和宗教感情并置，后一种诱惑着抒情主人公，哪怕他强烈地感受到自己罪孽深重（正如评论家谢尔盖·达维多夫所说，有充分的理由相信，包括《“纪念碑”》在内的这些诗，大概可以构成一组围绕圣周主题的组诗）。

和普希金创作的很多方面一样，关于这位作家能否算作一位积极信徒的问题一直充满争议。苏联审查制度一经瓦解，争议就变得更加激烈：这时，那些曾经痛斥安德烈·西尼亚夫斯基的《与普希金散步》是亵渎这位已故作家的爱国者们，又开始利用书籍、文章、宣传册和一本名为《基督教文化背景中的普希金时代》的专业期刊，全面宣传普希金与东正教的联系。被他们用作证据的首先自然是普希金后期的忏悔诗。这些文本无疑表达了对信仰的渴望，但那跟直接意义上的宗教信仰可不是一回事。哪怕是普希金为“俄罗斯的神学［……］通过诗歌得以表达”的例证这样一个还算温和的主张，似乎也很难被证明。恰恰相反，普希金是世俗的俄罗斯文学创作的重要人物。普希金的两位伟大的诗歌前辈，莱蒙托夫和杰尔查文，不仅直接从礼拜文本中获得灵感（如杰尔查文对《诗篇》的出色改述），而且他们最宏伟的诗歌大厦都建立在礼拜语言，即教会斯拉夫语的地基之上（例如，杰尔查文的《瀑布》就是对转瞬即逝的世俗权力的深刻的基督教思考）。普希金的作品中全然没有如此冠冕堂皇的说教和神学自我宣告；的确，关于普希金在何种程度上是个积极信徒的问题既不清楚，说到底也无关要害，或许只有左派作家和评论家奥西普·布里克所谓的“像那些狂热地为‘普希金到底抽不抽烟’刨根问底的人一样的疯子”才关心这个问题。如果别林斯基和他的激进同事们能把普希金说成是俄国生活的“百科全
139 书”，部分原因是在普希金这里，宗教问题跟它们在法国《百科全书》中一样微不足道。绕开普希金，俄罗斯玄学派诗歌在杰尔查文之后于跟普希金同时代的叶夫根尼·巴拉丁斯基和费奥多尔·丘特切夫笔下得到复兴，后来在蛰伏了几十年之后，又于1890年代再次浮出水面，其中最著名的是宗教哲学家弗拉基米尔·索洛维约夫及其接班人维亚切斯拉夫·伊万诺夫的诗歌。

普希金的散文比他的诗歌更不适合表达神秘主题。他那位伟大的同代人尼古拉·果戈理远比他更坦率地虔诚敬神，一个例子就是果戈理跟母亲和姐妹们的那些说教通信。然而不无奇怪，即便是果戈理，信仰在他的作品中也始终居于次要地位。诚然，他的某些短篇小说确实有点像基督教寓言故事。《旧式地主》（1835）和《外套》（1841）都很像是对自我满足和积累物质财富的禁欲式基督教批判：在两部小说中，人物所犯的错误都是不“积累天堂的珍宝”，不为必将到来的神圣审判之日做好准备。然而和果戈理最伟大的小说《死魂灵》及戏剧《钦差大臣》一样，这两个文本也源于作者的天赋直觉：在想象世界里，罪孽比德行更容易表现。《外套》中的主要人物，可怜的阿卡基·阿

卡基耶维奇的名字跟粪便有关（俄语的*kakat'*是“排泄”的孩子用语，“拉屎”的意思），脸色也让人疑心他生有痔疮，整个人像一坨行走的腐肉。跟《死魂灵》里的人物一样，他是基督教意义上的行尸走肉。

因此，在文学中寻求东正教复兴是理论先行、实践滞后。除了果戈理的论文集《与友人书简选》之外，另一批作家的作品也体现了这一点，他们与始于1830年代末的国家保守主义者发起的“斯拉夫派”运动有关，包括伊凡·基列耶夫斯基、阿列克谢·霍米亚科夫和康斯坦丁·阿克萨科夫。激进作家都有着狂热的世俗品味，但斯拉夫派却充满怀旧地回望彼得大帝时代之前的俄罗斯，他们坚信，那时的宗教渗透到了世俗生活的方方 140
面面。虚构文学本身就是西方概念（如我在第二章所述，中世纪俄罗斯的文本创作主要是为了满足基督教会的需求）这一事实并没有让斯拉夫派挂怀，因为他们相信，把西方和俄罗斯本土“启蒙”（*prosveshchenie*）的最佳特质结合起来是有可能做到的。在文学意义上，这些观念最完美的体现就是陀思妥耶夫斯基的作品，这位社会主义同情者因为在劳改营里经历了模拟处决和监禁，从而转变成一个东正教信徒、一位保守主义者，也是到目前为止19世纪最伟大的“神学”作家。陀思妥耶夫斯基在从西伯利亚流放地返回之后所写的那些回忆录、长篇和短篇小说之所以有“宗教性质”，不光是因为它们关注罪过和忏悔类主题，或者诸如教会法庭的改革这类时事问题，或者因为它们写到了信徒人物，还因为它们充斥着各种宗教概念，那些概念影响了文本的结构和情节，也时常出现在论证中，其中最重要的是“聚合性”（*sobornost*，由霍米亚科夫发明的一个术语，用于描述以

*sobornaya tserkov*为模板建立的社会统一性，后者是东正教义中的词汇，意思是“神圣的天主教会”）和“虚己”（*kenosis*，“清空”，这个术语的意思是为了努力与他人交心而达到放弃自我的地步）。在陀思妥耶夫斯基最后那部最符合东正教精神的小说《卡拉马佐夫兄弟》（1879—1880）中，这两个都是贯穿始终的重要概念。阿廖沙·卡拉马佐夫和他的老师佐西玛长老的刻画都以此为基础，后者充满神性的死亡弥补了小说残暴弑亲的核心内容。这两个概念也是“宗教大法官”这个故事的主要概念，大法官本人代表着功利主义的“西方”观念，认为教会力量说到底是为了纠正物质上的不公正，而沉默的耶稣则代表着不主张干涉、冥想型的正直精神。

如此说来，在某种程度上，很难有什么比普希金与陀思妥耶夫斯基之间的风格差异更有启发意义了。一方面，《卡拉马佐
141 夫兄弟》一心想要从杂乱的线索入手探究信仰的本质，但也未尝不想一探怀疑的本质（不可知论的伊凡·卡拉马佐夫拒绝承认一位可以容忍无辜者受难的神祇是仁慈善良的，这也是一种充满激情的信念）。另一方面，《黑桃皇后》是一幅精彩的社会缩影，哪怕低级意义上的超自然神力的存在也遭到质疑，遑论上帝。教会在其中扮演的角色不过是一位老于世故的神甫在自己的葬礼演说中做些表面文章，赞誉死去的伯爵夫人的高尚品质，这跟她生前牢骚满腹、任性自负的性格形成了讽刺的对比。陀思妥耶夫斯基对普希金（哪怕是他自己心中的普希金形象）的崇拜乍看之下似乎很难理解。不过这两个故事的确有很多共同点，不光是因为普希金笔下浮华的上流社会恰是佐西玛长老在皈依之前搬入的地方。另一个相同之处是，两个文本中对神秘

事物都有种想当然的、如话家常的态度。《黑桃皇后》中，死去的伯爵夫人来到赫曼眼前（不管那只是幻觉还是真有鬼魂）之前，他听到"一阵拖鞋的吧嗒吧嗒的声响"；而《卡拉马佐夫兄弟》中出现在伊凡眼前的魔鬼则是一位不怎么受欢迎的快活的中年男子，身上那件破旧的褐色上衣暗示他是一位外省中阶公务员——魔鬼居然是一位机关官僚。

这里展示的彼岸世界，用《罪与罚》中拉斯柯尔尼科夫的邪恶分身斯维德里盖洛夫的话说，是如"一间布满蜘蛛网的浴室"一般的地狱。某个单调无聊的平行宇宙的存在令人毛骨悚然，这种感觉也出现在丹尼尔·哈尔姆斯写于1930年代的荒谬主义小说中，其作用是跟苏联现实主义神话中那个人造的"天堂"对立和抗衡。它后来又再次出现在《洛丽塔》中奎迪这个人物身上，这是亨伯特·亨伯特无法摆脱的一个滑稽分身，就像伊凡无法摆脱他那位恐怖又友好的魔鬼。在所有这些文本中，对地狱那种幽闭环境的不适感始终存在，但每一个文本对其都有不同程度的调适。地狱的形象从来没有定格为某种刻板印象，相反，人们倒是把日常生活看成是难以摆脱的平庸领域，是对智识活动的阻碍，这让很多俄罗斯文本，从车尔尼雪夫斯基的《怎么办？》到帕斯捷尔纳克的《日瓦戈医生》的最后部分，有一股奇怪的空心感，其具体场景的处理也没有什么意义，跟某个车站候 142
车室的标准装置似的，只等一列火车进站，带人们前往某个更有趣的地方。俄罗斯文学中对耶稣最生动的描写是对失败耶稣的描写：《白痴》里的梅诗金公爵一心想通过爱实现救赎，结果却不但没有挽救纳斯塔西亚·菲利波夫娜，反而毁了她；还有《大师和玛格丽特》中的耶舒阿，那位来自布尔加科夫嗤之以鼻的耶路撒冷的古怪圣愚耶稣。

然而，如果说标准的福音书文本在俄罗斯文学中只是若隐若现，作家们对末世论，或者基督教神学中的“万民四末”（死亡、审判、天堂和地狱）却很着迷，这使得《启示录》成为他们非常看重的一本书。在19世纪末和20世纪初撰写的文本中，这一点尤为明显。世纪末的悲观主义让人们不仅对尼采或奥斯瓦尔德·斯宾格勒[1]等虚无主义知识分子的作品很感兴趣，也启发他们去研究期待毁灭邪恶俗世和建立宗教统治的东正教传统。接二连三的历史大灾难——俄国在1905年日俄战争中的失败、紧接着到来的“革命之年”、第一次世界大战、革命和俄罗斯内战——被作家们在作品中用神启意象表现出来。一个特别明显的例子是布尔加科夫的小说《白卫军》。这本书有点像是托尔斯泰的历史小说，也是用一个家庭及其亲友的经历来代表一般历史人物的经历。然而托尔斯泰在小说中强调历史是宿命与人类意志的辩证统一（根据《战争与和平》的尾声，明智的历史人物并没有对他或她自主行动的意义给予过高评价），这里却被代之以对充满恶意的宿命的强调。这进一步强调了历史人物的无力感，他们到最后只剩下了悔恨之力。如此一来，布尔加科夫就呼应了《拔都攻占梁赞的故事》等俄罗斯中世纪文本中的道德论，其中，上帝的子民之所以会遭遇失败和毁灭，是“因为我们自
143 己的罪恶”：小说开头写道，“那是伟大的一年，又是可怕的一年。按耶稣降生算起那一年是1918年”，在邪恶的农民领袖彼得留拉即将到达基辅之时，关于他的各种暴虐行径的故事早已传遍

① 奥斯瓦尔德·斯宾格勒（1880—1936），德国历史哲学家、文化史学家及反民主政治作家，著有《西方的没落》（1918—1922）等作品。

全城，他的到来还伴随着天体的征兆：

> 大教堂的一个个圆屋顶之间的空隙中，灰色背景完全突然地破裂了，在浑浊的雾气中露出了突然的太阳。它是如此之大，在整个乌克兰从来没有任何人看见过，又是非常之红，像纯净的鲜血。
>
> （第十六章）[①]

在一个上帝的全在性乃至上帝的存在本身都遭到严重质疑的世界里，人们想象物质世界里现实存在的是敌基督，或者各种魔鬼的力量。就因为如此，当身体——值得注意的是，浪漫主义和象征主义作品都没有表现过身体——再次出现在俄罗斯现代主义作品中时，它往往被视为心灵或精神的令人厌恶的“皮囊”。尤里·奥列沙的《嫉妒》或纳博科夫的《洛丽塔》中的叙述者都对那个肉身的自我充满憎恶，这跟约瑟夫·布罗茨基的诗歌《1972年》十分相似，后者称抒情主人公的自我“嘴里臭气熏天，关节嘎吱作响/是镜子上的一个污点”，“牙齿上的龋斑足以/画出古希腊的地图，还有余”。

强调死亡和惩罚往往会（通常是含蓄而非明确地）利用俄罗斯东正教文化反对肉体的有力方式。在俄罗斯文学中较早表现出这一点的有杰尔查文的《梅谢尔斯基公爵之死》（1779），它强调了腐烂的普遍性（“无论君王还是俘虏，都会沦为蠕虫的食物”）。后来还有托尔斯泰的《忏悔录》（1879—1880），里面有

① 译文引自许贤绪译，《白卫军》，作家出版社，1997年，第273—274页。

一个借自一则东方传说的出奇意象：一个活人吊在树干上，身下是万丈深渊，有一条巨蟒正在噬咬树干。然而如果说杰尔查文或托尔斯泰对不可避免的死亡的反应是强调崇尚德行的生活
144 的话，20世纪的文本则倾向于把另一个更美好的现实表现为难以实现和虚幻脆弱的东西。它跟神秘而无法传达的体验有关，也就是亚历山大·勃洛克在他写给“美人”的一首诗中所说的：“谛听着在我心中悄悄地泼溅的/那朦胧的生活的召唤。”①它以同属于死亡和精神生活的“虚无”的色彩表现出来，是纯白而透明的。尽管如戴维·贝特阿指出的那样，乌托邦作品是末日启示录作品的极端反面，因为它预见了未来（往往是技术极端先进的未来）的天堂，而未哀悼过去那个“最初的原始信仰”的丧失，但在实践中，这两种话语往往会利用同一类意象——的确如此，社会主义现实主义作品中描写的一尘不染的工厂，诲人不倦的党政官员，以及心境平和、辛勤努力的工人，使之变成了一种极为拙劣的乌托邦文学。于是乎，彼得大帝时代以前的俄罗斯宗教文学传统在社会主义现实主义中得以保留，如典型的苏联现实主义者薇拉·潘诺娃在1972年所说，后者热切地致力于表达“人类升华的信仰，那是对崇高伟大的信仰”。

但绝不是所有俄罗斯文学的动机都是清教徒一般对寻常生活和物质世界的厌恶。有些作家（像20世纪初的短篇小说作家阿列克谢·列米佐夫）给予他们笔下的恶魔一种民间神话的抚慰人心的特质，仿佛那些邪恶的小生物（屋鬼和树魔）不得不用面包和牛奶来安抚。曼德尔施塔姆宣扬“日常希腊文化”，赞美

① 译文引自汪剑钊译，《勃洛克抒情诗选》，河北教育出版社，2002年，第65页。

像大水壶和蜂蜜罐那一类普通却漂亮的物件儿，以此来反叛象征主义对深奥神话的重视。另一些作家则创造了一种“日常东正教”，宣扬平凡而炽热的精神生活。奥尔加·谢达科娃那首清澈的诗《老妇》就是一例，其中世俗和精神、罪孽及虔诚密不可分地交织在一起：

像绘画大师一样耐心，
我喜欢研究人脸
虔诚而恶毒的老妇的脸，
她们的唇诉说着生命的有限，
而使她们的双唇紧闭的力量
不朽又不灭。

（就像一个天使，蹲在地上
把一叠叠铜板高高堆起，
五个戈比，各种零碎的戈比……
“嘘！”他对孩子们，
鸟儿和乞丐们说，
“嘘，快走开，”他对他们说：
没看见我在做什么吗？）——
我盯着她们，在心中为她们描画速写，
就像在黑暗里，看着镜中自己的脸。

一个数钱的天使和“虔诚而恶毒”的形象是矛盾乃至惊人的。它们让人想起伦勃朗晚期画的那些老妇人肖像（所以诗中有“像绘画大师一样耐心”的短语)，其创造卓绝高超的艺术美感所用的素材并不是显而易见的美丽之物(不像曼德尔施塔姆所赞颂的大水壶和蜂蜜罐)。同样，19世纪散文作家尼古拉·列斯科夫也在自己的短篇小说中回望19世纪初的俄罗斯，把它变成了一个超凡的乌托邦，那是个思想狭隘且对外人充满偏见的世界，但那里干净卫生、宽容和平，充满肉体的欢愉。他那部出色而动人的故事《被封笺的天使》(1873)，表达了一种既有深刻的精神性又根植于现实的艺术观：既有最纯粹意义上的灵感，又精雕细琢。小说题目中的偶像不仅是被官僚镇压(它被没收后用一层蜡“封笺”，这是世俗毫不顾及偶像个性的傲慢举动)的信仰的象征，同时也是宗教艺术的象征。正如小说的主要叙述者、保守而虔诚的“老信徒”教派成员“红发人”向一个善意但持怀疑论的英国人解释的那样，这个偶像象征着一种只能在传统技艺中看到的艺术良知：

英国人不相信我，所以我接着对他解释了关键所在：如今，我说，世俗的艺术家们已经不再创作这样的艺术了；他们用油彩作画，而古老的艺术家们把色素融化在蛋黄里作画。新的艺术意味着你在画布上涂抹油彩，这样它只是远远看着像而已，而古老的艺术作品是光滑的，即便靠得很近，你仍然能看得清楚。还有，我说，世俗艺术家的画作甚至连轮廓也不准确，因为他所学的艺术是表现现世的动物性的人，表现他的身体里隐藏着什么，而神圣的俄罗斯偶像画表现的人脸属于天堂，那是充满物欲之人即便在自己的想象世界中也永远看不到的。

然而这里的详细说明也同时表明，这种超凡入圣的艺术也是追求精准表现的艺术。正如“红发人”让我们想到的，贯穿这部小说始终的天使偶像有着独特而清晰的具体形象。他的脸不光“散发着神性的光芒”（*svetlobozhestvennyi*），也“随时准备帮助众生”（*edak skoropomoshchnyi*）。

如此说来，“日常东正教”不是拒绝物质世界，而是倡导物质与精神相互融合的理想境界。对超凡入圣之类的俗套还有另一种有益反应，即建立一种肉体的神学，两者在这一点上不约而同。其起源可以追溯到与国家保守主义的斯拉夫派运动有关的一些作家。托尔斯泰在《战争与和平》和《安娜·卡列尼娜》中赞美多生育的家庭生活，小说中少有的极为快乐的时光都跟肌肤相亲有关——娜塔莎把孩子的尿布拿给朋友们看，或者（这个更礼貌一些）列文看着基蒂给儿子洗澡。无疑，托尔斯泰对肉体的积极的爱绝对是反“性”的——真正的快乐源自育儿而非性交（列文和基蒂觉得性爱令他们难堪，而育儿却毫无疑问充满乐趣，就十分清楚地表现了托尔斯泰的这一观点）。然而有一位后期的斯拉夫派作家，即才华横溢的杂文作家瓦西里·罗扎诺夫， 147
却创造了一个灵与肉、肉体与精神无法分离的世界。正如学者史蒂芬·哈钦斯指出的，在罗扎诺夫笔下的世界里，“‘喝杯茶’或者‘上个厕所’的工夫就能想出最夸张的深刻套话”。这位作家坚信，“袜子上有个洞，它既没变大，也再没有补上”要比“‘灵魂不朽’这个干巴巴的抽象词汇”更能生动地表达永生的概念，他还认为性行为是必要的，甚或是唯一必要的灵魂表达方式。在他的《月光人》中，罗扎诺夫坚决主张宗教禁欲在本质上是反常的（在他看来，修道院生活是一种错位的，或者不那么错位的

图20　“母亲，别为我哭泣”：非人手所造的救世主与圣人。圣周偶像：莫斯科版本的希腊非人手造像，《“纪念碑”》的第一行就让人想起了这样一座塑像，显示复活的耶稣基督战胜了坟墓

同性色情生活方式）；为生育而发生的性行为，最好像犹太人那样充满仪式感（他们把性行为留在安息日前夜），是一种虔诚的举动。此外，有一个问题除性行为之外别无其他解决方案，即如何在自我和他人之间建立对话，如何在保有各自特性的同时，还能与彼此自由地沟通。

类似的赞美肉体世界的尝试也出现在米哈伊尔·巴赫金的弗朗索瓦·拉伯雷研究中，那是对社会主义现实主义最富有生气和活力的应答之一，它赞美了“狂欢”的肉体性，吹捧暂时搁置理性礼仪，让低阶的肉体欲望复苏。巴赫金关于狂欢的概念借用的远不止露天游乐场和民俗节日，虽然1920年代的苏联文学、戏剧和电影中马戏团和歌舞杂耍的盛行无疑构成了该书的部分背景。相反，他利用中世纪狂欢的形象创造了一个有着多种不同文化共振的想象空间。其中包括斯大林政权本身宣传的得体顺从的狂欢盛宴、象征主义者痴迷的神的肉体屡次被摧毁又屡次复原的酒神狂欢宗教，以及民间关于已知世界之外有一片丰饶乐土的传统（也见于亚历山大·恰亚诺夫写于1920年的《我兄弟阿列克谢的农业乌托邦之旅》）。然而巴赫金的书同样 149
与霍米亚科夫、伊凡·基列耶夫斯基和康斯坦丁·阿克萨科夫的作品有关，因为它也强调团体仪式，也意识到了日常的宗教体验。比方说，在他关于筵席的描写中，我们就看到了不同元素的融合。

> 正像我们说过的那样，肉体与世界界限的消除，是通过饮食活动，这对肉体的作用是肯定的：肉体战胜了自然界，战胜了对方，庆贺对它的胜利，并依靠它而成长。这个胜利

> 庆典的时刻必然属于所有的筵席形象。饮食不可能是忧伤的。忧愁与饮食是不相融的(但是死亡与饮食却能很好地结合)。筵席总是为庆祝胜利而举行。这是它的本质属性。宴会式的庆典是包罗万象的：这是生对死的胜利。从这个方面看，它同怀胎、分娩是等同的。胜利了的肉体把被征服了的自然界的食物吸收到自己身上，从而获得新生。
>
> (第四章)[①]

一方面与复活相关，另一方面又与耶稣被钉死在十字架上有关的基督教圣餐与民间筵席，在新斯拉夫派文化批评中完美地融为一体，该文化批评旨在合成而非分析，它根植于这样一种决心，即赞美生命的完整性，而不是区分“唯美”与“反唯美”、得体与粗俗的感受，厚此薄彼。

巴赫金的书也在向俄罗斯文化中的幽默热情致敬，罗扎诺夫的微型画——不光有“夸张的深刻”的花瓶静物画，也有他刻意描绘的荒诞的自画像——也是一样，他曾没收了孩子们的歇洛克·福尔摩斯探案集，说它们是“有害读物”，自己却抓住每个机会如饥似渴地阅读，“以至于从谢韦尔斯卡亚乘坐火车去圣彼得堡的旅行时间过得飞快，像梦一样，倏地就过去了”。西方人普遍认为俄罗斯是个阴郁、潮湿的地方，那里的居民永远忧郁
150 悲观，动辄哭泣，要么就没完没了地谈论灵魂。只要开始阅读俄罗斯文学，相信许多人很快就会放弃这一错觉。在契诃夫的戏剧中，每个想要煽情地自怜自哀的人物都会展现出一种颇有想

---

① 译文引自李兆林、夏忠宪等译，《拉伯雷的创作与中世纪和文艺复兴时期的民间文化》，《巴赫金全集》第六卷，河北教育出版社，1998年，第327页。

象力的黑色幽默的天赋（像万尼亚舅舅听到那些关于好天气的社交滥调时便回应道："是上吊的好天气。"）。在这里，幽默是用来暴露虚假做作的武器（在陀思妥耶夫斯基的小说中也是一样，每个精心策划的社会事件都会随时陷入荒诞境地）。然而荒谬无稽的普遍性往往不止这些，倒让人觉得人类存在本身就必然是荒诞的，就像契诃夫的《第六病室》（1892）里那个荒诞的场景：一个疯子向另一位因为错信自己犯了错误、得了妄想症而被解职的公务员病友炫耀自己想象中的勋章。

就算在最黑暗的历史时期，如1930年代末期，这类黑色幽默仍幸存下来。当然，在社会主义现实主义文本中，非无心的幽默仅限于针对一小撮社会典型（工作中偷懒的人、妆化得太浓的女人以及试图对妻子发号施令的男人）的粗鲁笑话。然而在非官方的作品中，一种生动而微妙的荒诞感幸存下来，傲慢的官僚成为它的主要目标（在布尔加科夫的《大师和玛格丽特》中，作者对整个这一群人都实施了滑稽的报复）。在这类文本中，幽默是一种生存策略，但也是自由的表现形式，是超越压迫的方式，是对威权无动于衷的姿态。巴赫金赞美的令人兴奋的狂欢式愚行只是质疑官方严格道德观的一种方式而已。"圣愚"的幽默也以某种方式出现在一些后期的文学文本中，那些近代俄罗斯流行的圣人有着污秽下流的习惯和离奇古怪的行为，这些行为冲击着普通的规矩，因而对关于善的传统观念提出质疑。索尔仁尼琴的《癌症楼》的主人公科斯托格洛托夫既有个荒诞的名字（Boneswallower，意为"噬骨者"），又是在各个方面显而易见的难以亲近之人，他乖戾、唐突，不思悔改地天真幼稚，像一个后期的世俗化圣愚一样穿行在1950年代的苏联社会，虽说他除了自己没有挽救任何人，但他同时也揭示出，身边人们的那些理想和抱负全都是水月镜花。

许多西方评论者一直认为，俄罗斯文学（乃至整个俄罗斯文化）的独特性恰在于它能够拥抱精神和物质两个世界。正如亲俄古典学者简·哈里森在1919年宣称的那样，“俄罗斯代表着生命的复杂性和具体性——感觉充沛、未经分析、未经判断、只需亲历的生命……”。然而在顺着普希金的《“纪念碑”》指明的幽径走过的这番短途旅行的最末，我不准备让读者觉得本章说出了“最后的话”，抑或觉得我们已经抵达了迷宫的中心。相反，这样的中心并不存在：在我们面前的，是一条回到起点的小径入口。普希金所说的“最后的话”不是“哦，诗神，继续听从上帝的意旨吧”，而是“和愚蠢的人们又何必较量”：这就把我们引回到了第六章关于“处事能力”的讨论。我们在第五章中看到，对生活加以**评判**一直让俄罗斯作家痴迷不已，而普希金本人就表明，聪明的俄国人**分析**的天赋和爱好一点儿也不逊于其他任何国家的同行。在俄罗斯本国，作家们往往被视为圣贤，被视为指导人们如何生活的道德楷模；然而阅读俄罗斯文学还有很多其他理由。和其他任何文学一样，它以新颖出奇的方式表现世界，它探究人们有时宁愿不去思考的人类经验领域（疯狂、杀人欲望、暴政）；它不仅刺激人们的头脑，也带来感官的愉悦——将语
152 言拓展至极限的愉悦、大笑的愉悦、乘着想象的翅膀飞升的愉悦。

索 引

（条目后的数字为原书页码，见本书边码，**加粗数字**为解释性文本框所在页码）

A

B

C

G

H

I

J

K

L

M

N

O

P

R

S

T

U

V

W

Z

Catriona Kelly

RUSSIAN LITERATURE

Contents

Preface

Introductions to Russian literature, like introductions to national literatures more generally, traditionally take three forms. One type is an outine of what is known as the 'canon', the lives and works of famous writers – Pushkin, Dostoevsky, Tolstoy, Turgenev, Chekhov, with a supporting cast of lesser figures from the nineteenth century, and of major ones from the twentieth. A second type is a sketch of literary movements and cultural institutions: Neo-Classicism, Romanticism, Realism, Symbolism, Modernism, Socialist Realism; censorship, the Soviet Writers' Union, and literary dissidence. A third way of approaching the exercise, one preferred by writers as opposed to academics, is personal appreciation. In, say, Vladimir Nabokov's *Lectures on Russian Literature*, or Joseph Brodsky's *Less than One*, the selection of material is explicitly subjective, and vehement advocacy of some writers sits alongside equally energetic debunking of others.

There are also less obvious ways of writing introductions. One is the survey organized round a strong central thesis. Yury Tynyanov's brilliant book *Archaists and Innovators* (1929), for instance, argued that literary evolution developed out of writers' attitudes towards existing texts, whose ways of representing the world might be inertly copied, actively rejected, or at once absorbed and transformed. Another is the in-depth analysis of some technical aspect of the literary language. Mikhail Gasparov's history of Russian versification, for example, examines how preferences for metrical forms have changed over the course of time and scrutinizes the weight of meaning carried by particular metrical measures at a given point in history.

This book does not fall into any of these categories, least of all the first two. There are many excellent linear outlines of Russian literary history already: there is no place for another one, particularly not one that would need to simplify beyond recognition a literary culture with a large number of important writers, many of whom wrote big, complex books. Equally, I am wary of settling on some central 'big idea', given that there are already far too many ruminations on Russian literature that reduce sophisticated texts to inane clichés: the 'superfluous man' as the central theme of fiction, and so on. On the other hand, a theoretical discussion such as Tynyanov's needs room to breathe, and is hard to follow if the source material it attempts to explain is unfamiliar. So what I have decided to do is to follow the lead of an earlier Very Short Introduction, Mary Beard and John Henderson's eloquent and captivating *Classics*. Rather than running through the Peloponnesian Wars, Greeks and Persians, Athens as the birthplace of democracy, Rome as the birthplace of plumbing, the Conquest of Britain, and other landmarks of the subject as it used to be taught in the school room, *Classics* focuses on one particular artefact, the friezes from the Temple of Apollo at Bassae in Arcadia, using them as the starting point of a wide-ranging exploration of issues that are of current concern in the professional study of the Ancient World and of changing attitudes to the classical past.

A comparable way of organizing an introduction, both to Russian literature and to the ways of thinking and arguing about it, is to centre it on the Russian equivalent of Shakespeare, if not of the Bassae Marbles, Aleksandr Pushkin (1799–1837). Pushkin's writings themselves touch on many central themes in contemporary literary history, from the colonization of the Caucasus to salon culture. Many different critical approaches have been applied to them, from textology, or the comparison of manuscript variants, to Formalism, to feminism. The development of the 'Pushkin myth' (the writer as 'the founding father of Russian literature') raises all kinds of interesting questions about how literary history is made, about how the idea of a 'national literature' comes into being, and about the way in which these processes made certain kinds of writing seem marginal (writing by Russian women, for instance).

Approaching a national literature in this way does not mean exposing an act of deception perpetrated on readers by patriotic critics. Pushkin – like Dante, Shakespeare, or Goethe – was gifted with outstanding talent and intellectual depth: his writing is profoundly rewarding. But the reputations of such national writers can be intimidating, surrounded as they are by critical guard-dogs, who (as is only to be expected of guard-dogs) often seem less concerned to celebrate what they are protecting than to keep others away from it. Reputations of this kind sometimes generate rather lazy reactions on the part of critics, too. (Consider the phrase I used a couple of sentences earlier, 'profoundly rewarding': what does this actually mean?) Pushkin and other great Russian writers should not be seen as members of some artistic Politburo, receiving what Soviet meetings used to describe as 'stormy applause turning into an ovation' from a captive audience of contemporaries and later generations. They were often at loggerheads with each other and with the Russian public, while the efforts of successive regimes to press dead writers into service as prophets of official ideologies stood in stark contrast to the intolerance of the same regimes for living writers who would not keep their mouths shut (or their pens at rest). There is quite a lot in this book that is controversial, too, but it is meant to be provocative in an active sense – to stimulate reflection and debate. You will not finish it knowing everything there is to know about Russian literature, but you might, I hope, be inspired to find out more about one of the world's great literary cultures and to share my enthusiasm for thinking and writing about it.

Although this book is not meant to be a conventional literary history, I am determined to follow convention in one respect: by thanking those who helped with the writing of it. George Miller gently bullied me into the idea of writing a 'very short' introduction in the first place, and offered an exemplary mixture of commitment, constructive criticism, and technical guidance as the book took shape. Catherine Humphries and Alyson Lacewing saw the typescript through to press. Several anonymous readers made suggestions that helped me improve the first draft; more general help with lines of approach came from conversations with friends such as Mikhail Leonovich Gasparov, Barbara Heldt, Stephen Lovell, David Shepherd, Gerry Smith, and Alexander Zholkovsky, as well as from the studies of Russian literature and culture listed in my suggestions for further reading. Martin McLaughlin's gift of his Calvino translation was a great help with Chapter 1.

In an introductory book of this kind, though, it is above all one's teachers that one thinks of. In my undergraduate days at Oxford, Anne Pennington's wise tolerance and deep love of Russian poetry was complemented by Ronald Hingley's fierce expression of enthusiasms and detestations, and insistence that Russian writers must be seen as part of a wider literary world. I hope this book is a worthy tribute to them, and also to the students I have taught in Oxford and at the University of London, whose sceptical questions, creative ideas, and refusal to take anything for granted are a constant delight and an unfailing inspiration.

List of illustrations

List of Maps

Map 1 The Russian Empire, showing places with literary associations.

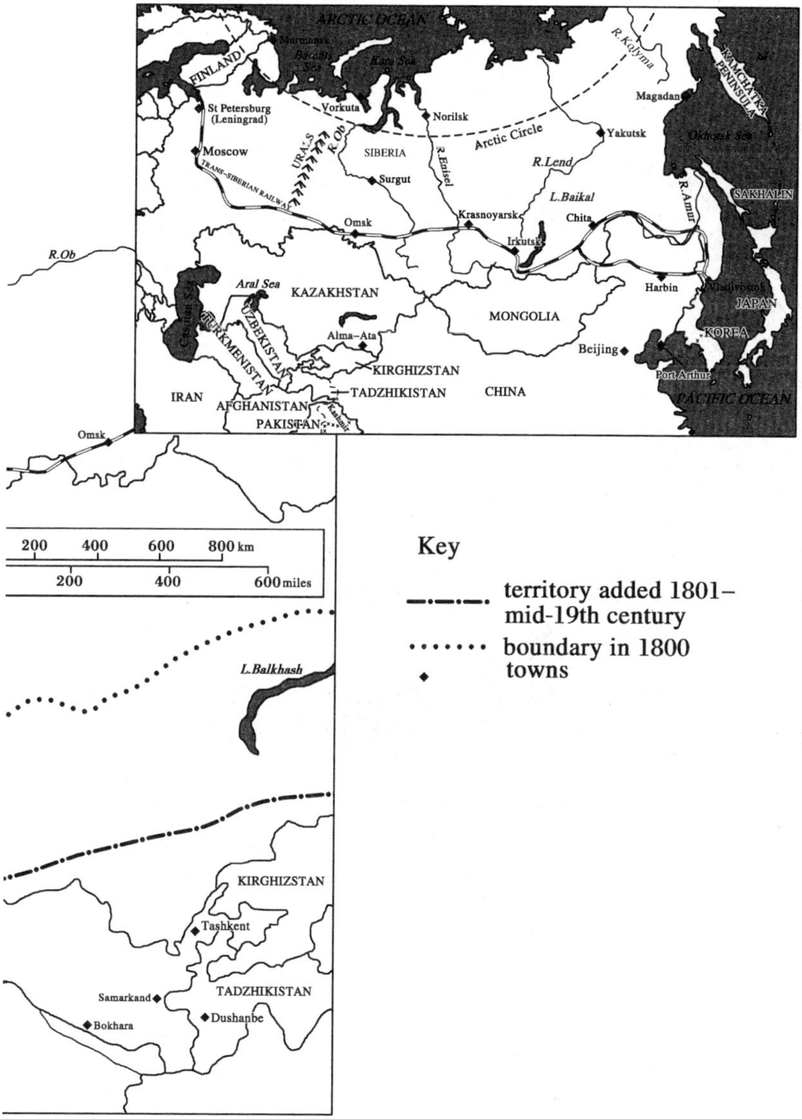
ARCTIC OCEAN
Murmansk
Barents Sea
Kara Sea
FINLAND
St Petersburg (Leningrad)
Moscow
Vorkuta
Norilsk
URALS
R.Ob
SIBERIA
Surgut
R.Enisei
Arctic Circle
R.Kolyma
Magadan
Yakutsk
KAMCHATKA PENINSULA
Okhotsk Sea
R.Lena
L.Baikal
R.Amur
SAKHALIN
TRANS-SIBERIAN RAILWAY
Omsk
Krasnoyarsk
Irkutsk
Chita
Harbin
Vladivostok
JAPAN
KOREA
Port Arthur
PACIFIC OCEAN
Beijing
MONGOLIA
CHINA
KAZAKHSTAN
Aral Sea
Caspian Sea
UZBEKISTAN
TURKMENISTAN
Alma-Ata
KIRGHIZSTAN
TADZHIKISTAN
IRAN
AFGHANISTAN
PAKISTAN
Kashmir
R.Ob
Omsk
200 400 600 800 km
200 400 600 miles
L.Balkhash
KIRGHIZSTAN
Tashkent
Samarkand
TADZHIKISTAN
Dushanbe
Bokhara
Key
territory added 1801–mid-19th century
boundary in 1800
towns

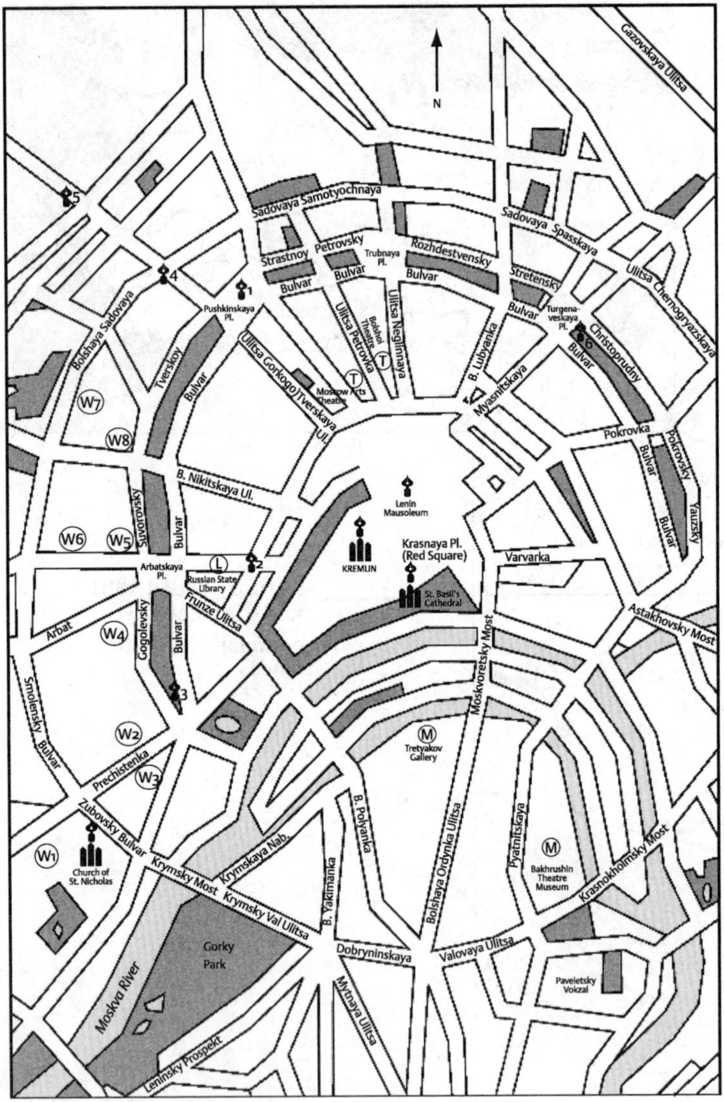

Map 2 Central Moscow, showing some of the main monuments and museums.

Key

Ⓜ Museums

Ⓣ Theatres

Ⓛ Libraries

Churches

Ⓦ Writer's museums

W1 L. Tolstoy museum ('Tolstoy house')
W2 Pushkin museum
W3 L. Tolstoy museum
W4 Hertsen (memorial house)
W5 Gogol
W6 Tsvetaeva (memorial apartment)
W7 Chekhov (memorial house)
W8 Gorky

Monuments

1 Pushkin (1880)
2 Dostoevsky (1981)
3 Gogol (1909/1952)
4 Mayakovsky (1958)
5 Gorky (1951)
6 Bulgakov (1991)

Chapter 1
Testament

> Which of us can understand Pushkin? We knew Pushkin only in translation [. . .] and we liked his short stories much less than Nathaniel Hawthorne's; and obviously, we were wrong, for because of limitations of language we were debarred from seeing something that is as obvious to unsealed eyes as the difference between a mule and a Derby winner.
>
> (Rebecca West, 1941)

In 1925, the Anglo-Russian literary critic D. S. Mirsky began *Modern Russian Literature*, a pioneering 'very short' introduction published by Oxford University Press, by referring to Pushkin.

> It is indeed difficult for the foreigner, perhaps impossible if he is ignorant of the language, to believe in the supreme greatness of Pushkin among Russian writers. Yet it is necessary for him to accept the belief, even if he disagrees with it. Otherwise every idea he may form of Russian literature and Russian civilization will be inadequate and out of proportion with reality.

Seven decades later, Pushkin is still acknowledged as 'supremely great' among Russian writers by his compatriots, and this is still likely to strike foreign readers as odd. Outside its home, Russian literature is associated first and foremost with prose, and particularly with prose that is rich in

1. Portrait of Aleksandr Pushkin.

This 1827 portrait of Alexandr Pushkin (1799–1837) by Vasily Tropinin, done from life by an artist who was the favoured painter of Moscow's 'middling sort' (successful merchants, civil servants, and respectable writers) is at first sight a workaday likeness. In contrast to a contemporary, Orest Kiprensky, who produced a full-blown Romantic portrait of Pushkin, eyes raised, arms folded, and statue of the Muse at his back, Tropinin gives the poet only one 'writerly' accessory, the sheaf of manuscript under his right arm. At the same time, Pushkin is handled rather differently from Tropinin's other subjects. His fraying scarf, carelessly knotted at his badly ironed collar, and long dirty fingernails, suggest unconcern with trivialities such as grooming; his sideways gaze conveys abstraction; and his prominent astigmatism (barely noticeable in most portraits) implies internal conflict. The picture shows Pushkin at the pinnacle of his lifetime fame. A byword for youthful brilliance even in an age where precocity was taken for granted (he had begun publishing while still at the Lyceum School in Tsarskoe Selo, and his early works included the sparkling mock-epic *Ruslan and Ludmilla*, written in his late teens), Pushkin achieved still greater notoriety when he was exiled for political insubordination in 1820. Outside the capital until 1826, he remained at the centre of literary life: *The Prisoner of the Caucasus* (1822), the early chapters of *Evgeny Onegin*, and the lyric poems of 1820–5 had a huge popular and literary success and remained the benchmark of his achievement for many critics and ordinary readers. During the late 1820s and early 1830s, Pushkin's circumstances were to become increasingly difficult, as a result of political surveillance, a troubled marriage, and a problematic relationship with his readers. Later works, such as the historical narrative poem *Poltava* (1828), received a relatively cool reception, and the last years of the poet's life, culminating in his death in a duel in January 1837, saw mounting personal and artistic isolation. But between 1826 and 1830, he produced a run of masterpieces: many of his greatest lyric poems, his first published experiments in prose, and several outstanding narrative poems, as well as the later chapters of *Evgeny Onegin*.

ideas and devotes itself to the exploration of moral dilemmas. Since the late nineteenth century, it has been Tolstoy and Dostoevsky, the authors of vast novels of exactly this kind, who have been acknowledged, among Western readers, as the greatest writers of Russia. Tolstoy's *War and Peace* (1865–9), which argues that human beings can exercise control over events only if they recognize their own powerlessness, yet breathes individuality into a vast range of characters, appears regularly in lists of the ten most important books of all time. The ethical concerns set out by Dostoevsky, above all the question of whether morality is possible in a world without God, anticipated some of the most important concerns of modern philosophy, from Nietzsche to Sartre.

Pushkin wrote no large novels, and he does not even seem particularly 'Russian' in other ways, not even as 'Russian' as Turgenev. Turgenev's *Fathers and Sons* (1862) has a main character, Bazarov, whose obsession with social utility (he insists that the dissecting of frogs is superior to water-colour painting) seems satisfactorily strange because it is so hyperbolic. And the novel's country estate setting is at once charming and exotic, with its serf mistress, its ribboned dogs, and its duel fought over an imagined matter of honour. It is easy to trace a line between *Fathers and Sons* and Chekhov's plays, but far less easy to see how *Evgeny Onegin* – with its wayward digressions, its urbane and ironic tone, and its curious air of repressed emotion – might be a forerunner of Tolstoy's *Anna Karenina* (1875–7) or of Dostoevsky's *The Idiot* (1868). The combination of wit with the melancholy appreciation that happiness may be most elusive when easiest to realize makes the book seem more like a successor to Jane Austen's *Persuasion*. To be sure, it has some impressive English-language descendants – they include Nabokov's *Lolita* and Vikram Seth's verse novel about San Francisco, *The Golden Gate* – but these arch and self-conscious texts simply enhance Western readers' conviction that Pushkin is peculiar in terms of his own, supposedly immediate and spontaneous, culture.

Yet all the major Russian writers were avid readers of European literature; if they reacted against it, they also learned from it. *Anna Karenina* may be at some level a riposte to *Madame Bovary*, but there is a direct connection between an image in the opening pages of Flaubert's novel – Charles Bovary's hideous hat standing for the inconsequential life remarked by the author alone – and the insignificant stubborn burdock that Tolstoy's narrator notices at the beginning of *Hadji Murat*. During the eighteenth century, Russians had been haunted by fears that their literature was too imitative, too dominated by translations. Such fears were replaced during the nineteenth century by pride in native achievements, but receptivity to French, English, German, Spanish, and Italian literature continued. Even writers who had only a poor knowledge of Western languages absorbed foreign material avidly. Dostoevsky's novels were as indebted to Dickens as they were to Gogol. Though the writer detested the real England when he visited in 1862, that only confirmed his adulation for Dickens. After 1917, love of foreign literature survived not only the bitterness of exile, but the cultural isolation endured by writers who stayed behind in the Soviet Union. Anna Akhmatova's admiration for T. S. Eliot and James Joyce, and Joseph Brodsky's for John Donne, are only two of the better-known relationships with Western literature; a more unexpected instance is Marina Tsvetaeva's enthusiasm for the best-selling American novelist Pearl S. Buck.

By no means all the commentators who shaped Anglophone readers' views of Russian literature were unaware of the artistic affinity of

'Russian' and 'Western' traditions. Many were authors themselves – indeed, the most impressive English-language interpretations of Russian literature have tended to be literary rather than critical. The short stories of Chekhov, in particular, left marks on the work of writers in English such as Katherine Mansfield, Elizabeth Bowen, Sean O'Faolain, Raymond Carver, Alice Munro, Richard Ford, and William Trevor. Chekhov's stories were models of how to contrive small-scale narratives that almost evaded the onward drive of plot, and captured a character's entire world in a few moments that were both exemplary and elusive. Chekhov's writing accorded well with Anglophone admiration for unnoticeable virtuosity (it is not for nothing that the term 'craft' also means 'stealth'). But if greatness in prose involves hardly seeming to write literature at all, then some of Pushkin's narratives – *The Prisoner of the Caucasus* (1822), *Dubrovsky* (1832–3), or *The Captain's Daughter* (1836) – are likely to disappoint. Here, plot matters a great deal, and the need to provide a resolute ending seems uppermost. In addition, Pushkin's closeness to French models (Chateaubriand's *René* or Constant's *Adolphe*, the poetry of Parny and Lamartine) does him no service in Anglophone culture, which has traditionally equated 'French' with 'trite, superficial, and pretentious'.

To be fair, Pushkin's strangeness is not something felt only by foreigners. Russian commentators have remarked it too. Those of pro-Western sympathies have considered it a sign of Pushkin's unique status as a truly civilized person in a society of shameful backwardness; for nationalists, on the other hand, it has been a signal tragedy, a symbol of the alienation of intellectuals from the 'Russian people'. The philosopher Gustav Shpet, a late follower of the nineteenth-century Slavophiles (the movement that arose in the 1830s in order to lament the harm that had been done to Russian culture by Westernization), saw Pushkin as 'an accident'. His writing was 'precisely his writing, the writing of a genius who did not emerge from the Russian national spirit'. But whatever their feelings about Pushkin's expression (or not) of the 'national spirit', Russians universally acknowledge him as a master of the language. It is worth pausing a moment to consider why.

All Pushkin's writings, from his warmly intimate and at times shockingly immediate letters, to his most considered, reserved, and formal lyric poems, particularly exemplify two characteristics that have a peculiar weight in Russian literary culture, even if they are by no means unique to that culture. The first is an intense sensitivity to stylistic register, to the connotations of words. This sensitivity homes in particularly on the opposition between words derived from Church Slavonic, the liturgical language of Russian Orthodoxy, and those of native Russian origin. *Zlatyi* and *zolotoi* are translatable only as 'golden', *mladyi* and *molodoi* only as 'young', yet the words are as different in terms of their associations as the English words 'leathern' and 'leather', 'burthen' and 'burden'. Pushkin's poetry is peculiarly sophisticated in its blending of these and other stylistic levels. It is also subtle in its exploitation of formal features – metre, assonance, and alliteration. An extraordinary level of stylistic density is offset by a level of compression that exploits to the full the resources offered by Russian grammar, which allows a good deal more ellipsis (the omission of words that a reader can be expected to supply by inference) than is ordinarily possible in English. Pushkin's poetry works both with and against the norms of literary Russian. It shares the adventurous playfulness of all good writing in the language, yet at the same time keeps a tight hold upon the rhetorical expansion that is natural to a literary tradition where creative repetition, the so-called 'weaving of words', is actively sought rather than avoided – as it tends to be avoided in mandarinic British or American usage, as opposed to Irish, African, or British or American vernacular, English. This sense of working *against* linguistic norms is one reason why the Russian critic and theorist Roman Jakobson asserted that modern readers wanting to understand Pushkin 'must wholly abandon ordinary aesthetic criteria'.

One could, then, say of Pushkin, as the playwright Sheridan did of Horace: 'To give the literal meaning, it should be in verse'. But metrical paraphrases of Pushkin are rather apt to sound like the work of some justly forgotten nineteenth-century poetaster:

> The woods have doff'd their garb of purply gold;
> The faded fields with silver frost are steaming;
> Through the pale clouds the sun, reluctant gleaming,
> Behind the circling hills his disk hath roll'd.

This version of the opening lines of '19 October 1825', translated by Thomas Budge Shaw, teacher of English at the Tsarskoe Selo Lyceum (the school Pushkin attended) in the 1840s, was highly regarded in its time. But now it sounds unbearably fusty. This is not Shaw's fault. He is strictly accurate in metrical terms; though inventing some 'pale clouds' and 'steaming frost', he closely follows the sense of the Russian too, which is quite an achievement. The problem is that linguistic taste has altered in the English-speaking world as it has not in Russia. Though Pushkin's style in this piece has a formality that recalls eighteenth-century elegies, the Russian words rendered by 'hath roll'd' or 'doff'd' are still standard in colloquial speech, not mothballed by centuries of non-use. 'Purply-gold' is a convincing rendition of the emotional and highly-coloured adjective *bagryanyi* (crimson: the word *bagryanitsa* is used for silk brocade in that colour), but it provokes dyspepsia in Anglophone readers of poetry who have swallowed (as many have) T. S. Eliot's strictures against high-style poeticisms. Given that the phrases that most move Russian readers are likely to strike English-speaking ones as particularly laughable or tasteless, it follows that translations admired by native speakers of Russian tend to go down badly with native speakers of English, and vice versa. Anglophone translators who followed Joseph Brodsky's advice, and rendered Mandelstam in the manner of late Yeats, would be unlikely to enjoy the warm esteem of their contemporaries. Even if Pushkin had (as with Rabelais and Urquhart) been translated by a brilliant contemporary, the translation would probably strike modern readers as disappointing. The reaction of Rebecca West, used as the chapter epigraph, typifies the frustration of those who have tried to read Pushkin in English and not been able to get the point.

But one should not get too melodramatic about this. Pious sentiments about the untranslatability of Pushkin seem to be a genre requirement in every introduction to the writer: they are as true, but also as false, as platitudes about poetry getting lost in translation. Certainly, Pushkin is best read in Russian, just as Aeschylus is in Greek, or Dante in Italian. But reading these writers in English is better than not reading them at all. And, as the cases of Shakespeare in Russian or Dostoevsky in English make clear, great writers are best served by a proliferation of translations. Only if the whole range of a writer's work is available does his or her diversity become clear. At least until the 1990s, when more ambitious translation projects got under way, Pushkin in English meant *Evgeny Onegin* plus a handful of famous love poems – 'I remember the wonderful moment' (1825), 'I loved you' (1829), 'On the hills of Georgia' (1829). He came across as a sort of Russian Byron, though much of his verse is far closer in spirit to Pope, or then again to Shelley, Blake, Wordsworth, or even Burns. The more translations there are, the more likely readers are to find in one or other poem, or in one or other version of the same poem, the 'sense of discovery' that is (as the Italian writer Italo Calvino has argued) one of the most important reasons for reading a classic writer.

This 'sense of discovery' does not necessarily make itself felt when the text reads easily in English. Ted Hughes's version of Pushkin's Romantic poem 'The Prophet' (1827) uses harsh consonant clashes not found in the original, as well as dispensing with rhyme. But the use of a rough, abrasive manner is probably the only way in which the mythic force of Pushkin's belief in the poet's messianic gifts (not a notion with which an Anglophone audience is immediately comfortable) could be captured in 1990s English. Nabokov's annotated prose version of *Evgeny Onegin*, a supplement to the Pushkin text rather than an autonomous 'translation' in the ordinary sense, shows another method of proceeding, one according to which the rendering is deliberately made so inadequate to the original as to leave the latter's integrity intact.

My own translation of Pushkin's 1836 poem 'I have raised myself a monument' below is of this second kind – finickingly literal, without pretensions to being an independent poem. It is nearly half as long again in terms of word count, an inevitable result of the fact that word-units are longer, on average, in Russian than in English. Therefore, the English sounds much more verbose than the Russian. While some alliteration survives (by pure chance), the metre, with the use of the shortened fourth line in each stanza to puncture the grandeur of the first three, does not. There are some problems with vocabulary too. The beautiful word *podlunnyi* becomes sublunar, a word that sounds like a citation from a NASA bulletin; the term *nerukotvornyi* (Greek *acheiropoietos*), applied to a miraculous icon, has to be paraphrased. Yet the translation draws attention to some of the hidden problems in a piece so often anthologized and learned by heart in the original Russian that its subtlety becomes blunted. And though workaday English cannot convey the way that Pushkin orchestrates his themes linguistically – with a sound play on 'p' to bring out the grandiose motif of posthumous survival – the dramatism of the piece still comes through.

'Я памятник себе воздвиг нерукотворный'

Exegi monumentum

Я памятник себе воздвиг нерукотворный,
К нему не зарастет народная тропа,
Вознесся выше он главою непокорной
Александрийского столпа.

Нет, весь я не умру – душа в заветной лире
Мой прах переживет и тленья убежит –

И славен буду я, доколь в подлунном мире
   Жив будет хоть один пиит.

Слух обо мне пройдет по всей Руси великой,
И назовет меня всяк сущий в ней язык,
И гордый внук славян, и финн, и ныне дикой
   Тунгус, и друг степей калмык.

И долго буду тем любезен я народу,
Что чувства добрые я лирой пробуждал,
Что в мой жестокий век восславил я Свободу
   И милость к падшим призывал.

Веленью Божию, о муза, будь послушна,
Обиды не страшась, не требуя венца,
Хвалу и клевету приемли равнодушно
   И не оспаривай глупца.

'I have raised myself a monument not made by human hands'

Exegi monumentum

I have raised myself a monument not made by human hands,
The path of the people to it will never grow over,
Its insubordinate head has risen higher
   Than the Alexandrian Pillar.

No, I shall not fully die – the soul in my fateful lyre
Shall survive my dust, and shall escape putrefaction –
And I shall be famous, wherever in the sublunar world
   Even a single poet lives.

Tidings of me will go out over all great Rus,
And every tribe and every tongue will name me:

The proud descendant of the Slavs, the Finn, the Tungus
  Who is now savage, and the steppe-loving Kalmyk.

And for long I shall remain loved by the people
For awakening noble feelings with my lyre,
Because in my cruel age I have celebrated freedom,
  And called for pity to the fallen.

O Muse, be obedient to the command of God,
Do not be fearful of abuse, do not demand a crown,
Accept both praise and slander with indifference,
  And don't dispute with fools.

Even in English, 'Monument' (to adopt the title commonly, if incorrectly, attached to the poem) gives not only a feeling of 'discovery', but something equally important in a 'classic' text, what Calvino calls 'the sense of rereading something we have read before'. This comes partly from the fact that Pushkin's poem is itself a free translation, or imitation, of an ode by Horace, as the Latin quotation 'Exegi monumentum' makes clear. 'Monument' also plays on an earlier imitation of Horace by the great eighteenth-century poet Gavrila Derzhavin. Derzhavin's poem was both a literal version of Horace and a literal version of the statue motif: Derzhavin's monument has nothing airy or mystical about it, but is 'harder than all metals and taller than the Pyramids'. Pushkin's poem, on the other hand, is teasingly insubstantial: a 'monument not made by human hands' is from some points of view not a monument at all.

In some ways, this idea of an art work about the impossibility of making an art work seems more characteristic of the twentieth century than of the early nineteenth century: it seems Modernist rather than Romantic. But many other themes and motifs in Pushkin's poem – for instance, the idea of dignified survival in the face of a 'cruel age' – evoke the Enlightenment ideals of civilization in whose abstract existence Pushkin fervently believed, even if his own life gave him little chance to experience them in practice. And the theme of art's endurance is common to this poem and to Shakespeare's Sonnet 55, also written under a self-glorifying monarchy ('Not marble, nor the gilded monuments/Of princes shall outlive this powerful rhyme . . .'), while some phrases in 'Monument' play on the finale to Ovid's *Metamorphoses*, hinting at Pushkin's long devotion to Ovid, another poet exiled by a capricious ruler.

'Monument' is not only a quintessential classic, in Calvino's terms, because of its teasing familiarity, but because it 'comes to us bearing the aura of previous interpretations'. Most commonly, the poem is understood as Pushkin's poetic testament. It is one of only a handful of complete poems surviving from 1836, the last year of Pushkin's life, a time during which his existence was made almost unbearable by financial worries, by the struggles to launch his new literary journal *The Contemporary*, and by anxieties aroused by the persistent rumours of his wife Natalya's infidelity – rumours that were to lead directly to Pushkin's death in a duel in January 1837, at the age of only 37. The references to 'dust' and 'putrefaction' can be associated with the emotional contemplation of cemetery scenes that had recurred obsessively in Pushkin's writings from the late 1820s. In this perspective, the fact that the icon of Christ known as 'not made by human hands' was traditionally placed upon Russian graves is certainly of significance.

Yet to see 'Monument' as a kind of 'poetic suicide note' begs the question of the extent to which Pushkin foresaw or willed his own imminent death. It also ignores his long fascination with the monument theme and, more abstractly, what the American Pushkinist David Bethea has termed his 'potential for creative biography', or the self-conscious creation of autobiographical myths. These myths were always elusive and many-faced, and 'Monument' is not at all a straightforward poem. Is Pushkin intending to suggest that only another poet will truly understand his writing? Is the reference to the 'Alexandrian Pillar' (usually taken to mean the Alexander Column, the monument to Alexander I as leader of the Russian forces victorious over Napoleon) simply intended to contrast the miraculous verbal artefact with the inert monument, made to glorify a ruler for posterity, constructed with chisel, pulley, and trowel? (Because the usual term for the 'Alexander Column' is not used, it is possible that Pushkin was, through the term 'Alexandrian Pillar', also referring to the Pharos at Alexandria – and suggesting that his poetry would be the eighth wonder of the world.) And how is Pushkin's pride in speaking to an entire nation compatible with the intense erudition of this poem, whose allusiveness continues to baffle learned commentary?

These questions can be answered in many different ways. A survey of how 'Monument' has been interpreted in different eras of Russian history – as a prophetic evocation in advance of Stalinist literary culture, as an anguished and angry protest by a martyred writer, as a coded message from poet to poet, even as a parody – would shed at least as much light on changing values in Russian culture as on the poem's meaning in its own right. But the importance of 'Monument' goes beyond what it has meant to individual literary critics or even writers. In only five stanzas and twenty lines, the poem raises seven themes of universal resonance in nineteenth- and twentieth-century Russian culture. These are: memorials to the famous as expressions of state power and cultural authority; a writer's 'monument' in the sense of his posthumous reputation; other writers as a writer's ideal readers; a writer's role as teacher to his nation; the writer as a member of polite society; the part played by literature in colonizing, or civilizing, barbarian nations; the relationship between writing and religious experience. These 'signposts' to different themes in Russian literary culture, to ideas and issues that have been of lasting importance in the work of Pushkin's successors, have been used to direct the journey taken in this book.

Following this itinerary does not mean taking on trust the belief, expressed whenever Russians are gathered together to celebrate some anniversary, that 'Pushkin is our all'. Pushkin's celebrated laconicism and lucidity represented only one orientation in literary culture. Many of his successors were inspired not by his finely honed precision, but by the different and in some respects antagonistic conventions of medieval sermons or eighteenth-century odic verse; some spurned written culture altogether in favour of folklore and popular culture. Yet a conscious consideration of how Pushkin worked (even if followed by a repudiation of this) was often or even usually the starting point for the efforts of later authors. And the very fact of the 'Pushkin myth', the obsessive commemoration of the writer in stone and bronze as well as in words, music, in the theatre, or on film, has made it next to impossible to avoid engaging with him. Pushkin is a relatively recent historical presence, and his life, unlike Shakespeare's, is well documented in terms of events, if not in terms of motivation. Therefore, it has become difficult to separate the process of remembering personal history from the commemoration of Russia's national poet, whose presence has dominated the childhood of educated Russians since the late nineteenth century. The best place to begin, then, is where they did: with a monument.

Chapter 2
'I have raised myself a monument'
Writer memorials and cults

How can I talk about Pushkin? A pygmy riding on a giant.
(Andrey Bely, 1925)

One Russian whose first contact with Pushkin was through a monument was the poet Marina Tsvetaeva. During her childhood in the 1890s, she was regularly taken for walks by her nurse 'to Pushkin's', that is to the Pushkin statue situated on the inner circle of boulevards girding the old centre of Moscow. 'A black man taller and blacker than anyone else', he marked the 'end and bound' of all childhood walks.

The statue represents Pushkin with his head lowered and his hand on his heart, his pose and expression of fierce concentration suggesting he is gripped by inspiration. It is a quintessentially Romantic image, that of the 'improviser' and 'dreamer', which the poet himself evoked in his story 'Egyptian Nights' (1833). Here, a dishevelled and disreputable foreign visitor to St Petersburg has been asked to take part in a sort of literary parlour game. Ladies and gentlemen write down themes on slips, which are then thrown into an urn, and the visitor treats the urn as a sort of lucky dip, pulling out the bits of paper to see what he has to produce a poem about. The subject about which he needs to improvise turns out to be Cleopatra and her lovers:

2. Statue of Pushkin, Pushkin Square, Moscow (A. M. Opekushin, 1880). Much-loved by ordinary Russians, the statue is always decorated with flowers: Lev Tolstoy, who thought it made Pushkin look like a footman announcing 'Dinner is served', was, as usual, expressing an inflammatory view.

> But now the improviser was feeling the approach of his god . . . He signed to the musicians to begin playing . . . His face went fearfully pale, and he began shaking as though he were in a fever; his eyes glittered with a strange fire; he ran a hand through his black hair, making them stand on end, and wiped beads of sweat from his high forehead . . . and then suddenly took a step forward and crossed his hands on his chest . . . the music fell silent . . . The improvisation had begun.

Here we see an artist in the grip of an acute attack of Romantic inspiration.Yet it would be unwise to assume that this passage represents concealed autobiography. Certainly, there is no explicit invitation in 'Egyptian Nights' to apply this potent myth of divinely inspired composition to the biographical Pushkin. And the poet's drafts indicate that his writings, so far from being dashed off at one go, were worked over intensively and repeatedly before they reached their finished form. The sophisticated sound effects for which Pushkin strove required effort, while the complex task of speaking directly and plainly, and at the same time avoiding excessive baldness, meant that articulation of a poem's theme or argument became progressively more allusive in successive versions. But the poet-as-dreamer legend has deep appeal: Pushkin the painstaking worker has seemed less attractive than Pushkin the vivacious genius whose every idea was God-given. Later Russian writers, including Akhmatova and Nabokov, have often worked with pencil and eraser rather than pen, in order that their first, second, and forty-fourth thoughts should not become the property of posthumous disillusion and of meddlesome scholarly enquiry. In the words of the poet Elena Shvarts (b. 1948), 'There aren't any variants. I write a poem en bloc. I'm no drudge. Usually I do all the creative work in the bath'.

If the image chosen for the statue testifies to the lasting hold of Romanticism on Russian literary culture, the statue's construction was one milestone in the institution of a Pushkin cult in many ways comparable with the Shakespeare cult in England. First reflected in celebrations for the seventieth anniversary of the poet's birth in 1879–80, the cult gathered momentum with the centenary festivities of 1899, and with the hundredth anniversary of the founding of Pushkin's school, the Tsarskoe Selo Lyceum, in 1911, resulting in the production not only of statues and plaques, but of poems, verbal tributes, and paintings. Among the last, remarkable is a vast effort by Ilya Repin, the premier historical painter of the day. It commemorates a famous occasion in 1815, when Pushkin's declamation of his own poem 'Remembrances at Tsarskoe Selo' is said to have induced the elderly Neo-Classical poet Gavrila Derzhavin to hail him as successor. Repin represents the scene as nothing less than a secular icon. Pushkin's pose, and the contrast between his young brilliance and the aged awe of Derzhavin, are based on pictures of the presentation of Christ in the temple, which show the young Jesus astonishing sages with his command of theological debate. But the masks of the listeners – with the exception of Derzhavin, who reaches out to Pushkin – are caricatures of greed, selfishness, and stupidity and are taken from Flemish and Dutch renderings of the mocking of Christ. They hint at the presence of another powerful myth, that of the destruction of artistic talent through the hostile incomprehension of the politically and socially powerful.

Besides its significance in work by sculptors, writers, and painters, the Pushkin cult had, by the 1880s, a commercial undergrowth such as may be seen now at Stratford-upon-Avon or Haworth. To be sure, there were no Prisoner of the Caucasus table-mats, Evgeny and Tatiana mugs, or Bakhchisarai Fountain biscuits, but there were Pushkin pens, Pushkin chocolate-wrappers, Pushkin cigar-boxes, and even Pushkin vodka bottles. Many professional writers and critics, who preferred to see Russian literature as divorced from the marketplace, were shocked and disgusted by the marketing of Pushkin. It seemed one among many symptoms of a culture that was under threat from commercial values. For Sigismund Librovich, who published an album of Pushkin portraits in the wake of the 1889 anniversary, the 'profanation of the poet's beloved

3. Ilya Repin, *Pushkin Reciting his Poem 'Reminiscences of Tsarskoe Selo' at the Lyceum Speech Day, 8 January 1815.*

features' was an illustration of how, 'in the words of Weile, advertising "knows no limits, no respect, honours neither friends nor relations and exploits anything and everything to its own ends" '.

The antipathy of Russian writers to commercialism was a constant of late nineteenth- and early twentieth-century culture; it was to reverberate, for instance, in Nabokov's fulminations against jazz and magazine advertising, and, most creatively, in Humbert Humbert's repelled fascination with American popular culture as represented in *Lolita*. Paradoxically, it was sometimes the most avant-garde and politically radical writers who reacted least allergically to commercial pressures. When Mayakovsky toured Russia giving poetry readings in the mid-1920s, he was quite prepared to harangue the managers of bookshops about their lackadaisical attitude to selling his publications. Cultural centralization in the Soviet Union after 1932 raised the association between commercial culture and low standards to the level of an official dogma. It became a matter of pride that cultural goods (books, paintings, concerts, ballets) were above marketplace values and were available to all at low prices.

To be sure, the means of cultural production, unlike those of industrial production, were never fully nationalized. Publishers were state-owned, but typewriters, paper, pens, and notebooks still had to be purchased; journals accepted contributions from non-unionized writers; royalties continued to be paid, and copyright still existed, though in a restricted form. But the susceptibility of culture to market forces was severely reduced. Authors' royalties depended on prestige (for which read congeniality to the Party authorities) rather than numbers of copies sold; sinecures were paid to established figures who were members of the Writer's Union without regard to how well or even how much they wrote. And commemoration of important authors was always of a 'cultured' kind (to use the Soviet term) – that is, contrived in a manner that could be held to contribute to intellectual self-improvement on the part of the masses. A typical item was a set of post cards intended for

4. A Pushkin-shaped bottle of vodka, produced to mark the centenary of the poet's birth in 1899. The resemblance is, to put it politely, approximate, but using Pushkin's famous features to brand consumable items enraged earnest admirers of the poet, even if (in the case of the item shown here) the poet himself would have consumed them with enthusiasm.

school-leavers, and showing the poet alongside a globe, an array of Pioneer and Komsomol badges, and the complete works of Lenin. It was possible to buy a Pushkin bust, a miniature of the Pushkin monument, or a Tales of Pushkin brand chocolate, but T-shirts with Pushkin on them, or comic-book versions of *Evgeny Onegin*, were emphatically not on sale. On the other hand, cheap editions of Pushkin's works were produced for private reading and for class-teaching, and statues were set up all over the Soviet Union – anywhere that Pushkin had visited for an afternoon had, at the very least, a portrait bust. Museums proliferated everywhere: the practice was gently satirized in Mikhail Zoshchenko's story 'Pushkin' (1927), whose narrator is unable to find a flat in Leningrad from which he is not evicted in short order so that yet another 'museum apartment' can be set up.

Commemoration of other writers, while never as extensively developed as that of Pushkin, was also encouraged by the Soviet state. A museum in Chekhov's Moscow house was opened in 1954; Leningrad acquired a Nekrasov museum in 1946 and a Dostoevsky museum in 1971 (the delay in establishing the last reflected the opprobrium in which the writer was held by the Soviet authorities from the late 1920s until the mid-1950s). A hierarchy of commemoration was established: plaques on the outside of former dwellings for all noteworthy writers, memorial flats for the top tier and second tier of writers, but statues for the top tier alone. In Moscow, for example, there were statues of Dostoevsky (1918), Gogol (1952, replacing an earlier statue), Aleksandr Ostrovsky (1929), Gorky (1951), and Tolstoy (1956). Soviet writers similarly honoured included Mayakovsky (1958), A. N. Tolstoy (the 'Soviet count', whose statue went up in 1957), and Aleksandr Fadeev (long-time General Secretary of the Soviet Writers' Union, who committed suicide after Khrushchev's denunciation of Stalin in 1956; his monument was put in place in 1972). 'Museum flats' included those of, besides the writers already mentioned, the Soviet novelist Nikolay Ostrovsky, author of the factory novel *How the Steel was Tempered* (1935). The memorial plaques are too numerous to list.

Another and more macabre kind of honorific gesture – one emphasizing the importance of death cult for the Soviet state – was the exhumation of famous writers from their original resting places. Levered up from the graves of their families, they were reburied in pantheon-cemeteries for the famous, notably the 'Literary Walks' in Leningrad. (From this indignity, Pushkin, intriguingly, was spared, perhaps because of the resonant disgust for urban cemeteries that is expressed in some of his late poems. He remained in the Svyatogorsky Monastery near the family estate of Mikhailovskoe in northwestern Russia, while his wife Natalya was allowed to continue lying next to her second husband in the graveyard attached to the Alexander Nevsky monastery in Leningrad-St Petersburg.)

There is an obvious link between the treatment of writers' remains and the 'translation', or removal to a new site, of relics that was a requisite step in the creation of the cult of an Orthodox saint. Reverence for writers was a form of secular religion, and the materialism that was a central dogma of Marxism-Leninism expressed itself in a literal-minded determination that memorials should actually enshrine the dust of the departed. The connection between religion and literature was also brought home by the arrangements for the 1937 jubilee, described in advance by the newspaper *Izvestiya*: 'A gigantic portrait of Pushkin reading his poems will be installed at the top of the belfry of the former Strastnoy Convent. The façade of the convent will be covered with a magnificent panel depicting a Soviet youth demonstration, with the marchers shown carrying books by Pushkin and portraits of the leaders.' The Convent of Christ's Passion (the meaning of the name 'Strastnoy'), was not chosen as a focus for the celebrations simply because of its convenient location next to the Pushkin statue, but because its dedication made it a suitable place for commemorating the life of Russia's most important poetic martyr.

The blatancy with which literature was presented as an alternative religion (and the association of this, during the Stalin era, with the ruler's own 'cult of personality') was perhaps the only peculiarly 'Soviet' aspect of post-revolutionary writers' cults. In many other ways, these simply perpetuated the past. Literary museums as well as statues had begun to multiply before the Revolution: an example was Tolstoy's Moscow house, opened to the public as early as 1911, a year after the writer's death. And 'museum apartments' remained popular places for self-educating visits in the post-Soviet period too. Indeed, the years after 1991 saw the founding of numerous museums as the result of private initiative (for instance, in the apartment once inhabited by Anna Akhmatova in the Sheremetiev Palace, St Petersburg, or the house where Marina Tsvetaeva lived in the Arbat district of Moscow). The bicentenary of Pushkin's birth in 1999 may have had commercial spin-offs of a kind not witnessed for a hundred years (such as the reappearance of Pushkin vases and Pushkin matchboxes) as well as some never seen before (for instance, an Internet 'postcard' showing Pushkin kicking Danthès in the nether regions and then kissing Natalya). But it was also marked by a crop of entirely conventional monuments – such as a hideous gilded statue of Pushkin and his wife in the Moscow Arbat, with the poet shown slightly taller than Natalya, rather than a head shorter, as he was in reality. (Ill. 6.)

The capacity of writer cults to withstand historical vicissitude has been striking. Monuments and memorials to authors not only survived the revolutionary iconoclasm of the first decade of Soviet rule, but stayed in place during later statue-toppling frenzies as well. Dostoevsky's effigy remained in its position outside his birthplace throughout the Stalin years; A. N. Tolstoy, an instrument and beneficiary of literary Stalinism, was spared from the post-1961 monument purge that rid Soviet cities of images of his master; Fadeev, an assiduous signer of arrest-warrants during the Great Terror, went on standing on his pedestal when the memorial to Feliks Dzerzhinsky, the founder of the Soviet secret police, was torn down by Muscovites protesting against the coup by hardline Communists in August 1991. The only exception to the general rule of conservation was the museum flat of Nikolay Ostrovsky, part of which was turned in the late 1990s into an exhibition of waxworks. But this one instance most certainly did not point to a decline in reverence for literary figures in general.

The commemorative efforts of twentieth-century British lovers of literature (discreet blue plaques on London houses and the like) pale into insignificance before Russian ones. Different, too, is the place of the memorials in popular culture. It would be, to put it mildly, unusual if a couple decided to begin their honeymoon with a visit to Stratford (as a Russian couple might with a visit to Pushkin's estate in Mikhailovskoe);

even the most famous writers' museums (for instance, the Brontë house in Haworth) attract a less socially diverse group of visitors than their Russian equivalents. What is more, the existence of commemorative cults has, since the late nineteenth century, been what the Formalist scholar Yury Tynyanov termed a 'literary fact', that is, a point in real life that is of significance to literary composition.

Writers varied considerably in their attitudes to the memorialization of their predecessors, and to the possibility that they might one day themselves be memorialized. For some early twentieth-century poets, for example Innokenty Annensky and Anna Akhmatova, evoking a statue was a way of emphasizing continuity between past and present. Both poets imagined Pushkin's bronzes coming back to life, walking among the avenues of Tsarskoe Selo that he had celebrated in his poetry. Later, Akhmatova was to conclude her poetic commemoration of the Great Terror, *Requiem*, with a reference to the time when the poet's own memorial might be placed outside the Leningrad central

5. Graffiti showing Woland from *The Master and Margarita* in 'Margarita's house', Moscow. An instance where literary characters have become part of popular culture.

prison, Kresty. The statue would be a perpetual admonition to the city's population of the tragedy that *Requiem* itself commemorated:

> And let the melted snow stream
> Off the immobile, bronze eyelids,
>
> And let the prison dove coo in the distance,
> And the ships peacefully sail down the Neva.

Akhmatova was also to allude in some of her work to the custom of naming streets after famous writers, as a way of raising the question of what traces her life would leave in the future. So too was the poet Osip Mandelstam in the bleak days of exile in 1935, when physical survival came to seem more and more unlikely:

> Whichever street is this?
> Mandelstam Street.
> What sort of damn name is that?
> However you turn it about
> It sounds crooked, not straight.
>
> The street was crooked, not straight,
> And he was black, not white, in his ways,
> That's why this street,
> Or, rather, this pit –
> Has its name:
> After that Mandelstam.

The fictional Mandelstam Street has acquired its name by a grotesque reversal of the usual process by which such names were assigned. A side-street instead of a main one has been picked, and instead of conferring immortality and transcendence, it recalls death and constriction. The word 'pit' (*yama*) is used for a communal grave, such as those in which prisoners in labour camps were buried, and is also a colloquial term for the prison itself. The street is an alley in hell, not a thoroughfare in the socialist heaven. The only detail that mimics official procedure is that the course of the street stands for the life-course of the person commemorated, but as both are 'crooked', the result is improper in two ways at once.

Yet if Mandelstam's poem travestied the idea of street-naming to suggest the marginal place of this particular writer in his culture, it still took as a given the link between the monument and the artistic biography. It was only at less forbidding points of Soviet history that writers could afford to distance themselves from the idea of a physical afterlife. In a poem from his last collection, *When the Sky Clears* (1956–9), written during the so-called 'Thaw' era that followed the death of Stalin, Boris Pasternak was to repudiate the notion of turning oneself into a piece of living heritage:

> To be famous is unattractive.
> That is not what elevates.
> One should not start up an archive,
> Fuss over one's manuscripts.
>
> The end of creation is self-surrender,
> Not noise, and not success.
> It is disgraceful to be worthless,
> Yet a name in everyone's mouth.

By the late Soviet period, the greatest reward that a recognized writer such as Pasternak could imagine was being allowed to live out his life in decent obscurity. But what one of Pasternak's biographers has termed his 'choreographed self-effacement', the elusiveness that he shared with Western Modernist poets such as T. S. Eliot, Robert Frost, or Elizabeth Bishop, was relatively rare in a culture where writers risked being effaced whether they wished it or not. A much more customary strategy was the grandiose rejection of official commemoration and the substitution of a magnificently egotistical alternative cult of self. Vladimir Mayakovsky's superb elegy for the poet Sergey Esenin, composed after the latter committed suicide in 1925, and one of the greatest poems written in Russian in the twentieth century, contains an extraordinary passage that at once repudiates the official construction of monuments and builds a monument before the reader's eyes:

> They haven't even
>   built you a memorial,
> No bronze rings out,
>   no stone lies hewn in hunks,
> But the rails of memory
>   are ornamented
> With tributes and with memoirs –
>   all that junk.

By a staggering lapse in historical diplomacy, a particularly absurd and tasteless bronze Esenin was set up in 1995 (the centenary of the writer's birth) not far away from the central Moscow Pushkin statue. So 'the raising of monuments' to writers, in the teeth of opposition from writers, went on.

Perhaps 'staggering' is the wrong word, given that the poem the constructors of the Pushkin statue in Moscow had the gall to inscribe upon its pedestal was, of all poems, 'Monument', which, after all, precisely opposes the living memorial of poetry and the dead weight of stone. It turns out to be the iconoclastic Mayakovsky who wrote most in Pushkin's own spirit, then, recognizing that the elevation of statues to writers was unlikely to be compatible with an appreciation of the dynamic force in their writing. In a culture where the physical presence of the monument can seem extraordinarily daunting, it has been vital to tear Pushkin free from stone and turn him into an airy space for imaginative fantasy. Thus, in Mikhail Bulgakov's play *The Last Days* (1934–5), a representation of the events leading to Pushkin's fatal duel with Danthès, Pushkin himself remains perpetually just off-stage, becoming a creation in the minds of those who talk about him outside the door of his study and in the salons of St Petersburg, and also of the second audience watching beyond, in the auditorium.

Yet, as Bulgakov's play also recognized, the absence of a great writer could be as powerful a cultural force as his presence. The avant-garde's desire to 'throw Pushkin, Tolstoy and Dostoevsky off the steam-ship of modernity', as expressed in the notorious Cubo-Futurist manifesto *A Slap in the Face of Public Taste* (1912), assaulted the status of great writers, but perpetuated this by seeing them as the central symbols of their age. And the equivocality of most assaults upon Pushkin and other famous writers of the past could only be increased by the occasional attacks in another key, such as those of the radical critic Dmitry Pisarev in the 1860s. Pisarev's riposte to a line from Pushkin's 'The Poet and the Mob', 'They sell the Apollo Belvedere by weight' had been to question the utility of art works in the first place. Addressing an anonymous and imaginary follower of Pushkin, he expostulated: 'As for you, elevated cretin, son of the heavens, what do you heat your food in, a cooking-pot or the Apollo Belvedere?' Here the statue, like Pushkin himself, became a metaphor for the inadequacy, in utilitarian terms, of artistic activity in general, an association that could only strengthen, among those in any sense committed to art, the widespread identification between cult and writer, monument and literary function.

The subject of this chapter has been the monuments of writers in the most literal sense – statues, museums, plaques on walls – and with the ways in which these are given meaning by governments, by spectators, and by other writers. In the next chapter, we will move on to look at writers' monuments in another sense: their actual writings, and the ways in which these are presented to posterity, both by writers and by members of the literary establishment, publishers, critics, and censors, which last had such a vital, though obscured, role in the development of Russian literature.

6. Double statue of Pushkin and Natalya, unveiled for the bicentenary in 1999, Arbat, Moscow.

Chapter 3
'Tidings of me will go out over all great Rus'
Pushkin and the Russian literary canon

He embraced the entire world with his soul, both East and West.

(Vera Panova, *A Writer's Notes*, 1972)

The idea that his writings would be his 'monument' was not something that Pushkin regarded merely as a soothing fantasy in the midst of unbearable isolation. It was also something that he tried to ensure in a practical way. He was one of the first Russian writers to assemble his scattered publications into a *Collected Works*, whose content and layout he planned carefully, revising some of his early poems for inclusion. In Russia, such care over the dissemination of one's poems was decidedly new. Until the late seventeenth century, textual production was dominated by the Orthodox Church, and writers fulfilled much the same function as icon-painters. Many texts (for example, prayers) circulated anonymously, and authors had no control over copying procedures or over the use of their materials in compilations. It was the saintliness or theological expertise of writers that gave their work value, even if rhetorical force played a part in establishing this. Things did not change immediately with the introduction of print in the seventeenth century, given that the new technology was at first used for the production of religious books. Once a secular print culture did come into being, during the eighteenth century, titles were at first more important than authors: translated texts were regularly published anonymously, or wrongly credited, and plagiarism and book piracy were rife.

In the late eighteenth and early nineteenth centuries, though, a number of changes came about. Book censorship, tightened up successively under Catherine II, Paul I, Alexander I, and Nicholas I, underlined the concept of individual authorship. This was not only because authors were held responsible for what they wrote and anonymity was strongly discouraged (the publication of unsigned journal articles was expressly forbidden in 1848). It was also because, alongside their punitive role, censorship boards were responsible for enforcing copyright. In the words of an official edict, they were supposed to 'prevent publishers from the unauthorized and capricious publication of books by authors with whom those publishers have no connection'. At the same time, the growth of self-consciousness was fostered by the emergence of the censor as a reader who was assumed to be both hostile and artistically literate (several prominent nineteenth-century censors, including Ivan Goncharov, the author of *Oblomov*, the famous novel about a character who can't get out of bed, were themselves writers). The need for writers to keep ahead of censors stimulated authors into different forms of allegorical writing. For instance, a tale would be set at the Spanish court, when the Russian one was meant, or references to *Hamlet* and the rottenness of the state of Denmark would be used to suggest somewhere much closer to home. This use of what was termed 'Aesopian language' by writers also encouraged readers (and, of course, censors) to read between the lines of texts, searching for hidden meanings.

Also in the early nineteenth century, booksellers became aware of the value of authorial 'brand names' in the marketplace. They began to enter into contracts according to which the grant to a publisher of

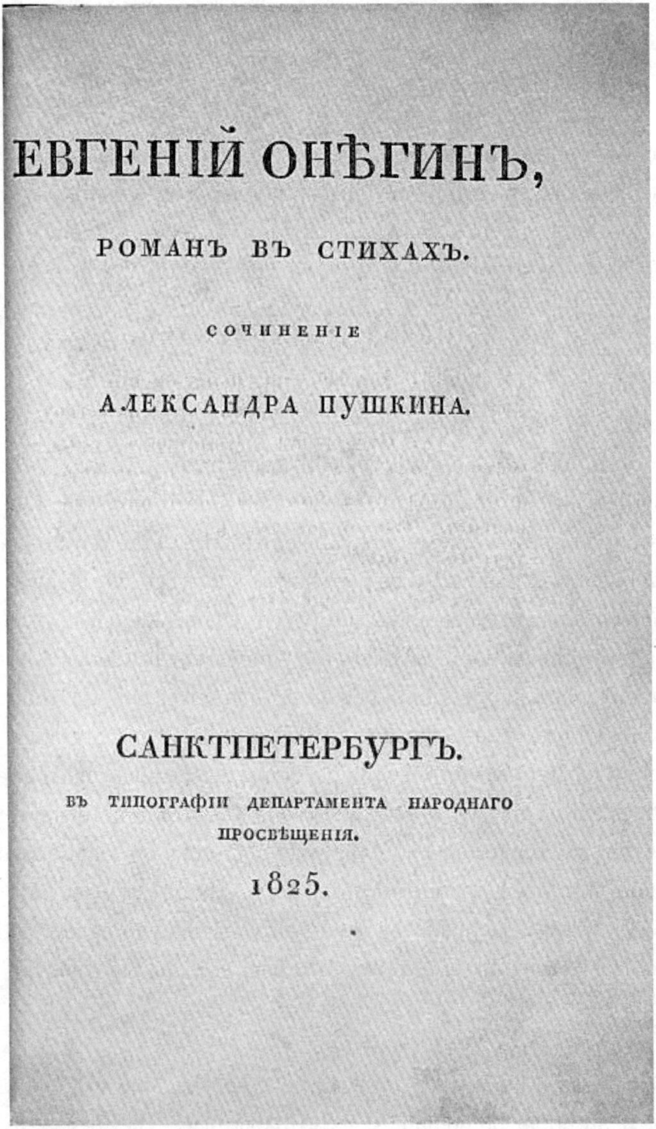

ЕВГЕНІЙ ОНѢГИНЪ,

РОМАНЪ ВЪ СТИХАХЪ.

СОЧИНЕНІЕ

АЛЕКСАНДРА ПУШКИНА.

САНКТПЕТЕРБУРГЪ.

ВЪ ТИПОГРАФІИ ДЕПАРТАМЕНТА НАРОДНАГО ПРОСВѢЩЕНІЯ.

1825.

7. Front cover of *Evgeny Onegin: Chapter One.*

The front cover of the first chapter of *Evgeny Onegin*, first published in 1825. Pushkin's 'novel in verse' is widely regarded as his highest achievement; some, such as Vladimir Nabokov, have considered it the greatest novel in Russian literature. The haunting tale of how Tatiana, an imaginative young woman from a family of small landowners in the Russian provinces, falls in love with Evgeny, a sophisticated, blasé St Petersburger with Byronic aspirations, but finds her feelings reciprocated only when she is no longer able or willing to return them, has alternately provoked and enraptured readers by its simultaneous defiance and assertion of convention, its combination of deep emotion and ironic non-committal. Evgeny and Tatiana, especially the latter, were precursors of many later characters in Russian novels, from Turgenev's Liza in *Nest of Gentlefolk* to Tolstoy's Anna Karenina and Nabokov's Ada. The book also has at least two other niches in literary history. As a text set in a time before that in which it was actually written, it is, in a sense, the first great Russian historical novel. It was also a pioneering example of the serial novel, published chapter by chapter over seven years (1825–32) and appearing in complete form only in 1833. This piecemeal method of publication was later to be used for many other famous works, among them *War and Peace* and *Crime and Punishment* (though the instalments of these novels came out in journals, rather than in book form). In the course of serial publication, writers' views of characters sometimes changed; they, and their readers, tended to see this positively, feeling that it gave their fictional creations the inconsistency and inscrutability of real people. It was rare for writers to make major changes to individual episodes before the book version came out: as Pushkin put it in the first chapter of *Evgeny Onegin*, 'There are many contradictions/But I don't want to correct them'.

exclusive rights to a text or collection of texts was rewarded by the sharing of profits between himself and the writer. In 1834, Pushkin entered into such an agreement with A. F. Smirdin for a book of whose commercial success both had high hopes, the historical novel *The Captain's Daughter*. And in 1836 he started a literary journal, *The Contemporary*, which offered him, as well as the chance of commercial returns, a forum for his writings and direct control over the manner in which these appeared.

One thing that Pushkin took authorship to mean, then, was the careful regulation by individuals of the manner in which their utterances came before the public. He also saw writing as an occupation which, though not exactly gentlemanly, at any rate helped raise the income necessary to a gentleman's existence. But writing was also understood by him as cultural leadership. That Russia needed a literature equal in standing to that of France, Germany, or England, and that there existed no native literary tradition worth the name, were defining assumptions for Pushkin and his generation of Russian writers. In their view, the Russian literary landscape resembled the 'empty waves', gloomy forests, and boggy lichen-covered shores of the unimproved North that Pushkin evoked in the prologue to *The Bronze Horseman* (1833). Monotony, rather than chaos, was the precedent and stimulus to creation. 'We have neither a literature nor [good] books', Pushkin grandly asserted in 1824. Though he allowed merit to various predecessors, including Derzhavin and Ivan Krylov (best-known for his lively and vigorous fables), it was clear none of these was a 'natural genius' (*Naturgenie*) in the Romantic sense, or for that matter a national genius. In an essay written a year later, Pushkin explicitly denied the right of the brilliant scientist and pioneering poet Mikhailo Lomonosov to be recognized in this capacity, presenting him instead as a mere craftsman: 'For him poetic composition was a pastime, or, as more often, an exercise undertaken out of a stern sense of duty [. . .] In our first poet we would look in vain for flaming bursts of feeling or imagination.'

8. Front cover of *Apollo*, no. 6, 1913.

The title page of *Apollo* (no. 6, 1913). Journals played an enormously important role in the publication of Russian literature from the late eighteenth century until the late twentieth. Pushkin's *The Contemporary*, itself the successor to magazines such as *The Drone* and *The European Herald*, was followed by dozens of organs of all political hues. Soviet literary history naturally emphasized the role of radical journals, but conservative ones, such as *The Russian Herald* (which serialized works by both Tolstoy and Dostoevsky) had at least equal distinction. The illustration here shows the frontispiece of one of the most important Modernist journals. At this period, literary magazines rebelled against the drab presentation formerly considered proper for serious publications. Beautifully designed and printed, and copiously illustrated, they, and their successors in the 1920s, are unique in Russian history as total works of art. From the early 1930s, Soviet magazines again reverted to the visual mediocrity current in the nineteenth century (and emphasized by the dreadful quality of paper and typefaces in use).

These observations proceeded from silent questions about Pushkin's own place in Russian literary culture; they showed him moving to a comprehension that it might be possible to make himself the national poet whose lack was so strongly felt. Taking issue with a view expressed by a contemporary, according to which great poets came out of nowhere and vanished into nothing, their glory being followed by an inevitable decadence, Pushkin argued, rather, that an age of mediocrity might be the necessary preparation for the work of great writers. Had not Herodotus preceded Aeschylus, and Catullus Ovid? Though good manners precluded a direct statement of the appreciation that Derzhavin and Pushkin might stand in the same relation, after 1825

Pushkin occasionally began to represent himself as Poet rather than poet – as the priest chosen by Apollo in a famous poem of 1827, for example. But his view of himself was always ambivalent (as suggested by a doodle in the margin of a draft of his Oriental poem *Tazit* (1830): a self-portrait bust with a laurel wreath has been fiercely scored out in thick black ink). It was other commentators who, especially after Pushkin's tragic death in 1837, were with growing confidence to claim for him the greatness to which he had tentatively aspired. A signal moment was when the prolific and influential critic Vissarion Belinsky declared in 1838, 'Every educated Russian must have a complete Pushkin, otherwise he has no right to be considered either educated or Russian'.

Interpretations of this kind naturally came to the forefront at the various Pushkin jubilees. The speeches made by writers at the raising

9. Pushkin, draft of *Tazit* (1830), with scored-out self-portrait in laurel wreath.

of the Moscow Pushkin monument in 1880, for example, included not only a famous patriotic tirade by Dostoevsky, but also an oration by Turgenev in which he praised Pushkin for combining two achievements that in other countries had occurred at different times and been carried out by different individuals: the creation of a new language and the initiation of a literary tradition. Pushkin's achievement was part of Russia's greatness and a constituent of the country's unique identity.

Turgenev's national triumphalism had shaky foundations in terms of fact. The role played by Goethe in Germany, Mickiewicz in Poland, or Vuk Karadžic in Serbia, was at least as important as that played by Pushkin. Russia's literary upsurge, so far from being unique, was part of a Europe-wide surge into the intellectual mainstream of countries where culture had earlier run in isolated channels. But neither the fragility of Turgenev's case, nor its eccentricity on the part of a writer who spent most of his later life abroad, chattering in French to his famous visitors, discredited his articulation of an idea that was gaining weight as time went on. At the jubilee of 1899, the cult of 'Pushkin as national poet' proved much to the taste of the conservative and nationalist government of Nicholas II. The sponsorship of street renamings and distribution of souvenirs to schoolchildren harnessed Russian writers to official patriotism, and also to the late Imperial Russian government's new-found commitment to educating the Russian masses.

To be sure, the Pushkin cult did not develop unopposed. Tolstoy's famous tract *What is Art?* (1898), for example, poured scorn on the idea of turning a dandy and womanizer such as Pushkin into a national saint. Well before this, in the 1860s, radical critics such as Dmitry Pisarev made Pushkin the spearhead of their assault on Romantic poetry in favour of politically engaged prose. Pisarev used Pushkin's magnificent poem '19 October 1825', with its moving evocation of the literary friendship between the poet and his classmate Wilhelm Küchelbecker, as an illustration of his point that verse was the statement of shallow ideas in unnecessarily complex form: 'If all this rhyming blether is paraphrased as simple and clear prose, then the following thin and pallid message remains: "You and I both used to scribble verses; I used to print mine, and you didn't; and now I'm not going to print mine either."' A fair number of radically minded readers, particularly self-taught intellectuals from the working classes, shared Pisarev's reservations. 'Your Onegin and your Lensky [. . .] should have been sent to a factory to fit cylinders to a vice', one memoirist recalled his workmates saying in the 1910s. For readers of this kind, Maxim Gorky's propaganda novel *The Mother* (1906), about a simple woman brought to political enlightenment by the cruelty of the Tsarist authorities, was a great deal more moving than *Evgeny Onegin*.

These scruples had a powerful institutional weight during the first years after the Russian Revolution, when literary-historical scholarship was dominated by the official ideology of 'class war'. For those committed to fighting that war, Pushkin was no more than a supremely gifted member of a reactionary cultural elite. Most so-called 'leftists', too, were admirers of fiction (especially Realist fiction), not of 'rhyming blether'. Significantly, the first writers whose biographies appeared in *The Lives of Famous People*, an uplifting series for the mass market that began publication at the instigation of Gorky in 1933, were Chekhov, Gogol, the eighteenth-century radical dissident Aleksandr Radishchev, and the satirist Saltykov-Shchedrin, scourge of the privileged classes, rather than Pushkin. Similarly, the keynote speeches at the 1934 Congress of Soviet Writers emphasized the pre-eminence, alongside the Realist fiction of Gorky and of Tolstoy, of 'progressive' critics such as Belinsky, Nikolay Chernyshevsky, and Nikolay Dobrolyubov. As late as 1949, a list of required reading for the Soviet masses put forward by the Party leader, Old Bolshevik, and former worker Mikhail Kalinin consisted of Lomonosov (as an example of the supreme auto-didact and scientific genius), the 'revolutionary moralist' Radishchev, Belinsky, and Dobrolyubov, with the radical poet Nikolay Nekrasov the sole example of an imaginative writer.

Right until the end of the Soviet era, 'progressiveness' – which is to say, the holding of views that could be represented as foreshadowing Soviet ones – was the primary criterion by which work by dead writers was judged as fitting, or not, for acknowledgement as 'classic literature'. 'Progressiveness' was to be found in Chernyshevsky's plodding, formulaic novel of women's liberation, *What is to be Done?* (1863), but not in Dostoevsky's *The Devils* (1871–2), which the second edition of *The Great Soviet Encyclopedia* labelled a 'virulent slur upon the Russian movement for political liberation'. It was to be found in Tolstoy's *War and Peace*, but only to a much more limited degree in *Anna Karenina* (decidedly a novel of the second rank, from an official Soviet point of view, because of the unfortunate prominence in it of adulterous passion). It was evident in Nekrasov's socially critical poetry, but most definitely not in the 'idealist' works of Russian Symbolism and post-Symbolism. It was evident in radical periodicals of high principle but decidedly modest literary merit, such as *The Spark*, but not in the artistically ambitious (and politically liberal) Modernist journals of the early twentieth century, such as *Apollo* or *The Scales*. Accordingly, it was selections from the former journal, and not the latter two, that appeared in the 'Poet's Library', the most prestigious series of retrospective editions of poetry, published by the leading house 'The Soviet Writer'.

Emphasis upon 'progressiveness' had especially piquant results where eighteenth-century literature was concerned. That the reign of the 'reactionary' Catherine II (herself one of the first Russian women writers) had been a far more productive era for Russian letters than that of the 'progressive' Peter I was bad enough; far more embarrassing was the conservatism of most Russian writers themselves, who were much more likely to pen court odes celebrating autocracy than to attack serfdom. As a result, much eighteenth-century Russian literature was simply not republished between the early 1930s and the late 1980s, and treatments of the period for the mass market (unlike those published between the 1890s and the 1920s) concentrated on a bare handful of figures. Apart from Radishchev and Lomonosov, the rarefied company of acceptable writers included the literary journalist Nikolay Novikov (mythologized as a martyr of Catherine II's political censorship). Nikolay Karamzin, on the other hand, was branded a 'gentry sentimentalist', and a good deal of his work remained under wraps: his masterful *History of the Russian State* (1818–29), for instance, was not republished in full until the late 1980s. To grasp the eccentricity of this, one might imagine a list of eighteenth-century English greats consisting of Tom Paine, Mary Wollstonecraft, and the early Wordsworth, but excluding Pope, Johnson, Fanny Burney, and Thomson on the grounds of their questionable politics, and Swift on the grounds of his questionable propriety. (As a matter of fact, in the Stalin years *Gulliver's Travels* was published as a children's book, in heavily abridged form.) So far as nineteenth-century English literature goes, it is not necessary to imagine a canon of 'progressive' writers, because one was actually constructed by the efforts of Soviet translators. It consisted of Shelley (the pioneering atheist and democrat), Burns (the 'people's poet' of Scotland), William Blake (as the denouncer of 'satanic mills' rather than as visionary mystic), and – as the towering figure – Dickens. It most certainly did not include Jane Austen (translated only from the late 1950s), George Eliot (who had been extremely popular in nineteenth-century Russia), or Emily Brontë, let alone Gerald Manley Hopkins or Christina Rossetti.

The canon of 'progressive' writers was at once static and flexible. Some writers, such as Tolstoy, maintained their pre-eminence from the beginning to the end of Soviet power; others, such as Pushkin, underwent a marked change in status. The most crucial stage of reassessment came in the mid-1930s, when 'class war' was decreed to have ended and there was a move to conservatism in terms of family and educational policy (a set of changes collectively known as 'the Great Retreat'). Along with structural changes went symbolic changes: with increasing emphasis on the fact that cultural values transcended social circumstances went a resurgence of 'classic' styles in architecture, music, and painting. Not coincidentally, too, the Lenin cult instituted upon the leader's death in 1924 began to subside in favour of an emphasis upon 'Soviet patriotism', centred round figures whose glory reflected and enhanced that of the 'coryphaeus of all knowledge', Stalin himself. The centenary of Pushkin's death in 1937 came at a crucial stage in this set of processes, and was itself used in order to enforce a new, and entirely circular, identification of artistic merit and political progressiveness.

During the 1920s, Pushkin had been perceived as an artist of supreme talent but dubious opinions; from 1937, he began to be seen as an

10. Aleksey Remizov, 'A Dream of Pushkin' (1937).

Aleksey Remizov, 'A Dream of Pushkin' (1937). For the different communities of Russian émigrés forced to settle abroad after the Revolution, Pushkin and his works had poignant significance. Émigrés wanted to defend the writer from the distastefully tendentious attention that he was receiving inside the Soviet Union, but were frustrated by lack of access to Pushkin's manuscripts. However, B. L. Burtsev's call In 1934 for 'the publication abroad of a new edition of Pushkin's *Complete Works*, or at the very least, of individual editions of his major works' had a belated response in Vladimir Nabokov's commentary on *Evgeny Onegin*, one of the greatest achievements of twentieth-century interpretive scholarship. And anniversaries (particularly the centenary of Pushkin's death in 1937) were celebrated by conferences and exhibitions, while Pushkin's writings remained, as always, an important inspiration for writers and artists. This fantasy sketch by the writer Aleksey Remizov shows Pushkin as a benevolently demonic presence, in tune with Symbolist emphasis on demonism in his writings.

artist of supreme talent and utterly sound opinions, a vehement opponent of serfdom and a thorn in the side of autocracy. His modest literary magazine, *The Contemporary*, was conflated with its successor, the politically committed journal run under that name by Nekrasov and others in the 1840s and 1850s. It became customary to emphasize the importance of his relations with the organizers of the Decembrist Rebellion in 1825, and to stress his admiration for dissident writers. With much pomp and ceremony, a draft version of 'Monument' was published in the journal of the Pushkin Commission in 1937. It inidcated that the original version of the final stanza had contained the line, 'I followed Radishchev in hymning freedom'. This cancelled line had long been known to scholars, and is no less ambiguous than everything else in the poem (one possible interpretation, since Radishchev was a famous suicide, is that Pushkin was evoking the 'freedom' he had exercised in ending his own existence). The fact that it was cancelled, too, makes interpretations based solely upon it rather dubious. But, in pious evocations of the progressive Pushkin, it acquired the status of a last, rather than a first, word. As one commentator put it in 1962: 'Only in 1937, upon the centenary of Pushkin's tragic death, did the genuine meaning of his "testament" become clear.'

Nothing was allowed to disturb the presentation of Pushkin as a 'forward-thinking' figure. A popular edition of Pisarev's essays on literature published in 1940 simply omitted the essay 'Pushkin's Lyric Poetry' in which the quotation about 'rhyming blether' cited earlier in this chapter appeared. The piece was made available only in more ambitious editions, such as Pisarev's *Works* of 1955–6. Equally, Pushkin's unmistakable turn to political conservatism after 1830 – his defence of serfdom and growing conviction that autocratic rule was essential to the dissemination of enlightenment – was not an acceptable subject of discussion for Soviet specialists. And in its turn, the fact that Pushkin was now deemed 'the founding father of magnificent Russian literature', a kind of literary equivalent to Peter I, contributed to the eclipse of the eighteenth century: founding fathers have by definition no need of ancestors.

Another aspect of the 'founding father' cult was that Pushkin increasingly became the subject of overt chauvinism. The theme of 'Pushkin as ultimate genius' was already an undertone in the Pushkin jubilee of 1937. It made itself felt in transition policy. A table published in 1945 set out the following tally of languages into which various great writers had been rendered before and after the Revolution:

Writer	Languages into which translated before 1917	After 1917
Pushkin	9	66
Tolstoy	10	54
Chekhov	5	53
Lermontov	5	26
Saltykov-Shchedrin	1	24
Nekrasov	1	21
Romain Rolland	1	13
Goethe	1	6

The theme rose to the height of a trumpet blast at the 150th anniversary of Pushkin's birth in 1949, which coincided with the onset of the Cold War and the beginning of an anti-Semitic and xenophobic campaign against 'rootless cosmopolitanism'. Two lectures (also published as booklets) by a member of the Academy of Sciences represented the writer as a figure who, while 'soaking up everything that was best in preceeding culture, both Russian and foreign', had been filled with 'national pride' and had presciently 'lambasted cosmopolitanism', as well as 'aestheticism and formalism'. Naturally, the appreciation that 'cosmopolitanism' was shameful was to be a powerful impediment to analysis of such issues as Pushkin's vexed but intimate relationship with Western Romantic literature. So, too, the belief that Russian literature was of particular and extraordinary value and character impeded analysis of the Russian contribution to European-wide movements such as the cult of sensibility or Modernism. Between 1948 and 1956, there was little or no serious discussion of such topics. The admiration of the Russian radicals for *Evgeny Onegin*, which Belinsky grandly, if inaccurately, held to have 'exhausted the whole of Russian life', was adduced as proof positive of Pushkin's mature appreciation of

Romanticism's limitations. The fact that the novel's ambivalent treatment of Romantic emotions and character types was perfectly in accordance with the practices of 'Romantic irony' (compare the work of Byron or Heinrich Heine) was ignored. And the resemblance of Pushkin's novel *The Captain's Daughter* to Walter Scott's *Redgauntlet*, where rebellion by the oppressed succeeds only in substituting an unreliable tyranny for an authoritarianism in which reason plays some part, was overlooked in interpretations which made the novel into an unambiguous critique of Catherine II's 'bestial' suppression of the peasant rebel Pugachev.

The other important ambition of the Stalinist regime, apart from presenting Pushkin as an ancestor of Soviet literature and instrument of national suprematism, was to present him as a 'national writer' in the sense of 'national-popular': a writer for the entire nation. Already in the 1920s, there had been a wide-ranging drive aimed at giving new readers a chance to make their first acquaintance with the Russian classics. Reader surveys anxiously monitored the reactions of proletarians and peasants to these. The surveys themselves produced very diverse responses, but analyses of them generally boiled the material down to make a straightforward case: Modernism was incomprehensible to ordinary people, while the classics were accessible to everyone. As a Russian peasant woman was said to have commented in a survey of 1926, 'And "Monument"? How could you not feel something after that?'.

Statements of this kind were meant not just to report opinion, but to shape it. This was the kind of reaction that Soviet 'mass readers' were *supposed* to have when reading great literature. Accordingly, the authorities made sure to provide them with the kind of literature likely to induce such responses. From the mid-1930s, the Russian classics again became the core of literature teaching in schools, and instruction focused on material that was both accessible and morally uplifting. Pupils had to learn by heart Tatiana's letter from *Evgeny Onegin* (Tatiana

11. V. Klutsis, poster for the Pushkin Jubilee of 1937. The poem in the open book appears to be 'Monument'.

was considered a role-model for Soviet womanhood), and Turgenev's prose poem to 'the great and magnificent Russian language'. Rather than the psychologically complex and embittered verse that Lermontov had written in his final years, or the scathing poems in which the writer complained that it was 'painful to survey his generation' and bid an unfond farewell to 'unwashed Russia', textbooks included emblematic nature poems evoking the momentous size of the Russian Empire, or such rousing patriotic pieces as 'Two Giants', in which the Russian giant defeats his foreign rival, and 'Borodino', evoking the Russian defeat of Napoleon in 1812. The result was that from childhood, Russian readers carried round a treasured mental anthology of poems such as these, and a knowledge of prose classics taught in the classroom (for example, Gogol's 1841 tale of the miserable civil servant Akaky Akakievich, *The Overcoat*).

The interpretation of great writers was as limited as the selection of their works offered for study. Pupils had to write moralistic character studies, commenting on Pushkin's Dubrovsky, say, 'He was accustomed to giving free rein to all the stirrings of his fiery spirit'. They had to answer examination questions on 'the significance of Chekhov', which required them to eulogize the writer's prescience in anticipating the Bolshevik Revolution (an event that took place more than 13 years after his death). Formula, rather than independent thought, was essential. As the critic and children's writer Korney Chukovsky observed of Soviet school essays in 1963:

> Every single one, every single one of the classic writers is always described as follows: 1) he loves his motherland; 2) he loves his nation and people; 3) he expostulates against the social abuses of his time; he (like every other classic writer) is 4) a humanist, 5) a realist, 6) an optimist, 7) has no faults and all in all no distinguishing features whatsoever.

Between the late 1930s and the early 1960s, these observations were true by no means only of school essays (of which they continued to be true right up to the collapse of Soviet power), but of writings for a popular auditorium by recognized professional critics and literary historians as well.

Alongside adulation went the suppression of any biographical details that might have proved disruptive, such as Pushkin's fondness for drinking, fornication, gambling, and gooseberry jam, or Tolstoy's predilection for at least three of those four. Gorky's embarrassingly long spell in emigration was also a taboo subject (writers who left Russia after 1917, like other Russian citizens who had gone into exile, were considered by definition to have displayed insufficient 'love of the motherland'). Sexual misdemeanours were an even more prickly point. The lavishly appointed and copiously annotated 'Complete Works' published in the Soviet Union as tribute to the status of first-rank writers rarely quite lived up to their titles. Even if every surviving text a writer had ever penned actually appeared in some form or another, some pieces had certainly been subjected to cuts, not all of which were necessarily as scrupulously signalled as with the asterisks (***** for 'whore' or **** for 'arse', for instance) that replaced words Pushkin himself had brazenly written in full. Piety was equally important in biographical work. As late as 1963, a particularly well-read and reasonably liberal Soviet writer expressed relief that A. L. Rowse, distasteful as his biographical approach might be, had at least 'completely cleared away any suspicion that Shakespeare was a homosexual'. The appropriate manner of writing up the lives of the famous was not unfairly satirized in Aleksandr Solzhenitsyn's novel *Cancer Ward* (1968) as 'exhaustive research about exactly which country path the great poet walked along in eighteen so-and-so' – that is, reportage of events that might be deadly dull, but which were neither politically controversial nor examples of 'salacious triviality' (*poshlyatina*).

After 'vulgar sociologism' was denounced in the late 1930s,

interpretations of Pushkin as 'the poet of the youth of Russian bourgeois culture' (as D. S. Mirsky had called him in 1934) were out of the question. But there was also an end to the intensive study of account books, private letters, diaries, memoirs, and minuscule archival data of all kinds that could have facilitated 'thick description' of writers in the context of their times. Conversely, the work of the Formalist scholars who had protested against 'laundry list' criticism, and against glib categorizations of writers in terms of social class, survived only in diluted form. Studies under titles such as *The Mastery of Gogol* (or any other writer recognized as 'great') acknowledged that at least some aspects of craft, as opposed to ideology, might carry weight. The most sacred literary texts were treated not unlike the speeches of Stalin, who himself was fond of displaying knowledge of the classics, referring, for instance, to supposed 'enemies of the people' as 'Yudushkas' (after Saltykov-Shchedrin's creepy hypocrite Yudushka Golovlyov). They were supposed to be known to everyone, but to discuss them in depth, at any rate without the special licence of a scholar speaking to scholars in an Academy of Sciences research institute, or to cite the wrong works, would have been decidedly imprudent.

The effects of adulation for, and rote-learning of, the classics were not uniformly bad. For a start, learning by heart was not a Soviet invention, any more than literature as a secular religion was. Before the Revolution, schoolchildren had been made to recite authors such as Lomonosov, Pushkin, and Lermontov as part of the secondary-school programme. In the best of circumstances, this gave adult Russians an affectionate familiarity with literature that made it the common currency of cultivation. Nineteenth- and twentieth-century Russian writers (and artists of all kinds) could expect the majority of their readers to recognize literary allusions, sometimes in substantially reworked form. (The importance of intertextuality, that is, direct or indirect quotation, as a subject of study among historians of Russian literature is intimately related to the mental world in which writers grew up.) And though a child who pointed out the relevance to Soviet life of Turgenev's hymn to the 'simple and magnificent Russian language' as the sole domain of freedom in a repressive society ('If you did not exist, how would I not despair?') would have been expelled from the classroom if not the school, there was nothing to stop a pupil enjoying the subversive potential of the piece in private.

Among unsophisticated readers, though, exposure to a 'core curriculum' does not seem to have done much more than perpetuate a sort of literary folklore. It stimulated the circulation of grotesque anecdotes about writers' lives, parodied in the 1930s by the absurdist writer Daniil Kharms, whose 'Anegdotes [*sic*] about Pushkin' contained such pearls of irrelevance as 'Pushkin used to love throwing stones . . .'. Documents such as diaries or letters indicate that the citation of 'winged words', or set phrases, was much more common than the informed reading of classic texts. A young woman who misquoted Lermontov in a letter to her sweetheart ('It is boring and sad, and I have no one's hand to stroke', rather than 'who my hand might take') perhaps did not even know the poem that she was abusing. The tag may have reached her via an intermediate source, such as a popular song.

But the worst side-effect of a system that encouraged school graduates to see the narrow sampling of classic texts to which they had been exposed as the pinnacle of literary endeavour, and to judge every form of writing by that yardstick, was that it promoted aggressive aesthetic conservatism. Rather than knowing nothing about art but knowing what they liked, Soviet philistines thought they knew a good deal about art, and had every right to impose what they liked on others. Large numbers of pupils left school familiar only with what Marina Tsvetaeva called 'Pushkin the perpetual jubilant, whose sole achievement in life was to die', and whose only works were *Evgeny Onegin*, *The Captain's Daughter*, and two or three lyric poems. It is therefore not surprising that the more adventurous texts that did get through censorship often provoked full postbags from a kind of reader one might call 'Disgusted of Tambov' – a provincial school-teacher, engineer, or other member of

12. Design for *The Queen of Spades*.

Design by Mstislav Dobuzhinsky for Stanislavsky's production of Tchaikovsky's opera *The Queen of Spades*. Not only writers but artists of all kinds have been able to take familiarity with Pushkin's work for granted in their audiences. It was quite natural for Eisenstein, in his 1943 book *The Film Sense*, to explain his theories about creative inter-cutting in cinema ('montage') in terms of analogies with Pushkin's poetry. And the fact that film directors, composers, and playwrights could rely on detailed knowledge of Pushkin's plots (or, at any rate, those of his most famous works), much as their British counterparts could in the cases of Shakespeare, Dickens, or Jane Austen, lent them a high degree of freedom when adapting these in new forms. Musorgsky's tormented yet regal Boris Godunov is quite different from Pushkin's ambitious, guilt-ridden version of the character; Tchaikovsky's version of *Queen of Spades* dispenses with the ironic ending of the original story (in which Liza ends up purging her own humiliation as a ward by taking a ward of her own), inserting instead a scene in which Liza does away with herself, in suitably operatic style, by leaping into a canal. At the same time, these outrageous reinterpretations sometimes exposed motifs lying below the surface in the original text. Thus, Tchaikovsky's *Queen of Spades* played on the demonic theme that was kept at one remove by humour and irony in Pushkin. The oversized proportions and looming patterns of Dobuzhinsky's design for the final act are in tune with the composer's intentions.

the Soviet 'petty intelligentsia' appalled that something inimical to the spirit of 'classic Russian literature' in the crippled form that he or she knew it had been published.

The Stalin era, then, saw the development of an exceptionally restrictive canon, not only in the sense that few works were included, but because the manner of discussing these was regulated with extraordinary severity. The cultural liberalization that began in 1954, a year after Stalin's death, was, in this area as in so many others, haphazard and incomplete. It affected, in the main, the scholarly interpretation of Pushkin, but even that only partially. 'Pushkin House', the Institute of Russian Literature of the Academy of Sciences in Leningrad, retained a privileged position with regard to Pushkin publications that has been described by one hostile commentator, not altogether unjustly, as 'a narrow circle of Pushkin priests making monopolistic decisions about whether a particular article served their own ends'. To be sure, the growing diversity that was evident in the publication of literature and of translations began to make itself felt in literary criticism and in scholarship as well. A crucial event was the founding of the Tartu University series *Semiotike* (Studies in Sign Systems), under the leadership of the scholar and critic Yury Lotman in 1965. The concentration of semioticians upon the question of meaning within a given culture at a set time, rather than upon the significance of texts for later generations, mounted a covert challenge to the traditional Marxist-Leninist emphasis upon progressiveness. (It was significant that some of Lotman's best work was devoted to the so-called 'gentry sentimentalist' Karamzin.) The immersion in the past that was required by the semiotic approach also meant that material such as writers' letters and diaries was once again accorded value in itself, as a genre of literary or sub-literary composition, rather than regarded simply as a repository for information about when a writer was doing what to the drafts of his novels, plays, and poems.

However, both in the work of Russian scholars, such as Lotman, and in the work of their Western associates, the material that was considered suitable for investigation was still strictly denominated in some respects. Pushkin's letters to his literary associates were exhaustively analysed, and their playful and watchful crafting of alternative selves recorded, but the writer's letters to his wife and other close relations were not discussed in detail because of the sense the material was 'useful for the biographer' but not for the literary historian, since it had not been meant for publication. The elite world of Russian society was exhaustively analysed: taking their cue from two lines of *Evgeny Onegin*, 'One may be a worthwhile person/And think about having clean nails', semioticians analysed dozens of areas that had been elided by Marxism-Leninism's emphasis on intellectual life, from the 'language of flowers' to the conventions of the duel. Yet gentility was pervasive: though memoirs make it clear that child abuse, incest, rape, violence, as well as less spectacular misdemeanours such as vulgarity and rudeness, were as common in early nineteenth-century Russian society as in any other human community, discussion of such topics was not allowed to disrupt the view of the 'Golden Age' of Pushkin and his contemporaries as an aesthetic paradise. In other words, this was an interpretive tradition that, in seeking to trace the conventions of early nineteenth-century Russian life, often replicated the proprieties against which writers themselves had battled. Even to liberal Russian scholars of this kind, Richard Holmes's life of Coleridge, showing the poet composing his aethereal works in a constant struggle with decidedly earthly afflictions such as constipation, would have seemed trivial and putrid tattle. In some ways, this was a reflection of writers' own determination to transcend physicality. The poet Nikolay Klyuev, desperately sick, bedridden, and a victim of Stalinist persecution, comforted himself with the thought that 'saints can be recognized by their endurance, ability to rise above suffering [. . .] some people's souls are like trumpets, sounding only when catastrophe and the angel of torment blows into them'. Yet the refusal of scholars to interest themselves in personal pain – failed love affairs, divorces, sexual agony – could be obstructive to the study of writers preoccupied, in their work, with precisely these subjects. The Formalist theory that writers self-consciously shaped personal experience as art even while they were living it (termed in Russian *zhiznetvorchestvo*) ignored the fact that some writers were inspired precisely by life's reluctance to subordinate itself to such reshaping (examples of this included some of the women writers discussed in Chapter 6 below).

Even once interest in the 'distinguishing features' of recognized writers proliferated, then, there was little concern with 'faults': rather than 'biography' in the Western sense, the writing of lives meant setting out an author's 'creative path' (the authoritative life of Klyuev eschewed discussion of the poet's homosexual love affairs and concentrated instead upon his artistic relationships with other writers and with journal editors). The essential task was to represent the life as a saintly path of suffering and triumph (*podvig*): deviations from this model provoked bitter debate, as in the case of the Russian-American critic Alexander Zholkovsky's revisionist interpretation of Anna Akhmatova's biography. Zholkovsky argued that Akhmatova saw her own suffering, political and personal, as a mark of distinction, and strove to emphasize and heighten it. She was not merely an inert and innocent victim, but actively sought out pain. She used others as the instruments of conflict (her history of relationships with men who were already attached to another woman is striking) and as a sounding-board for lamentation (Zholkovsky drew attention to Akhmatova's compulsive desire for an audience, manifested in her repeated commands that her friends should drop everything and rush round to see her when she so required). In a furious response printed in *Zvezda*, the literary journal which had published Zholkovsky's article, another Russian-American critic accused Zholkovsky of colluding in, and approving, Akhmatova's oppression: 'Only from a safe distance – whether geographical or chronological – can one write about history and literature with such unruffled alienation from human suffering.' Life-writing was still widely seen as a genre demanding moral engagement and respect bordering on adulation, even when practised by scholars.

If anything, defensiveness about writers' biographies increased in the late 1990s, fuelled by anxiety that Russian literature had lost its traditional hold over Russian culture. In 1998, an essayist writing in the liberal literary journal *Kontinent* cited, as one of a list of accusations aimed at demonstrating the 'unculturedness' of the Russian media, the fact that Russian television had marked the occasion of 'Pushkin Day', an official festival instituted by Boris Yeltsin in that year, only by the showing of 'some kind of parody ballet performed by half-naked avant-garde dancers'. The accusation against the media was strikingly unfair, given that the build-up to the bicentenary of the writer's birth in 1999 was actually marked by dozens of reverential programmes. But it showed Pushkin becoming the figurehead of another kind of conservatism: this time that of a beleaguered intelligentsia who felt that culture was even more under threat in the post-Soviet era than it had been during Soviet rule. In Tatiana Tolstaya's futurist novel *The Mynx* (2000), which shows the inhabitants of a post-nuclear holocaust Moscow condemned for ever to relive Soviet history as farce, an enthusiastic and unlearned book-lover sets up what he calls 'a pushkin', a wooden fetish to some half-forgotten god of the literature that had once existed. But at the same time that it mocks monumentalism, the novel represents knowledge of great writing as a measure of true culture: the perfidy of the post-holocaust dictator and the sterility of the neo-primitive culture he dominates are shown by the fact that he passes off famous poems by Pushkin, Lermontov, and Blok as his own. Once more, the integrity of writing and the writer stands for the moral probity of society at large.

This chapter has dwelled upon the question of the dissemination of literary works in Russia. It began with the issue of writers' control over their own output, a control that was sometimes aided by censorship but more often frustrated by it. Censorship could sometimes act as a stimulus to literary production. More devastating was its effect upon the quality of readership, especially in the Soviet period, when education and publishing for the masses created a new class of self-confident, but rather intellectually limited, readers who took their restricted knowledge of the classics as a measure of aesthetic standards in the absolute. Academic criticism, while based on far broader knowledge of primary material, was itself subject to severe constraints, particularly before 1956. Not only politically explosive material had to be avoided, but also 'vulgar' or 'trivial' themes, a consideration that led to bowdlerization of authors' writings and also to the avoidance of biographical treatments, except where these concentrated on a writer's 'creative path', that is, on intellectual experiences that were relevant to the composition of individual literary texts.

The discussion here should not be taken as meaning that every Russian had to manifest the kind of piety that was expected by school-teachers and government officials in the presence of great writers. As we shall see in the next chapter, many individuals, particularly other writers, had a much bolder attitude to established reputations than that. However, even at the end of the twentieth century, the levels of reverence for classic authors were considerably higher in Russia than they were in Western Europe, let alone America, a situation that was fostered, as well as bedevilled, by the spread of explicitly commercially oriented values in Russian society generally, and in the press in particular.

Chapter 4
'I shall be famous as long as another poet lives'
Writers' responses to Pushkin

Don't hit me with Pushkin –
I'll use him to hit you!
(Marina Tsvetaeva, 1937)

Among commentators on Russian literary history, Pushkin's boast that he would resonate for ever in the minds of poets was sometimes taken at face value, with the poet's work seen as the ultimate source of everything valuable in the work of his successors. But the sense that Pushkin's work was the alpha and omega of all literary endeavour was by no means limited to patriotic bureaucrats or pillars of the educational system. Rather, each successive generation of writers was able to convince itself that it alone had discovered 'the real' Pushkin. This conviction was enhanced by the fact that a great many of Pushkin's writings were not 'Pushkinian' in the sense understood in the schoolroom, but undermined decent commonplaces about balance, restraint, and edification. For example, 'The Drowned Man', a quintessentially Romantic ballad about a revenant taking vengeance on a peasant who has selfishly failed to bury him, starkly evokes the appearance of the ghost:

The moon rolls out from the rain-clouds –
What? Naked before him it stands,
Water running from its beard,

Glare bold and fixed,
Each limb fearfully numb,
And black crayfish fastened
To its swollen body.

As each generation of theatre directors and audiences in the Anglophone world has constructed its particular Shakespeare (take the fashion for the so-called 'problem plays' of tortured sexual relationships, such as *Measure for Measure* and *Troilus and Cressida*, in the 1960s and 1970s), so successive generations of Russian readers and critics have discovered 'their' Pushkin. For example, *The Bronze Horseman*, an evocation of St Petersburg as at once a supreme art work and a symbol of crushing authoritarianism, resonated in Petersburg Modernist texts such as Andrey Bely's novel *Petersburg*, or in a poem by Innokenty Annensky in which the 'yellow fog' of Dostoevsky's novels swirls around the statue hero of Pushkin's poem.

Given the circumstances of early twentieth-century Russian history, it is hardly surprising that Pushkin was considered important for what the religious philosopher Simeon Frank called his 'apprehension of life's inherent tragedy'. But he was valued also as a writer who had emphasized the importance of the writer. It was the Romantic side of Pushkin to which many writers gave weight. The critic Mikhail Gershenzon felt that 'Monument' was to be interpreted as drawing a contrast between 'genuine' fame, 'among people who understand poetry', and 'vulgar fame, among the mob, a muted kind of fame – mere celebrity'. This interpretation was entirely in the spirit of the times. Pushkin's poem 'The Prophet', in which the poet was seen as a Promethean outcast gifted with a uniquely full understanding of his culture, spawned dozens of imitations between 1890 and 1940 as Modernist writers reasserted the primacy of art and with it the Romantic understanding of the artist as hero, sacred madman, and prophet.

To be sure, the twentieth century saw something of a rehabilitation of pre-Pushkinian poetry, with such important figures as Marina Tsvetaeva, Osip Mandelstam, and later Joseph Brodsky, inspired by the stubborn obscurity and exhilarating harshness of Derzhavin. But the Modernist emphasis on the pursuit of originality was not congenial to an understanding of the deliberate conventionalism of eighteenth-century writing. Typical was Vladimir Nabokov, whose commentary on *Evgeny Onegin* lambasted the insipidity of Karamzin and the unreadable dreariness of the epic poet Mikhail Kheraskov, and unwillingly allowed to Derzhavin only 'touches of rough genius'. In poetry, the voice employed by Pushkin in his writings about the poet, allying ironical scepticism to a defiant assertion of the value of inspiration, became the definitive means of conveying artistic experience. The 1910s and 1920s saw a revival of 'Pushkinian' devices in prose too – the use of frame narratives, epigraphs, texts-within-texts, and other strategies marking the distance of a tale from reality, its contingency upon style rather than observation.

Despite the gesticulation on the part of writers towards Pushkin in terms of theme, and the borrowing of vocabulary and of forms with a 'Pushkinian' resonance, the work of later generations was by no means constrained by what Pushkin had done. Those genres in which Pushkin did not work were often to prove more productive than those in which he did. Though Andrey Sinyavsky described Pushkin's poetry as 'filled with a mass of personal material', the amount of strictly 'personal material' in Pushkin's lyric poetry, as opposed to his letters or notebook jottings, is actually rather limited, and this material always appears in transmuted form. Apparently confessional poems, written in the first person, are in fact 'costumed confessions' – that is, spoken in the words of some invented character. And the 'costumes' that Pushkin chose to put on, both in his lyric verse and in his drama and fiction, were bewilderingly varied. Pushkin's essays and jottings make it clear that he was temperamentally akin both to Mozart and Salieri, the apparently antithetical heroes of one of his *Little Tragedies*;

Hermann, the dogged, neurotic German protagonist of *The Queen of Spades*, and the effortlessly charming Tomsky, a prattling gossip from high society, are both authorial alter egos. Though the mode of 'costumed confession' is characteristic of Russian literature (it is found, for instance, in Lermontov's *Hero of our Time*, or in Akhmatova's early poetry), the sheer range of masks that Pushkin adopted was unique.

Nor was confessional poetry the only genre that was not anticipated in Pushkin's work. As Lidiya Ginzburg argued in a classic history of nineteenth-century Russian literature, *On Psychological Prose*, it was Aleksandr Herzen, in *My Past and Thoughts*, who pioneered the genre of confessional prose, employing a searingly emotional rhetoric that would probably have embarrassed Pushkin. Conversely, Pushkin's wonderfully vivid, playful, and self-deprecating letters have few successors in Russian tradition. Later masters of the epistolary form, such as Marina Tsvetaeva, inclined to literary-philosophical abstraction and to lamentation on the unfairness of fate rather than to concrete detail and teasing humour. So far as the theatre was concerned, Pushkin wrote no dramatic comedies, which both before and after his lifetime constituted the glory of the Russian theatre. (Gogol's *The Government Inspector*, ensconced in the international repertory as a unique masterpiece, was the successor to eighteenth-century texts such as Fonvizin's *The Minor* or Knyazhnin's *The Boaster*, and the inspiration for Aleksandr Ostrovsky, the prolific mainstay of the mid-nineteenth-century Russian theatre.) Nor did Pushkin contribute to the extremely important genre of tragicomedy, as exemplified in Chekhov's *The Cherry Orchard* or Mayakovsky's *The Bed-Bug*. His greatest achievements remained splendidly isolated. To be sure, *Evgeny Onegin* inspired imitations, but none of these were more than entertaining exercises in light verse. The psychological complexity of *Boris Godunov* was captured in Musorgsky's operatic setting of the play, rather than in Aleksey Konstantinovich Tolstoy's trilogy of historical dramas about Boris, his predecessors and his successors, works of a painstaking dullness rather than the young Pushkin's sketchy brilliance.

If Pushkin can be seen as a pioneer, it is of 'mixed genre' texts. The narrative poem with prose 'frame' in *The Egyptian Nights* (1835) was, for instance, paralleled (though not imitated) in Karolina Pavlova's *A Double Life* (1844–7), a prose story using poetry to represent the thoughts and dreams of its protagonist, Cecilia. But given the preoccupation of Romantic literature throughout Europe with new and hybrid forms (take Heine's 'verse novel' *Atta Troll*, or the use of song to represent Mignon's imaginative world in Goethe's *Wilhelm Meister*) it is difficult to argue that the intergeneric text in Russian literature derives wholly from Pushkin's influence.

Even the conventional view of Pushkin's centrality to the Russian literary language can only be partly endorsed. Much of Pushkin's streamlining of syntax had been anticipated in the eighteenth century, not only in the writings of Nikolay Karamzin, traditionally seen as the pre-Pushkinian pioneer, but also in humbler sources, such as the memoirs of Princess Natalya Dolgorukaya, produced in 1767 as a private chronicle for her descendants, and in translations from the French of novels and of conduct books. Besides, as the scholar Boris Gasparov, among others, has argued, the Pushkinian/Karamzinian line was only one of many literary orientations in the early nineteenth century; other writers were as likely to react against it as they were to espouse it.

So far as prose fiction went, Pushkin's heritage was similarly idiosyncratic. A sore point for advocates of Pushkin's role as the 'founding father of Russian literature' has been the writer's failure, among his many brilliant excursions into diverse genres, to provide models for the enormous psychological novels that have, since the late nineteenth century, been internationally regarded as Russia's greatest contribution to world literature. Even so determinedly individual a

13. Ostrovsky, *Too Clever By Half.*

Ostrovsky's *Too Clever By Half* (1868) in an 'eccentric' circus staging by the film director Sergey Eisenstein (1923): a dozen or so ginger-haired clowns cavort provocatively on a climbing-frame set. Ostrovsky, the linchpin of the Russian theatre in the mid-nineteenth century, is a clear case of a successful writer whose work bears little or no relation to Pushkin's (with the possible exception of his fairy-tale drama *The Snow Maiden*). Unlike Pushkin, he was a professional man of the theatre, many of whose plays, so far from being brilliant but theatrically problematic experiments, were competent formulaic comedies lifted above the rut by the author's extraordinary ear for vulgar speech, vivid sense of the ridiculous, and infectious misanthropy. *The Storm*, on the other hand, was a full-blooded melodrama of merchant life that was quite out of kilter with Pushkin's emotional delicacy. Which is not to belittle Ostrovsky's achievements as a dramatist: his plays have a firm place on the international stage (*The Storm* inspired Janáček's opera *Katerina Kabanova*, for instance), as well as the national one. And in early twentieth-century Russia, their familiarity bred not contempt but daring on the part of directors, including Meyerhold and Stanislavsky, as well as Eisenstein.

Modernist as Nabokov, who held much Russian Realist prose to be as bogus in intention as it was garrulous in expression, and who detested psychological literalism, commented of Pushkin's Evgeny Onegin that he is 'fluid and flaccid as soon as he starts to feel, as soon as he departs from the existence he has acquired from his maker in terms of colorful parody and as a catchall for many irrelevant and immortal matters'. It was above all as a triumph of surface-painting that he admired the novel. To be sure, *Evgeny Onegin* is stylistically diverse and has a narrator who plays many parts (a friend of the characters, a mouthpiece for them, an ironic commentator upon folly, a sympathizer in time of grief). Yet even Tatiana remains a symbol rather than a counterfeit of lived reality, a creature of idealism rather than representation. She is as much a manifestation of the creative sensibility as a portrait of a provincial young lady. If her letter to Evgeny, written when awake, is a tissue of quotations from books she has read, her dream of Evgeny surrounded by strange creatures is narrated in the language of Pushkin's own lyric ballads.

None of this has resonance in, say, the writing of Tolstoy, Dostoevsky, or Chekhov. Pushkin's characters usually do not have their own voices: they are pegs upon which the fabric of authorial brilliance is hung (the same is true of Gogol's characters, with the exception of the Mayor in the *Government Inspector*, who, in his final outburst of rage against the trick that has been played on him, achieves a truly personal eloquence unlike anything else in the play). Pushkin's acidly detached portrayal of Hermann and Liza allows little space to speech from within the characters: Hermann in particular remains enigmatic because he is always seen from outside. The furthest possible point from this was reached in Dostoevsky's extraordinary, and by both national and international standards revolutionary, story *Notes from Underground*, in which we have no point of orientation but the voice of the central character himself, tormenting us with his capricious and contradictory statements from the very first sentence of the novel:

> I am a sick man. A bitter and spiteful man. An unattractive man. I think that my liver has something wrong with it. But actually I don't give a stuff about being ill and I'm not even sure what's wrong with me. I'm not going for treatment and I never have gone for treatment, even though I do respect doctors and medicines. And on top of that, I'm superstitious; superstitious enough, even, to respect medicine. (I'm educated enough not to be superstitious, but I still am superstitious.) No, sir, the reason I don't go for treatment is out of spite. You probably won't want to

understand that. Well, I understand you there. But of course I won't manage to explain to you precisely whose nose I aim to put out of joint with my spite . . .

No English translation can imitate the grammar of the original, which employs the flexibility of Russian syntax in order to place the adjective in a different position in each of the first sentences, so that the cadence rises to a pitch of hysterical triumph on 'unattractive'. But the nature of the rhetorical strategies comes across. As a statement is presented, it is immediately contradicted; just as contradictory is the Underground Man's combination of insistent solitariness and inability to do without his listener, the antagonist who 'probably won't want to understand'. The Underground Man's confession is presented without any of the devices customarily used to establish a memoir as 'real'. There is no diary discovered after his death, his listener remains anonymous, and there is no motivating occasion (in contrast, the murderer in Tolstoy's *Kreutzer Sonata* makes his confession in a train carriage, a propos a discussion of marriage). *Notes from Underground* breached the literary etiquette of Pushkin's prose as energetically as its monstrously paranoid, intolerant, and rude narrator poured contempt on the behaviour conventions of polite society.

To be sure, aspects of Pushkin's prose were to be treated as exemplary by some later writers. For Chekhov, it was Pushkin's sparing use of figurative language, his preference for metonyms over metaphors, that was particularly attractive. For Tolstoy, it was above all the directness and immediacy of Pushkin's opening paragraphs that had weight. The second sentence of *Anna Karenina* – 'Everything had got mixed up in the Oblonsky household' – has the deliberate flatness of the first line of *The Queen of Spades*, 'A game of cards was going on one day in the residence of Narumov, an officer in the horse guards.'

Yet Tolstoy, the most 'Pushkinian' of writers in terms of his way of beginning a narrative, was decidedly anti-Pushkinian in other respects.

The caricatured Napoleon in *War and Peace* is at the far end of the representational spectrum from Pushkin's ambivalent, but fervent, tributes to the leader's Romantic grandeur. 'Napoleon' (1822) opens with lines that employ the cosmic imagery of the eighteenth-century formal ode to evoke the French emperor's transcendent greatness:

> The fateful destiny is played out:
> The great man has flickered into darkness.
> In gloomy unfreedom has rolled to an end
> The thunderous age of Napoleon.

For Tolstoy in *War and Peace*, 'providence' replaced 'destiny', and characters achieved greatness in the sight of their God and of their literary creator because of their lack of aspiration to the 'greatness' represented here. In Pushkin's writings, for instance *The Bronze Horseman*, the word 'idol' occupied a vital place, capturing an ambiguous configuration of greatness and moral transgression. In Tolstoy's mind, all idols, by definition, could only deceive, and in attempting to escape their common humanity were certain to reveal their tawdry and hollow true selves. The fact that Tolstoy's father, a member of Pushkin's own generation, had made him learn 'Napoleon' by heart in the nursery did everything other than ensure piety towards Pushkin and his hero.

Compared with Pushkin's sense that prose should be 'modest' and 'lucid', too, the expansiveness of Tolstoy's vast 'baggy monsters' was provocative to the point of impertinence. The epilogue of *The Queen of Spades* ties up the ends with exaggerated neatness, underlining the fact that this is a piece of fiction. Tolstoy's endings, on the other hand, are made fuzzy by their epilogues and afterwords. There is the sense of the writer returning again and again to subjects he could not bear to abandon. And the intimations of fate that play an ambiguous role in *The Queen of Spades* were, for Tolstoy, always escapable. If there is some sense that Hermann may really have been taken to the Countess's house by an 'unknown power', a malign supernatural force, albeit one within him, a character's belief that his or her fate was 'foreshadowed' was, for Tolstoy, an indication of psychic morbidity, of a bent to self-destruction.

Tolstoy, then, was an example of a reader who read Pushkin 'like a poet' – a term which Pushkin himself understood to mean a creative personality in a broad sense, someone who might be inspired tangentially, rather than literally, by what he or she read.

It took a century or so after *War and Peace* was published before any writer repudiated Pushkin as boldly, but also as creatively, as Tolstoy had. But by the 1960s, decades of force-fed patriotism had inspired – at least among some unofficial Soviet writers – a marked disaffection with the literary classics. Varlam Shalamov, for example, began one of his *Kolyma Tales* with a bitter parody of the first line of *The Queen of Spades*: 'One day they were playing cards in the barracks residence of Naumov, one of the guards of the horses in the prison camp.' The irrelevance of the original to Soviet life is cruelly underlined. A more extended repudiation of Pushkin was to be found in the poetry of Joseph Brodsky, whose personal canon of great Russian poets (Derzhavin, Baratynsky, Mandelstam) demonstratively side-stepped 'the father of Russian literature'.

Brodsky's important sequence, 'Twenty Sonnets for Maria Stuart' (1974), for example, distances itself from Pushkin in a variety of ways, overt and hidden. It selects a verse form (the sonnet) which Pushkin scarcely employed. Alliteration, which is a striking device throughout the cycle, is used far more obviously than in Pushkin's works. Brodsky also makes clear from the outset that the 'muse' to whom 'Maria Stuart' is addressed is a fantasy, an invention, something that will 'step down from the screen/and enliven the parks like a statue' (sonnet no. 1). The addressee is both less and more real than the statues to which several of Pushkin's late poems are addressed (and which are evoked in Brodsky's simile). She is an emanation of a film that the lyric hero saw as a boy, where 'Sarah/Leander walked click-click to the scaffold' (sonnet no. 2). That is, she is an artistic vision of a kind far less substantial than a sculpture. Yet at the same time, the cycle insists on her actual, physical existence, as someone who is the object of a desire deserving consummation, so that 'Scotland becomes our mattress' (sonnet no. 8). And to mark his distance still further, Brodsky continually, and, from the point of view of conventional literary piety, impertinently, quotes from Pushkin's love poems in order to undermine their emotional rhetoric, most particularly through glaring lexical dislocations that are utterly contrary to the spirit of Pushkin's harmonious combinations of disparate poetic styles. A case in point is the wry parody, in the sixth sonnet, of Pushkin's 'I loved you' (translated here by Peter France):

> *I loved you. And my love (or maybe*
> *it's only pain)* still stabs me through the brain.
> The whole thing's shattered into smithereens.
> I tried to shoot myself – using a gun
> isn't so simple. And the temples: which one,
> the right or left? Reflection, not the shakes,
> kept me from acting. Jesus! what a mess!
> *I loved you with such strength, such hopelessness*
> *may God send you in others* – not a chance!
> He may be capable of many things,
> but – with Parmenides – won't reinspire
> the fire in the blood, the bones' crunching collapse,
> swelling the lead in fillings with desire
> to touch – 'your hips', I must delete – your lips.

Apart from the two direct quotations from Pushkin (italicized here – for the full text of the original poem, see Chapter 6), the poem's parodistic relationship to its original is established by the use, in line 12 of the Russian, of the archaic article *sei* – 'yonder fire' would be correct in terms of register. But the original is used as a mere backing canvas for purely Brodskian (and twentieth-century) rhetorical embroidery. This includes the vulgarism *byust* ('bust', here rendered 'hips') in line 14 (Pushkin would have used the high-style *persi*, or 'breasts', in the context of a love poem), the reference to 'the shakes' in line 6, the throwaway mention of Parmenides (the fifth-century Greek rationalist philosopher who held that only what exists can be known) in line 11, and, especially, the ironic undermining of the allusion to God in line 9.

Such a direct, defiant repudiation of Pushkin qua Pushkin, based upon a thorough knowledge of his works, remained a rarity even in twentieth-century Russian literature. Far more common was the attempt to find an 'alternative' Pushkin to the 'father of Russian literature' or 'Soviet patriot before his time' by looking once more to Pushkin's own works. Just as censorship fostered 'Aesopian language', so did the narrow, official image of 'the greatest Russian writer' foster an 'Aesopian Pushkin'. From the mid-1930s, writing about Pushkin, a self-evidently 'safe' topic (unlike the late Dostoevsky, with his notorious loathing for the Russian revolutionary movement and devotion to the Orthodox Church), could allow writers to voice issues that would have been utterly taboo if touched upon directly.

A case in point was Anna Akhmatova's essays on Pushkin. These emphasized Pushkin's talent for 'encryption' – at a point when Akhmatova herself was evolving a protective obscurity in response to institutionalized oppression. Equally, Akhmatova's emphasis on Pushkin's struggle for dignity in a world reduced to moral squalor by authoritarianism articulated her view of the position of the Soviet writer. Exactly so did Shostakovich use citations from his own setting of Pushkin's poem 'The barbarian painter with his somnolent brush' in order to weave the theme of posthumous artistic justification into his Fifth Symphony, his first major public work after the vicious vilification that had greeted *Lady Macbeth of Mtsensk* in 1936.

To be sure, the emphasis here on the writer's sacred role made these unofficial views of Pushkin close to official views, in terms of tone if not interpretation. But there were also other, less solemn, 'alternative Pushkins'. Many preferred, in the words of Andrey Sinyavsky, to approach Pushkin 'not by the grand front entrance lined with busts wearing expressions of unrelenting nobility on their faces, but with the help of the anecdotes and caricatures that have been dreamed up by street culture as a kind of response to, revenge for, Pushkin's resounding fame'. To continue Sinyavsky's own metaphor, writers approached Pushkin by the back door or 'black entrance' rather than the front or 'parade' one.

The smutty tone of the phrase 'back door' pointed to the fact that intimacy in all its forms was a governing trope of twentieth-century anti-establishment literature, which also led to an emphasis on Pushkin's clandestine writings. The *Gabrieliad*, an irreverent romp depicting the insemination of the Virgin Mary by Satan and the Angel Gabriel as well as God, which had circulated in manuscript during Pushkin's lifetime and been published in full only after the Revolution, now attained canonical status. Preparation for the first 'complete' edition of Pushkin in the 1920s turned up quantities of private correspondence, rough drafts, jottings, and so on, which were equally helpful to the construction of a new, 'intimate' Pushkin. Most obviously, they explored subject matter uncongenial to the decorous image of a 'national poet'. Here, Pushkin could be found boasting of having wiped his 'sinful hole' with pages torn from the prolific occasional poet Count Khvostov's latest book, or comparing the 'colon and comma' that ornamented his loins with the mere 'comma' of a politically powerful, but sexually disadvantaged, grandee. But the new Pushkin materials offered more than such glimpses of the forbidden. They also contributed to a growing sense of the writer's manuscript as a text in itself, not just an intermediate stage between inspiration and publication (as Pushkin himself, whatever his concerns about textual integrity, had certainly seen it). After 1928, as censorship became fiercer, and more and more writers practised 'the genre of silence', or composed texts for 'the desk drawer', it was the manuscript that alone held the promise of eluding social control. Books might be purged from libraries, but in the words of Mikhail Bulgakov, whose *Master and Margarita* was one of the most famous manuscripts to survive the Stalin years (though Bulgakov himself did not), 'manuscripts don't burn'. What was more, with their doodled landscapes, portraits of salon beauties, ducks, devils, and chargers, Pushkin's manuscripts had a liveliness, a physical presence ('facture') that had characterized the avant-garde publications of the 1910s and 1920s, but which began to disappear as control over print culture tightened in the 1930s. (Ill. 9.)

As Pushkin's negligently scrawled self-portraits presented a welcome alternative view of the poet to the congealed bronze of statues, so, for 1960s Modernists, it was precisely the poet's immateriality, his 'emptiness', his 'chatter', his amoralistic and slippery variability of style, his idiosyncratic undefinability, that appealed. There was a revival of interest in Pushkin as parodist, an identity that had also appealed to writers in the 1920s, when even the sacred notion of the poet as prophet had been subject to ironic appropriation (the writer Vikenty Veresaev had wondered in 1929 whether 'Monument', like the character of Evgeny Onegin, might not be a sardonic travesty of Romantic stereotype: 'Is this poem maybe not just a parody?'). Soviet Socialist Realists had seen themselves, in all seriousness, as heirs to Tolstoy and Turgenev, and pontificated solemnly to readers about their approach to the 'writer's craft'. Underground or semi-official writers of the 1960s and 1970s, on the other hand, preferred to approach classic works of Russian literature via the 'back door' of irony. Venedikt Erofeev's *Moscow-Petushki* was a *reductio ad absurdum* of the official practice of using citations from the classics as a way of displaying a text's cultural credentials – texts from the Bible to the labels of tins of boot-polish appeared in a disorderly profusion, with no sense of relative importance. And in Dmitry Prigov's mock-obituary in the style of *Pravda*, Pushkin's essential frivolity was used to undermine the pomposity of official biography and of recognized writers:

The Central Committee of the Communist Party of the Soviet Union, the Supreme Soviet of the USSR, and the Soviet Government announce with the very deepest regret that on the 10 February (29 January, Old Style) 1837, as the result of a tragic duel, the course of the life of the great Russian poet Aleksandr Sergeevich Pushkin, aged 37, has come to a sudden and untimely end.

Comrade Pushkin was always distinguished by high principles, a sense of responsibility, and a demanding attitude towards himself and others. In every post that he was deputed to occupy he displayed boundless fidelity to the appointed task, a military valour and heroism, and all the elevated qualities of a patriot, a citizen, and a poet.

He will always remain in the hearts of his friends and those who knew him well as a rake, a joker, a tearaway, and a terrible boozer.

Pushkin's name will live for ever in the memory of the Russian people as the eternal flame of Russian poetry.

From 'the father of Russian literature', Pushkin had become a jester, a participant at bachelor revels. He was even paid the dubious compliment of a pornographic forgery, his so-called Secret Memoirs of 1836 and 1837, which confessed, among other things, to three-in-a-bed frolics with his wife Natalya and her sister Aleksandra. And his key works now included, besides *Evgeny Onegin* (not as Belinsky's 'encyclopedia of Russian life', but as a playful piece of eavesdropping on gossip and an example of 'manipulation of plot'), *The Little House at Kolomna*, *The Gabrieliad*, and *Count Nulin*.

Chapter 5

'Awakening noble feelings with my lyre'

Writers as 'masters of minds'

> A literary sermon is freer and more independent than a treatise; it often looks above real phenomena, far beyond them, sketching out its prophetic words on the distant and empty horizon.
>
> (Pavel Annenkov, 1858)

In the last chapter, we saw how the pomposity of the Pushkin cult provoked an understanding of Pushkin as jester, as *homo ludens*, a pleasant acquaintance to be 'strolled' with, rather than as a disdainful and frowning pedagogue. Pushkin became the herald of meaning as non-meaning, the poet above all of *The Little House of Kolomna* (1830), which concludes its bizarre and studiedly pointless saga of a transvestite cook with the following words:

> Here's a moral for you: in my view
> It's risky to hire a cook for free;
> For a person born a man to dress up
> In skirts, is curious and has no point;
> After all, sooner or later he will be forced
> To give himself a shave, which doesn't quite agree
> With a lady's nature . . . But that's the very most
> That you'll squeeze out of this slight tale.

But frivolity of this kind is not the key to Pushkin's entire output. Equally characteristic of him was the didactic view of literature expressed in 'Monument' – that a writer was responsible for 'awakening the noble feelings' of an entire nation. Even the ending of *The Little House at Kolomna* had a lesson to teach – that literature did not have to be taken seriously. It sprang from Pushkin's frustration with Russian readers' obsession with morals and messages, as powerfully expressed in 'The Poet and the Crowd' (1828), a rebuke to those who, on hearing a 'song', were capable only of responding with stupid questions:

> What is he strumming about? what is he teaching us?
> Why is he exciting and tormenting hearts
> Like a capricious wizard?
> His song is free as the wind,
> But also fruitless as the wind:
> What is the use of it to us?

And in *The Queen of Spades* (1834), any moralizing ambitions that might have been expected in a tale of compulsive gambling are undercut because story-telling and writing are shown within the story itself as frivolous, unreliable, deceptive, no more than 'chatter to spin out a mazurka'.

But moral commentary is not avoided altogether. When Hermann appears in Liza's room to undeceive her about the reasons behind his long-distance courtship (he has in fact been writing her passionate letters so he can inveigle himself inside the house to confront her guardian, the Countess), the narrator observes: 'She wept bitterly, seized by belated and painful repentance.' Had Pushkin opted for moral neutrality, he could have used a different phrase (for example, 'seized by sudden, painful understanding'). But the narrator is made to espouse Christian moral vocabulary ('repentance'), and the adjective 'belated' passes explicit judgement (Liza's feelings are appropriate, but she has ignored the voice of conscience too long). Equally, there is no doubt that the duel between Evgeny Onegin and Lensky is to be understood as a form of homicide licensed by civilization, though this point is conveyed indirectly, through a comically embittered disquisition upon the joys of revenge:

> It is pleasant to enrage an obtuse enemy
> With an impudent epigram [. . .]
> Pleasanter if he, my friends,
> Bawls out in stupid rage: 'That's me!'
> Still pleasanter to prepare in silence
> An honourable grave for him,
> And to shoot silently at his pale forehead
> From a well-bred distance;
> But sending him to the land of his fathers
> Is unlikely to be a pleasant experience.

It would be absurd to interpret the final proposition here as a stylistic mannerism, introduced merely in order to puncture the overblown rhetoric of revenge with plain speaking. But wry humour pushes just out of reach an obvious truth – that killing even one's enemies is not nice.

Delicate irony of this kind, though, rests on a fragile pyramid of assumptions about the way that readers are likely to react. As Yury Lotman has pointed out, in Pushkin's generation the duel was well on its way to being regarded as 'ritual murder' (and less melodramatically, as a form of posturing that was fatuous in adult males, an interpretation that hovers at the fringes of Pechorin's duel with his charlatan-double Grushnitsky in Lermontov's *The Hero of Our Time* (1841), and came fully into its own in Chekhov's representations of duelling half a century later). In a society where the duel was universally accepted as the central means of settling affairs of honour, an assault upon the practice of duelling as immoral would have needed to be expressed more explicitly. In the eighteenth and early nineteenth centuries, Russian writers had a strong sense that readers of serious literature (as opposed to fortune-telling books or church calendars) belonged to a unified group, even if some had a less sophisticated understanding of literature than others, and needed to be reminded of certain elementary critical truths – that literature was not the same thing as life, and that a narrator should not necessarily be identified with the author. This sense of integration resulted, in the main, from the fact that the educated population was so small.

In the 1830s and 1840s, as intellectual life expanded to include a much broader range of social groups, in particular ambitious male provincials from the middle ranks of Russian society, the notion of educated consensus began to break down. The first symptom was factionalism within the literary world, particularly squabbling between patrician writers such as Pushkin, and literary journalists, most notorious among whom was the arch-conservative, police spy, editor of *The Northern Bee*, and popular novelist Faddey Bulgarin. Once the sense that all educated people belonged to the same circle had disintegrated, so too did the expectation that moral values were shared and could be taken for granted. This created a pressure for the expression of consensus within a text by means of overt commentary and explication; for the frank didacticism that had been the source of irony in literary texts since the end of the eighteenth century.

Hence, of many possible Pushkins that Pushkin himself had created, it was the writer as 'master of minds', and teacher to his nation, that carried most weight among his contemporaries and immediate successors. In 1834, Belinsky sought to prescribe to Pushkin the ways in which he should work, complaining that the writer had moved from *Poltava* and *Boris Godunov* (shorthand for 'works of unassailable seriousness and national importance') to 'empty, lifeless fairy-tales' (it is a shock to realize that Belinsky had in mind Pushkin's brilliant condensation of Shakespeare's *Measure for Measure*, *Angelo*). And the transition from a view of the writer as metatextual ironist to an emphasis upon responsibility to society can clearly be seen in the case of Nikolay Gogol. Gogol's story *The Nose* (1836) had poked fun at the idea of morally improving literature: the tale ended not with a moral, but with the narrator sputtering into silence as he tried to explain what meaning there could possibly be in an anecdote about Major Kovalyov's lost nose reincarnated as a senior civil servant. But a decade later, Gogol had developed a very different notion of the writer's vocation. In his notorious treatise, *Selected Passages From Correspondence with Friends* (1847), he claimed that Pushkin had been the only reader of *Dead Souls* to understand the high moral purpose of the novel, and asserted: 'A writer's duty is not only to provide pleasant amusement for the mind and the taste; he will pay dearly if his works do not disseminate something of use to the soul and if they convey no moral instruction to their readers.' While a great many of Gogol's opinions in *Selected Passages* were attacked by both radicals and conservatives (not many people were impressed by Gogol's suggestion that the landowner should burn banknotes in front of his peasants in order to teach them indifference to money), his emphasis on the writer's duty to convey 'moral instruction' was not challenged. Rather, the central point in criticism of *Selected Passages*, as voiced, for example, in a famous open letter written by Belinsky to Gogol in 1847, was that Gogol had betrayed the writer's duty to be a moral instructor by imparting the wrong sort of message. Radicals and conservatives alike now valued literature on the grounds of its *ideinost'*, or confrontation of important topical issues.

To be sure, *ideinost'* did not reign unchallenged after 1840. The conviction among politically committed critics that realist fiction, or indeed journalistic reportage, were superior to lyric poetry provoked the authors of verse into questioning utilitarian theories of literature. (A notable case in point was Apollon Grigoriev, a Moscow critic, author of 'gypsy romances', and vehement enemy of Belinsky, Nekrasov, and Dobrolyubov, as well as one of many Russian writers to have been a drinker on an epic scale.) In the late nineteenth century, the Russian

Decadents followed their French counterparts in insisting upon the autonomy of art, and in maintaining a cult of self-interest (the ideal Decadent hero or heroine, rather than committing him- or herself to the improvement of society, was dedicated to the pursuit of pleasure and sensual gratification alone).

But the desire to separate art from moral or political issues remained a marginal phenomenon, as was illustrated when Tolstoy, the towering figure of the late nineteenth century and a commentator respected and feared by figures belonging to every political grouping, lent his immense authority to an attack on the Decadent cult of beauty. *What is Art?* (1898) set out a sustained and powerful case against the aesthetic understanding of art, which was to be valued, in Tolstoy's view, for its sincere expression of feeling and for its commitment to the cause of good. The pervasiveness of populism in the Russian intelligentsia, and of the view that the duty of educated people was to help the so-called 'grey masses', meant that attempts to fuse art and politics were more common than attempts to separate the two, even among the 'Decadents' whom Tolstoy had attacked. For a while in 1906–7, the short-lived 'Mystical Anarchist' movement was the expression of a drive to unite Modernist literature, religious philosophy, and socialism; after 1917, a number of Modernist writers became ardent supporters of Bolshevism and participants in its newly fledged cultural institutions. The Symbolist poet Valery Bryusov, for example, was made responsible for setting up training schemes for Soviet writers; Mayakovsky and other left avant-gardists churned out jingles and posters for the Rosta (Russian Telegraph Agency) windows in Moscow.

But there were also less obvious ways in which art and politics impacted upon each other. Marina Tsvetaeva, whose fierce independence from any party line was to make her deeply unpopular both in post-revolutionary Moscow and after her emigration to Prague and later to Paris, and who was one of the most formidably gifted

Modernist poets, became embroiled, after 1917, in one crusade after another. Her magnificent tribute to the 'White', anti-Soviet forces in the Russian Civil War, *The Swan's Demesne* (1921), written in Soviet Moscow, was followed by an equally controversial tribute to Mayakovsky, 'the draught-horse angel', published in Berlin in 1923, a year after Tsvetaeva's emigration to the West.

The acceptance among many Russian writers that art and ethics were compatible was in part a result of the ambitions of governments, both before and after the Revolution, to regulate morality and the arts. There was generally an inverse relationship between the severity of censorship and the production of studiedly amoral or self-consciously frivolous works of art: it is a rare writer who will risk his or her life or freedom for the sake of a joke. In any case, the Western liberal construct of a 'civic sphere', according to which cultural institutions, along with education and regulation of the urban environment, are assumed to be in signal respects autonomous and 'above politics', did not necessarily have a greater hold on the minds of writers hostile to Tsarist and Soviet power than it did upon political leaders themselves. At some periods in nineteenth-century Russian history, 'democratic censorship' (that is, the drive of Russian radical critics and editors to coerce authors into political conformity) was, as a recent historian has commented, 'as much a force to be reckoned with as the official variety'.

All of this means that it is a serious mistake to argue that 'classic Russian literature [. . .] is rarely overtly didactic' (to quote a Western historian of Russia). On the contrary, 'overt didacticism' was one of classic Russian writers' great strengths. Only a deliberately wayward reader could fail to recognize that Saltykov-Shchedrin's *The Golovlyov Family* was an eloquent denunciation of the moral bankruptcy of the serf-owning class, or that his *History of a Town* was a vicious satire on autocratic rule. The point was not that Russian writers avoided sermons and exemplary tales, but that they narrated these with extraordinary rhetorical force.

Yet the creepy Yudushka Golovlyov in the first novel and the stentorian Mayor Ugryum-Burcheev in the second were more than simply vehicles for Saltykov's ideological points. It was literary critics, rather than authors, who relentlessly classified characters in terms of their supposed expression of contemporary ills, effacing the differences between Evgeny Onegin, Pechorin, and Andrey Bolkonsky so they could be rounded up into a shorn herd of 'superfluous men'. In similar vein, Nikolay Dobrolyubov's essay on Goncharov's novel *Oblomov*, 'What is Oblomovitis?', presented the book as a parable about idleness versus industriousness, ignoring the fact that the superlatively indolent and gluttonous Oblomov had stimulated his creator's fancy as the book's positive hero, self-righteous Stolz, had not.

For writers, as opposed to commentators, there was always a tension between ideological and imaginative aims. The frequent practice among writers of composing prefaces, afterwords, and commentaries upon their own literary texts was a manifestation of the 'intergeneric' character of Russian literature, its desire to bridge the gap between fiction and non-fiction (note the pasting of real documents into Tolstoy's *War and Peace*). But it also pointed to an awareness that literary convention interfered with the straightforward communication of messages.

A striking instance of the clash between fiction and ideology was Tolstoy's late story *The Kreutzer Sonata* (1889). An 'Afterword' written by Tolstoy after the book was published endorsed the outrageous case made by the central character, Pozdnyshev: it insisted that absolute celibacy was the only morally acceptable form of human existence. Tolstoy also expressed consternation that readers should have found it so hard to grasp the point of his story. But Pozdnyshev, who was shown in the opening sections of the story itself swarming with nervous tics and feeding his caffeine addiction with glass after glass of the strongest tea, was hardly the best advocate of views that his creator (then energetically recommending abstention from intoxicating substances) apparently wished to be taken seriously. The character did not even have the grace to repent his misdeeds or sympathize with his victim. It was and is difficult to see the story as a fable; it is much easier to appreciate it as a grim and convincing sketch of the mentality of a murderer, prowling in his stocking feet through his own house to surprise his victim, and detachedly remembering the feeling of his knife cutting through first whalebone, then flesh. A similar communicative uncertainty was evident in *Anna Karenina*, which was at once a moral tale about appropriate married life and a delineation of the horrors of that life. Exploiting marriage as a convenient starting point for an encyclopaedic exploration of Russian society in which *everything* has meaning, it was at the same time obsessed with quotidian detail whose beauty lay in the fact that it had *no* meaning.

But what Mikhail Bakhtin was to term, in a famous study of Dostoevsky, the 'polyphony' of novelistic discourse, the absence in it of a unified, reliable, omniscient point of view, did not necessarily equate with an absence of moral or philosophical certainty. The exuberant linguistic vitality of Gogol's play *The Government Inspector*, which shows the full bawdy energy of colloquial Russian constantly bubbling up through the characters' pathetic attempts to 'speak proper', was intimately related to Gogol's concept of the play as a spiritual morality drama, an illustration of the vices that he believed polluted the human soul and would come to light at the Day of Judgement. For Gogol, linguistic propriety and impropriety were different aspects of the same human error: the assumption that it was possible to conceal frailty and weakness from the all-seeing eye of the deity.

This inextricable blending of 'medium' and 'message', of didactic purpose and expressive range, continued to be found in some Soviet writing, despite an upsurge of state interference on the one hand and intellectual conformity on the other. A case in point was the poetry of Mayakovsky. Mayakovsky's post-1917 writings are often considered to represent a sad falling-off from his early achievements: the writer stands accused of 'stepping on the throat of his own song' (a phrase that he himself uses in his great unfinished testament, 'At the Top of My Voice'). But rather than a historical aberration, a by-way of literary history, the later Mayakovsky was a typical case of a Russian writer in whose work didacticism and art were inseparable. His gripping poem 'Two Not Wholly Usual Occurrences' (1922), for example, juxtaposes scenes of starvation in a Moscow street to a vignette of a 'feast in time of plague' going on at a restaurant, where writers and other intellectuals indulge themselves on the nearest things to delicacies that the crisis-ridden city can provide. Summed up in these bald terms, the piece sounds as crude and obvious as a 'before and after' poster for shampoo, or as an item of anti-capitalist agitprop (the scrawny waif, the bulbous banker) from a 1920s demonstration. But the summary elides the eerie intensity of Mayakovsky's description of the silent Moscow streets, and the shock effect of his opening image, a miscegenated monster, a man-horse:

Suddenly
I see
between me and the window
a stick-man move.
Staggering and sliding.
The stick-man has a horse's head.
Onward he – it, slides.
Into its own nostrils it has stuck
its own fingers:
three fingers, maybe two.
Flies squat round the open eyes.
From the side of its neck
hangs a vein,
scattering drops on the streets
that freeze blackly where they ooze.
I look and look at the crawling shade:
shuddering from an unbearable certainty:

this half-man, half-beast
must be a figment of my mind.

Safe rationality is soon re-established, and the 'half-man, half-horse' stripped of its mythological significance to be revealed as the head of a starved nag sawn off its scraggy neck by the pen-knife of a desperate Muscovite. Yet the vision, like the nightmare that it resembles, cannot be reduced to an emanation of the everyday; it is not even simply an intimation of death. It remains irreducible, a manifestation of fears normally banished from the modern city, but rising up unsuppressibly at times of extremity.

'Two Not Wholly Usual Occurrences', then, is not an example of imaginative power sacrificed to didactic aims, but of the former and the latter inextricably entwined with each other. It appeals to a sensibility nurtured on psychoanalytical interpretations of myths as archetypes of human experience as much as it no doubt did to a Bolshevik believer convinced that the suffering of the revolutionary years could only be averted through Communism. The gruesome centaur of the Moscow streets, intended as an exemplum to support Mayakovsky's political sermon, is a creature with its own artistic life, perhaps even a metaphor for Modernist poetry as grotesque and unnatural hybrid.

Discussions of Soviet literature's didacticism as aberrant, then, are based on a misapprehension. The ultimate starting point of this is an understandable squeamishness over the nature of the aims that Soviet literature's didactic means had in view. Is it possible to detach artistic value from moral integrity? Can an ode to the Soviet secret police, or to a dictator as vicious as Stalin, ultimately responsible for the death of millions, have any aesthetic value whatever, even when produced by a writer of indisputable artistic talent? These are not merely hypothetical questions. The 'soldiers of Dzerzhinsky' were in fact the subject of a eulogistic poem written by Mayakovsky in 1926. And the mid-1930s, when Socialist Realism was established, also saw the full-scale blossoming of the official cult of Stalin. Writers who wanted to be published needed to manifest *partiinost'*, or fidelity to party values, including (from the late 1930s) the adulation of the leader. In countless poems, stories, and novels, he appeared as the all-seeing friend of every good Soviet citizen:

> Late at night, when every sound falls silent,
> Behind the Kremlin's grey and ancient towers,
> The people of all nations' secret wishes
> Are entrusted to dear Stalin by the world.

This poem by Aleksandr Surkov is terrible by any standards; but writers of real talent also responded to the Stalin cult. An 'Ode to Stalin' by Mandelstam, for instance, is distinguished by its nobility of phrasing and apparent sincerity of feeling.

For many critics belonging to the so-called 'first wave' of the emigration (those who left Russia during or soon after the Revolution), the case against Soviet art was settled in advance. According to Vladislav Khodasevich, a formidable literary critic as well as an outstanding poet: 'Mayakovsky has never been the poet of the revolution, any more than he has ever been a revolutionary poet. His rhetoric is, in fact, the rhetoric of the pogrom, directing violence and invective against anything weak and defenceless, whether that be a German sausage-shop in Moscow or a bourgeois gripped tightly round the throat.' On its own terms, Khodasevich's assessment is hard to assail, but the trouble is that few texts produced in post-1917 Russia would satisfy the criterion of unqualified support for those who suffered under Soviet power. Anna Akhmatova's *Requiem*, a lament for the victims of the Great Purges (the butchery of millions of supposed 'enemies of the people' in 1937–8), and implacably hostile to their torturers, was a work of artistic skill dedicated to a morally impeccable purpose. But this was exceptional. Mostly, the talented writers caught in the different waves of repression dealt in various forms of moral compromise. Bulgakov's novel *The Master and Margarita* (1928–40), for example, juxtaposed to the vision of a corrupt 1920s Moscow, disrupted by Satan, a 'humanized' version of Jesus Christ as socially impotent 'holy fool', moving through a Jerusalem that has uncanny resemblances to the Moscow of the late 1930s. And the novel's epilogue allowed the final word to Woland, Bulgakov's version of Mephisto, who voiced a code of moral relativism in which 'good' and 'evil' were associated with 'light' and 'dark' in the physical world, both being seen as necessary in a life without sensual monotony. For their part, the short stories of Daniil Kharms, such as *Incidents* (1934–6), were brilliant exposures of the dehumanization of life in the 1930s and also texts in which meaningless cruelty itself became a central artistic device, and indeed the object of collusive pleasure for narrator and reader.

In the case of Soviet art, then, it is simply not possible to draw an easy connection between talent and moral steadfastness: many of the most gifted writers had attitudes to tyranny that were equivocal or even admiring. One logical response would be to see nearly everything, including much work produced 'for the desk drawer' (neither Bulgakov nor Kharms had any illusions about being able to publish their later writings), as damnable on the grounds of its ethical dubiety, while consigning *Master and Margarita* to a different circle of hell from, say, Anna Karavaeva's trilogy *The Motherland* (1951), which celebrates the joys of life under the wise governance of the all-seeing Stalin. But this would be to imitate in reverse the narrow-minded cultural politics of the Soviet era, according to which only works imbued with 'Communist morality' and 'progressiveness' deserved to survive (see Chapter 2). It would also conceal the extent to which the moral dilemmas of Soviet artists resembled those of artists at other times and in other socities; as the Russian historian Boris Groys has pointed out, 'historically, art that is universally regarded as good has frequently served to embellish and glorify power'. If one takes a longer or broader view of the tradition of 'embellishing and glorifying power', it is instructive to read Mandelstam's 'Ode to Stalin' in the context of Lomonosov's tributes to Peter I (hardly the most merciful of rulers). It is equally illuminating to compare the Socialist Realist novel with Third Reich fiction, with the Catholic novel of mid-twentieth-century France, Italy, and Ireland, or indeed with formulaic genres such as the 'Harlequin romance' and the detective novel in Britain and America.

A second position is to ignore Soviet art's relationship with political power. If Dostoevsky may be stripped of the Pan-Slavic messianism and anti-Semitism that are painfully obvious in *Diary of a Writer* (1876–81) (and incidentally evident in the novels) and understood as a prophet of universal human freedom, it might be equally legitimate to see the 1920s Mayakovsky as a prophet of liberty in spite of himself. During the final scene in *The Bed-Bug* (1928), the worker Prisypkin, who throughout the play has been relentlessly guyed as a manifestation of the worst kind of petit-bourgeois materialism, suddenly becomes a tragic figure, writhing in a cage to expostulate against the sterile smugness of the Utopian future, and by extension, the stupidity of any community that believes that bringing the future into existence would represent progress.

Alternatively, ethical judgement may be suspended altogether: Soviet literature may be studied in and for itself, and discussed from an 'anthropological' perspective. This means replacing the question of whether the composition of five-year plan novels or odes to Stalin was morally and aesthetically justifiable by the question of what it meant to write them and how they were understood by contemporary readers. Katerina Clark's pioneering study of Socialist Realism, *The Soviet Novel: History as Ritual*, first published in 1981, showed that the homiletic and formulaic novels produced by Socialist Realism were in fact the expressions of powerful myths of self-transformation and loyalty which helped to hold the edgy and unstable new nation of the Soviet Union together. These novels' sketchy characterization and scant consideration for psychological plausibility, and their emphasis on progress via the overcoming of external obstacles, allied them with the devices of traditional Russian folklore on the one hand and classical epic on the other. More recently, other critics, such as David Shepherd, Thomas Lahusen, and Jochen Hellbeck, have analysed the active process of self-shaping undergone by Socialist Realist writers themselves, as they struggled, in private diaries as well as public statements, to mould themselves in the manner required by Party dictates, repeatedly rewriting early versions of their works in order to make them conform with changes in policy. Processes of this kind may not suit Western ideals of artistic and ethical independence, but they were in no sense unambiguous and easy to interpret: one central tragedy of the Stalinist era, indeed, was the amount of complex thought and agonized intelligence that went into producing the simple-minded propaganda novels and poems required by Party policy.

Whichever way, the view of the writer as 'master of minds' was a constant of Russian literature in the nineteenth and twentieth centuries. Even so studiedly ironic a Modernist as Vladimir Nabokov was happy to assert that he was no 'frivolous firebird', but 'a moralist kicking sin, scoffing stupidity, ridiculing the vulgar and cruel – and assigning sovereign power to tenderness, talent, and pride'. Dissent crystallized round the manner in which ethical or aesthetic edification was to be imparted, and the material that it should impart, rather than the question of whether such edification might be tolerated in the first place. The author's right and duty to give such edification was a central plank of Soviet literary culture, in which officially approved authors not only enjoyed material privileges, but were also treated as experts on topical issues of the day. (A typically grotesque example of this was the participation of the prominent Soviet poet Pavel Antokolsky, then in his sixties, in a debate about 'the youth of today' that ran in the Young Communist League newspaper *Komsomol'skaya pravda* during late 1963 and early 1964.) The official view of writers as 'tutors to the masses' did not mean that this role was eschewed by those opposed to the regime. As memoirs and letters make clear, marginal or persecuted writers such as Anna Akhmatova and Joseph Brodsky were credited with peculiar insight into psychological, moral, and aesthetic problems. They were appealed to by intelligent fellow citizens not only as patrons and authoritative readers of literary texts, but as experts on everything from painting, music, architecture, right down to manners, dress, and household decoration.

The fact that regard for writers was so high was one reason why, during the Soviet period, large numbers of Russians became sufferers from 'graphomania', the compulsive desire to spew out writing, and if possible get this into print, irrespective of its merits. Stirred up by 1920s propaganda, which exhorted the Soviet masses to express themselves ('anyone can write!'), graphomania was ubiquitous until the end of Soviet power. It encompassed lyric poems and fiction as well as letters to the press, and avant-garde work as well as official literature. As the émigré writer Svetlana Boym has pointed out, graphomania was 'an embarrassment to literary institutions' of all kinds, unofficial as well as official, since it raised uncomfortable questions about the grounds upon which it was possible to discriminate between the talented and the talentless. Some of the most inventive and interesting novels and stories created under Soviet power were tragi-comic examinations of the fatal affinities between good and bad art. If the genius of Thomas Mann's Aschenbach in 'Death in Venice' has to be taken as a given, and the sensibility of Nabokov's Humbert Humbert at least mimics that of the true artist (though he makes the fatal mistake of confusing fantasy and life), the talents of many Soviet writer-heroes were of a more questionable kind. For example, in Yury Olesha's *Envy* (1927), two different but equally ambiguous writer figures combine genius in perception and invention with social parasitism and paralysis of the will. The pathological fantasist, self-styled inventor, and scribbler of verses-to-order, Ivan Babichev, stands alongside Nikolay Kavalerov, capable of wonderful artistic insights (he sees a bird as a hair-clipper, a scar as a cicatrice from a missing tree-branch) but reduced at the end of the novel to drunken inanition upon the vast, bug-infested, curlicued bedstead of widow Anechka Prokopovich.

The more reflective writers of the 1930s and 1940s, then, were concerned that under a regime which accorded at best a secondary weight to aesthetic criteria in setting down guidelines for publication, all literary production might turn into graphomania. (That such worries were not necessarily chimerical was illustrated by the case of Olesha himself, who sank into alcohol-fuelled despair and the composition of fissiparous fragments during the mid-1930s.) After Stalin's death, though, the term 'graphomania' acquired a different force, as the prize-winning novels of the Stalin era were examined and found wanting, and Socialist Realism itself came under scrutiny. Though the doctrine officially remained in force until 1991, it was irrelevant to a fair amount of the literature published after 1956, even during the relatively repressive 'period of stagnation' (1964–87) which succeeded the 'Khrushchev thaw' of 1954–64. The future of Soviet literature was the subject of heated debates, which occasionally reached journals and public meetings, but were more often carried on over kitchen tables. Those who proclaimed the virtues of artistic autonomy, 'art for art's sake', could point to the many solemn, huge, and forgotten novels that littered the artistic landscape like beached whales. The fact that Solzhenitsyn's novels and stories of the 1950s and early 1960s were preceded by the publication of fulminating articles about parish-pump problems in provincial newspapers, and followed by the composition of yet more polemic, lent fuel to accusations that Solzhenitsyn was a kind of latter-day Pyotr Boborykin or Aleksandr Amfiteatrov (two prolific and long-forgotten late nineteenth-century authors of topical fiction). But it was equally possible for advocates of writing's moral purpose to refer to the cases of the early twentieth-century avant-garde writers Aleksey Kruchenykh and David Burlyuk, whose repetitive output mechanically reproduced futurist devices long after the creative power of these had become exhausted. In Andrey Sinyavsky's 1960 story 'Graphomaniacs', some of the characters were passionately committed to writing in alternative genres – extremely badly; but the story's narrator, Galkin, a 'graphomaniac' of the officially approved kind, and operating a sort of Socialist Realist 'writing by numbers', seemed at least equally ludicrious.

The pessimism expressed in 'Graphomaniacs' was to become a standard theme in post-Thaw discussions of 'the state of Russian literature'. In his 'Catastrophes in the Air', for example, Joseph Brodsky argued that 'politics fills the vacuum left in people's minds and hearts precisely by art', but was just as scathing about avant-garde writing (which, in his view, led to isolation over the vodka bottle) as he was about political commitment. And in 'Soviet Literature: In Memoriam' (1990), Viktor Erofeev took up the theme again, dismissing both dissident and official Soviet writing as of merely local and topical interest.

Fortunately, post-Stalinist literature was considerably more varied and vigorous than such jeremiads proclaimed. To be sure, there were some writers – for example, the novelist and short-story writer Yury Trifonov – in whom the search for a 'middle way' provoked a reversion to a Chekhovian realism of authorial self-effacement plus relentless stress on cultural and moral decline. But a 'prosaics of invisibility' was not the only or even the most favoured interpretation of 'the middle way' among post-Stalinist Russian writers. On the contrary: scepticism about the standing of the writer was (as in the 1920s) matched by an emphasis upon the construction of the art work as a conscious act. This is evident, for example, in Joseph Brodsky's poem elegy 'The Year 1972', which disposed of the figure of 'the poet' in favour of that of 'the wordsmith', working not 'with the aim/of winning fame', but 'for the sake of my native tongue and of writing'. But it was equally clear in the work of writers as committed to the true depiction of real events as Aleksandr Solzhenitsyn and Varlam Shalamov. Though these two writers held very different views about the experience of incarceration in the prison camps (for Solzhenitsyn, the camps opened up vistas of inner freedom and moral renewal; for Shalamov, they were claustrophic 'pits' of moral degradation), they were strikingly similar in terms of the prominence that they gave to the act of writing. The figure of 'walking on fresh snow' at the beginning of Shalamov's huge story cycle *Kolyma Tales* (1978) turned out to be not simply an introduction to camp life, the reader following the prisoners on their journey through the wastes of the far North. It was also a metaphor for the act of writing about untouched material, about retrieving narrative from silence:

> How do you stamp out a path on fresh snow?
> In front walks a man, sweating and swearing, hardly able to move his legs, sinking every minute into the brittle deep snow. [. . .]
> Five or six men follow after, along the narrow and treacherous trail. They walk alongside the track not in it. [. . .]
> Every one of them, no matter how small and weak he is, must stand on a piece of fresh snow, not in someone else's tracks. It's only readers, not writers, who ride on tractors and horses.

If Shalamov drew his readers' attention to the problems of narrative right at the outset of his text, Solzhenitsyn's novels *The First Circle* (1978) and *Cancer Ward*, began, quite traditionally, 'in the middle of things' without preamble. But they too were in literary terms heterogeneous. The citation in *Cancer Ward* of Tolstoy's late story 'What People Live By' (1881), a tale in which an angel comes to live with a poor cobbler and his wife, emphasized that the novel was not merely a representation of a hospital as metaphor for Soviet society, but also a text preoccupied with the miraculous in the mundane (an insight fundamental to understanding the novel's extraordinary last chapter). One of the inset narratives in *The First Circle*, 'Prince Igor', was an illustration of creativity in extremity, a tale told for the joy of the telling, precisely because it did not bear direct or oblique relation to 'real life'. And *One Day in the Life of Ivan Denisovich* (1962), with its refrain, 'How can a well-fed man understand the hungry?' drew attention, like Shalamov's preface to *Kolyma Tales*, to the fact that representing horror was impossible. The more 'true' a narrative, the *less* likely it was to communicate with its anticipated audience. Such utterances were more than merely a rhetorical strategy aimed at shaming the 'well-fed' into attentive silence. They also questioned the function of literature at a time when any utterance might leave only 'the stamp of "good-night" on lips/that could say it to no-one', in the words of a poem from Joseph Brodsky's cycle 'A Part of Speech'.

In the post-Stalin era, then, the concept of writers as 'masters of minds', compromised by Socialist Realism, was the source of serious doubt among many intelligent commentators on, and practitioners of, literature. These included not only Shalamov, recognized by Viktor Erofeev as a 'literary' writer, but also the supposedly 'teleological' Solzhenitsyn. With emerging doubts that the writer's function was or should be purely didactic went a decline in the standing of the novel, the genre most privileged under high Stalinism precisely because of its supposed capacity for weighty moral commentary. (A cartoon published in the humorous magazine *Krokodil* in 1952 showed two writers talking. Writer A to Writer B: 'I've just thought of a great subject for a little short story!'. Writer B: 'Well, get down and write it, then!'. Writer A: 'No, you see the problem is I can't think of how to turn it into a big novel!'.) (Ill. 14.)

However, the compromised standing of moral disquisitions on the one hand, and the novel on the other, was not well understood in the West during the post-Stalin years. Here, many readers looked to Russian writers for the direct and unironic discussion of ethical matters that had become unfashionable in the West after the Second World War. To many commentators in the late 1950s, Boris Pasternak's *Doctor Zhivago* (1957) seemed a much weightier novel than any recent publication in the English language, while Solzhenitsyn's *One Day in the Life of Ivan Denisovich* spoke with an authority recalling Dostoevsky's memoir of prison-camp life *House of the Dead* (1861–2). If Nabokov wished that Tolstoy had exercised his concentration entirely on the free-floating curl hanging down at the back of Anna Karenina's head, many readers, since *Anna Karenina* was published, have been more absorbed by the novel's governing moral themes: whether personal happiness is legitimate at the cost of imposing suffering on others, or whether there may be such a thing as inescapable or deserved suffering. And they have expected

14. Cartoon of two writers by Yu. Gorokhov.

that Tolstoy's successors will provide them with ethical stimulation of just this kind. It was no accident that the first literary award to be supported by Western investors in Russia should have been the Booker Prize for the Russian novel, inspired by the quixotic notion of reviving the genre in the country that many still considered its natural homeland.

Chapter 6
'And don't dispute with fools'
Men, women, and society

> For you, my enchantresses,
> Only for you, my beauties . . .
> (Pushkin, dedication to *Ruslan and Ludmilla*, 1820)

It would be hard to choose a better example of the difficulties raised by translating Pushkin than the final phrase of 'Monument'. In English, it sounds perfectly banal, like a phrase from a guide to 'making friends and influencing people'. Once again, register plays a part: the Russian word *glupets* has a folksy resonance that would make 'And do not squabble with the daft' in some ways a more adequate rendering. Even so, modern readers are likely to wonder at the combination of apparently incompatible themes in these last two lines. What connection could there be between a dignified command to a poet's muse to 'be obedient to the command of God' and an apparently trivial piece of *savoir vivre*? (To be sure, the phrase bears some relation to a supposed quotation from the Koran jotted down in a draft of *Evgeny Onegin*, 'Don't quarrel with a fool', but since the person citing the quotation was Evgeny himself, and it was preceded with a bare-faced piece of flippancy, 'There's plenty of common sense in the Koran', the sacred text was reduced here to nothing more than a conduct book.)

Yet the rough draft of 'Monument' indicates that 'And don't dispute with fools' was firmly in Pushkin's head from the start of composition. It is the only line in the final three stanzas that was set down straight away in the form that it has in the final text. And the view of the poet as associated not only with the transcendent world of religious and mystical appearance, but also with the banalities of high society, comes up again and again in Pushkin's later poetry. 'The Poet' (1827), for example, is structured round an opposition between 'the concerns of the empty-headed monde' (that is, of high society) and 'the divine word' (that is, of poetic inspiration), an opposition spanned by the poet himself, who lives alternately in each domain. Appealing to the Romantic myth of artists as socially isolated, Pushkin also invokes another and contradictory myth of the artist as *honnête homme*, well-spoken man of the world. This myth had been introduced to Russian culture in the late eighteenth century by Nikolay Karamzin, who had asserted, in a famous article, 'Why Russia Has So Few Literary Talents' (1802), that without proper access to polite society it was hard for a writer to educate his taste, however learned he might be.

In late eighteenth- and early nineteenth-century Russia, the reading of literature was an obligatory polite accomplishment for both men and women; indeed, writing itself was perceived as an agreeable social skill. Large numbers of women in the aristocracy and gentry kept an *al'bom*, a mixture of a scrap-book and a commonplace book, in which friends inscribed flattering verses (*madrigaly*), metrical tokens of love and friendship, and comic rhymes, next to sketched portraits and water-colour landscapes. Magazines and manuals gave models of appropriate pieces for albums (not having something ready to contribute when asked would have looked gauche). In such circumstances, the writing of poetry became an extension of polite conversation, a kind of refined game. Social convention demanded that verse offerings should in the main come from men and be addressed to women, and that the former should offer the latter flowery recognition of their beauty, intelligence, wit, and taste. For Karamzin, who had eulogized women's percipience and spiritual profundity in his *Epistle to*

Women (1796), the language of upper-class women should have been the model for Russian culture: in 'Why Russia Has So Few Literary Talents', he referred to 'those charming women [. . .] on whose conversation we might hope to eavesdrop in order to embellish a novel with genteel and felicitous expressions'.

Women, then, were perceived as ideal readers – at least of certain kinds of literary material – and as exponents of the brilliant conversation which prose writers sought to imitate in their novels. The particular place in which this perception was enacted was the *zala* or the *gostinaya*, the saloon or drawing-room in a private house or apartment. Throughout the late eighteenth, nineteenth, and early twentieth centuries, it was customary for prominent figures in society, many of them women, to keep open house on one day a week. Writers and musicians would be invited to perform their works in front of the visitors, who might include other artists and distinguished foreigners as well as members of the Russian social elite. One of the most famous such 'salons' (as they came to be known in the late nineteenth century) took place in the Moscow house of Princess Zinaida Volkonskaya during the early 1820s: Pushkin was among the writers who attended, and who penned respectful tributes in the hostess's album.

It is important, though, not to exaggerate the significance of the salon as a literary institution (as opposed to an instrument of polite culture more broadly, a place where men might acquire 'that particular tenderness of spirit and taste that many hold to be the especial gift of women', in the phrase used by a conduct book translated into Russian in 1765). In early nineteenth-century Russia, as opposed to sixteenth- and seventeenth-century France, mixed company was not the place for heavyweight literary discussion (such as might take place between men when on their own), but rather for light-hearted banter and flirtatious verbal fencing. Artists would perform pieces likely to be successful in such a setting (witty and brilliant, rather than profound). Though salon

15. Pushkin declaiming his verses to the ‘Green Lamp’ literary society. This kind of all-male gathering was the preferred forum for serious new work throughout the salon era.

hostesses themselves sometimes treated the company to their own compositions (as in the case of Volkonskaya), for the most part the female contribution consisted of marriageable young women showing off their accomplishments as singers or players on the pianoforte (as in Jane Austen's fictional drawing-rooms). Once Romanticism had brought to Russia the idea of art as a sacred activity that should be received in reverence and mute sympathy by readers, viewers, or listeners, participation in the salon became increasingly irksome to artists. When irritated by persistent requests to perform a party piece in Volkonskaya's salon, Pushkin is alleged to have responded with a recitation of 'The Poet and the Mob', his assault on the stupidity of readerly expectation. (The accuracy of this story is questionable, since Volkonskaya left Russia in 1828, and the poem also dates from that year, but the fact that the anecdote had currency is an indicator of prevailing attitudes.) And in *A Double Life* (1846), a novella by mid-nineteenth-century Russia's most talented female Romantic poet, Karolina Pavlova, poets give recitals in the heroine's mother's drawing-room to an artistically ignorant public who consider art a distraction from the main business of the day – contriving a lucrative match.

As Pavlova's story indicates, by the 1840s polite culture and literary culture were seen as more or less completely incompatible, a shift in taste to which the rise of the heavyweight literary journal (or 'fat journal', as it was affectionately known in Russian) made a significant contribution. The editorial boards of such journals were invariably made up of individuals with strong political views, whether radical or conservative; literary texts appeared alongside political commentary (or were themselves a form of disguised political commentary). Genres such as the 'madrigal', or the 'society tale', representing the difficulties of expressing feeling while observing propriety, did not suit the new era. Tastes ran more to ballads of working-class Russian life, stirring tales of women's liberation, and depictions of peasant suffering. Poetry of emotional attachment became a marginal genre. Both Aleksey Tolstoy and Karolina Pavlova composed fine poems dedicated to the theme of 'forbidden love', but from the 1850s such material was generally the prerogative of the drawing-room romance, a genre whose cultural authority, such as it was, came from its musical setting rather than its literary connections. By the early twentieth century, those whose verses made their way into romance tradition were minor figures, such as 'G. Galina' (pen-name of Glafira Mamoshina), or 'K. R.' (pen-name of Grand Duke K. K. Romanov). Though their work was very popular, the standing of such individuals with the literary establishment was low. In 1915, Marietta Shaginyan (later a Socialist Realist novelist, but then a minor Modernist poet) rebuked her friend, the composer Rachmaninov, for his dreadful taste in poems (his early song-cycles had set work by, for instance, Galina), and persuaded him to use material of more literary ambition in his next cycle of songs.

To be sure, the Russian Modernists did have salons of their own. But these were not remotely like the upper-class gatherings of the past, or like the grand St Petersburg and Moscow drawing-rooms of the late nineteenth and early twentieth centuries. In the household of Zinaida Gippius and Dmitry Merezhkovsky, talk turned to spiritualism, the occult, and mystical religion; at the Wednesday assemblies held in the top-floor apartment of Vyacheslav Ivanov, known as 'The Tower', guests sprawled on velvet cushions in rooms draped with exotic fabrics. Extravagance of this kind did not long survive the Russian Revolution, but even in the Soviet Union there were some prominent writers who presided over gatherings not unlike alternative salons. Anna Akhmatova, for instance, bestowed on favoured visitors her aphoristic comments about literature, art, and the literary personalities of her day; the Socialist Realist writer Vera Panova, who held high office in the Union of Writers, was beset by guests wanting not only good sense and racy talk, but also – if they could get them – letters of introduction to publishing houses.

In the Modernist circles and artistic cabarets that proliferated in Moscow and St Petersburg during the 1910s, though, unconventionality was the main cultural value. Their very names – 'The Wandering Dog', 'The Players' Tavern' – underlined the fashion for bohemian marginality. Like high society in the early nineteenth century, this was a culture where 'all the world was a stage', where people valued assured performance more than they did sincerity; but the roles enacted by artists were now considerably more extravagant than they had been in the 1820s and 1830s, when writers had been less cut off from the world of the court and the civil service, and when the standing of actual actors had been much lower. (The late nineteenth and early twentieth century had seen a number of players, notably the 'Russian Eleonora Duse' Vera Komissarzhevskaya, attain a considerable cultural authority in the literary world.) But above all, in a world where life was supposed to imitate art, it had become vital to express creativity through eccentric behaviour as well as through a contempt for artistic and linguistic formulae, for the 'clichés' that Russian Modernists despised as much as the French Modernists from whom many of their theoretical appreciations ultimately derived. In other words, it was idiosyncratic conduct that was now required, rather than the subordination to universally recognized ethical and aesthetic constraints that had been the central demand of participants in mixed literary gatherings during the early nineteenth century.

Pushkin, though, was writing in an era when the relationship between literature and polite culture was still taken for granted, even if it was beginning to break down. He was one of the last major Russian writers to participate in aristocratic salons of the kind organized by Zinaida Volkonskaya (just as she was one of the last female aristocrats who was at any level a serious artist). Several of Pushkin's writings – *Egyptian Nights*, *Evgeny Onegin*, the novel fragment 'The Guests Assembled at the Dacha' (1828–30) – use the aristocratic salon as a setting for central scenes. The urbane tone cultivated in polite society was one of the registers routinely employed by the poet (as is shown by 'And don't dispute with fools'). Some of his most famous poems have the brilliant conventionality required by the salon (an example is the famous love

16. Pushkin, doodled self-portrait in female dress. The poet made no attempt to flatter his unladylike profile: the effect of seeing it emerge from the bun and ringlets is amusingly incongruous.

poem 'I remember the wonderful moment:/You appeared before me/ Like a fleeting vision', which was to have a long drawing-room afterlife as a romance set to music by Glinka). Pushkin followed Karamzin, too, in his intensive interest in the psychology and language of women: this can be seen not only in the prominence of female protagonists in his work, but also in the fact that some of his 'costumed confessions' were made in female dress (as with the last line of 'Monument', where the advice to avoid demeaning squabbles fits with contemporary expectations that ladies remain calm under all circumstances).

At the same time, though, the inspiration that the salon offered Pushkin was often fused with unease, or even irritation, at the limits of polite language, and particularly at the demand that strong emotion be voiced in a safely conventional way. This unease can be sensed in another very famous love poem, 'I loved you' (1829):

I loved you; love as yet, perhaps
Has not burned out in my heart;
But may it trouble you no longer,
I do not wish to sadden you with anything.
I loved you wordlessly, hopelessly,
Tormented now by timidity, now by jealousy;
I loved you so sincerely, so tenderly,
As God grant you be loved by another.

This poem is quintessentially 'Pushkinian' in its dignified plainness and apparently self-explanatory directness; it is sometimes used (not wholly accurately) as an instance of the poet's distaste for metaphor. But in fact, there is a good deal more here than first meets the eye or the ear. Among many buried associations is the point that the opening lines of the poem evoke 'feminine language' – the new language of the emotions that Sentimentalism had seen as women's particular domain. Great rhythmic emphasis is placed on verbs such as 'to trouble' and 'to sadden', as well as on the metaphor of love as flame (this hackneyed image is delicately suggested through the verb 'to burn out', usually used of lamps or candles). The second half of the poem opposes to these conventional verbs and figures of speech a hyperbolic evocation of unutterable love, emotionally inarticulate, yet also the gift of a (masculine) Deity. The use of religious language in the final line is far from incidental, since this language stands both for sincerity and for 'Russianness' in the later Pushkin (as, for example, in one of his last poems, 'Desert fathers and immaculate women' (1836)). The effect is that 'masculine' sincerity displaces what can be seen, once the poem's narrative is complete, as charming, 'feminine' artifice. The 'feminine' vocabulary of affect becomes the starting point rather than the end of inspiration. Its particularity is opposed to the universality of the 'masculine' religious text. Evoking feminine language, Pushkin at the same time refuses to be limited by it: 'I loved you' moves from ventriloquism of the beloved's speech to assertion of another and very different set of linguistic values.

Pushkin was no misogynist. The writer would have been shocked to hear such a suggestion: in his day, the typical misogynist was a surly country squire or boorish merchant who thought that education would turn girls into bad wives, and believed it 'unchristian for any grown man to sit at the feet of a female'. Traces of this attitude can be found in the work of some early nineteenth-century writers, including talents as brilliant as Gogol, but not in Pushkin's own poetry or fiction, which is notable for its finely drawn and sympathetic portraits of women (the inspiration to women writers as well as men). But it is hard to argue with a historian who, after sifting through all the writer's essays, reviews, and jottings, concluded that Pushkin (like many of his contemporaries) unreservedly admired only one woman author, Madame de Staël. There is a striking contrast, too, between the roles played by male and female addressees in his letters, verse epistles, and dedications to published works (the latter are the subjects of gallantry sometimes tinged with eroticism, while the former cover a far wider range, from confidants to debating partners, from rivals to confederates in debauchery).

To argue along these lines does not mean placing Pushkin on a list of writers deserving critical annihilation, summoning him before what one senior American Slavist, writing in 1994, sarcastically termed 'the stern tribunal of assistant professors'. Gender-aware criticism does not have to amount to ideologized proscription. Nor – to rebut another hostile argument occasionally used against it – does it require the imposition of modern views on texts from different eras. 'Feminism' refers to a geographically and historically limited phenomenon (a European movement, or series of movements, beginning in the sixteenth century). But sexual difference and sexual acts are an abiding obsession in all human societies. There is no evidence whatever that Pushkin was interested in, or even aware of, the feminism of his day (it is most unlikely that he had read, say, Mary Wollstonecraft's *A Vindication of the Rights of Women*). He could not have anticipated the theories of Gayatri Spivak or Hélène Cixous, any more than he could those of Marx and Lenin. But he was without doubt passionately interested in issues of sex and gender, in what he, along with most educated people of his day, considered an obvious but fascinating and awkward truth, that men and women were immutably different.

This opinion, and its corollary, the belief that feminine language and experience had particular significance, masculine language and experience universal significance, were also held by many female contemporaries of Pushkin's. Evdokiya Rostopchina, for example, in her poem 'Pushkin's Notebook' (1839), described the book not in order to suggest a sort of equivalence between Pushkin's unpublished texts and the reluctance of women writers to enter print, but in order to underline the inferiority of feminine writing: 'I am a woman! My intellect and inspiration/Should be bound by humble modesty.' The poem ended with an apology that Rostopchina had dared to offer her 'timid song' in place of 'Pushkin's wondrous verse': the two alternative paraphrases of the word 'poetry', 'song' and 'verse', emphasized the distance between the masculine and the feminine text.

The assumption that 'masculine' expression or experience was universal, and 'feminine' expression or experience restricted in import, was a persistent force in nineteenth- and twentieth-century Russian culture. Women writers were associated first and foremost with certain well-defined cultural roles, above all the expression of emotion and the provision of guidance in personal ethics. To put it schematically, male writers were believed to offer enlightenment (*prosveshchenie*), women writers moral indoctrination (*vospitanie*). This belief could provide women writers with a strong sense of personal mission (as expressed, for instance, in Akhmatova's resolute opposition to state-sanctioned murder, or in determination of memoirists such as Nadezhda Mandelstam or Evgeniya Ginzburg to act as witnesses to their times). A rather less considerable benefit was that it allowed women to become the voice of 'Communist morality' in the Socialist Realist novel. But although women writers could gain stature from conventional ideas about feminine identity, at the same time, if their writings were too concerned with the private sphere, which was perceived as women's particular area of power, they were certain to attract criticism – as happened in the case even of orthodox Socialist Realist writers, such as Vera Panova. Long before Soviet censorship made producing work for the 'desk drawer' routine for all writers, women writers made a habit of this; they were also much more likely to publish anonymously or to adopt pseudonyms than men, and to present their writings as 'found texts' (publishing what was actually an original piece of fiction as though this were the diary of a tragically deceased young woman lately discovered in the secret drawer of her desk).

But all this did not stop some women writers from asserting themselves as independent artists, particularly in the early twentieth century, an era when women's liberation was openly debated, and when critics sympathetic to feminism (for example, Elena Koltonovskaya and Zinaida Vengerova) took an explicit interest in women's creativity. Women writers were also helped by the Russian Symbolists' conviction that the human personality was androgynous in nature: now they could openly identify themselves with male predecessors, as well as female ones. 'Monument', interpreted as the testament of a beleaguered writer drawing comfort from the certainty of posthumous vindication, was a particular landmark for women poets who fiercely believed in their own unrecognized genius. (One such was Anna Akhmatova, as is shown by the passage from *Requiem* evoking her possible future monument that I quoted in Chapter 2.)

For all their aspirations to be treated as equals of their male contemporaries, however, it was still difficult for women writers to achieve elevation to the pantheon of literary greats, at any rate in critical commentaries with ambitions to evaluate the past rather than simply catalogue it. So, while women were well represented in bibliographies, and in the compilatory publications of positivist critics, such as V. V. Sipovsky's two-volume *History of the Russian Novel* (1909), they (unlike minor male writers of the eighteenth and early nineteenth century) were largely excluded from the writings of the most brilliant group of early twentieth-century theorists, the Russian Formalists. The reasons for this lay in some of the Formalists' governing assumptions about literary evolution, which they saw as driven by the efforts of a talented writer or writers. A gifted writer was sensitive to 'automatization', or the slide of literary techniques into cliché, at the very moment when it began happening; he (to use the appropriate pronoun) could raise what Tynyanov called 'paraliterature' (*literaturnyi byt*) to the level of real literature. Despite the Formalists' own preferred term for their work, 'descriptive poetics', what they produced was really an interpretive poetics. Thus they were able to combine a detestation of biographical criticism ('laundry list scholarship') with reverence for the achievements of selected individuals – Derzhavin, Pushkin, Dostoevsky, Tolstoy, Tyutchev, Evgeny Baratynsky, and Konstantin Batyushkov (their main alteration to the canon of their own days at university was the admission of writers close to Pushkin, such as these last two). Women's writing was not explicitly accounted for in any of the evolutionary models, but in practice it was usually assigned to the status of 'paraliterature'. For example, Lidiya Ginzburg's authoritative study of nineteenth-century Realism, *On Psychological Prose* (1971), contrasted the talented *writing* of the political thinker and memoirist Aleksandr Herzen with the talented *personality* of his wife Natalya (also the author of autobiographical writings, but ones, Ginzburg apparently considered, of documentary rather than literary value).

The assumption of a hard-and-fast distinction between 'literature' and 'everyday language', 'literature' and 'paraliterature', effaced from view, in Formalist and post-Formalist criticism, the importance of mixed-genre texts in the work of women writers, such as the diary in verse (to be found in Rostopchina's work as well as that of Akhmatova), and the significance in women writers' work of paraliterary citations, such as references to everyday speech (for instance, the mundane comments of an unfaithful lover in Akhmatova's early poetry). And, while Formalist critics' disdain for biography was helpful to the study of women's writing in some ways (Eikhenbaum's brilliant 1923 study of Akhmatova, for instance, eschewed clichés about 'feminine poetry' in favour of a close reading of literary devices in her work), it meant that women writers could not be studied as women. Therefore, questions about whether literary devices had a different resonance when located in a text that was linguistically marked as feminine (by the use of feminine adjectives and verbal forms, say) remained unasked. Equally, the importance of biographical realia for many women writers (and indeed for male writers such as Blok and Mayakovsky, for whom the tortured masculine self was a major theme) was ignored. Akhmatova's *Poem Without a Hero*, her great retrospective narrative poem about the 'start of the twentieth century' in 1913, is quite incomprehensible without some knowledge of the personalities in the poet's circle, and the poet's own experience, just as is Tsvetaeva's *Poem of the End*; both Akhmatova and Tsvetaeva maintained personal cults of Pushkin not only as artist, but also as man, producing vehemently subjective and partisan accounts of his marriage to Natalya Goncharova. It is interesting to note as well that Tsvetaeva, in her essay 'The Poet and the Critic', mounted an open attack on Formalism, claiming that all her work was an attempt to represent the world and had nothing to do with 'formal tasks' in the abstract.

The 'Big Four' of Russian Poetry

Anna Akhmatova (1889–1966), Boris Pasternak (1890–1960), Osip Mandelstam (1891–1938), and Marina Tsvetaeva (1892–1941) were four of the greatest poets of the twentieth century. All four suffered persecution under the Soviet regime. Mandelstam died in a prison camp in 1938; Akhmatova's first husband, Nikolay Gumilyov, was executed in 1921, and her son and third husband were imprisoned during the Great Purges, as were Tsvetaeva's husband and daughter; Pasternak was subjected to vilification after the publication of *Dr Zhivago*, and the award to him of the Nobel Prize. At the same time, because all four (unlike, say, Nabokov) died in Russia, they could be discussed in public and republished during the post-Stalin era. In Western writings about Russian literature, the four are often grouped together as though they were members of a kind of informal but exclusive circle, something along the lines of the Bloomsbury group. Yet no group photograph or portrait of the four exists (in fact, there was never an occasion when all were in the same place at once). And while Akhmatova and Mandelstam were linked by lasting friendship, the same cannot be said about any of the others (Tsvetaeva and Mandelstam had a short-term affair, but lost contact after Tsvetaeva's emigration; Tsvetaeva and Pasternak's relationship was intense, but carried on by letter, and most of the emotion was on Tsvetaeva's side; Akhmatova and Pasternak felt at most wary respect for one another; Akhmatova and Tsvetaeva's relations were decidedly strained). On the other hand, there were several other figures who were close in one way or another to at least one of the group – for example, Vladimir Mayakovsky, a major influence on Tsvetaeva and the addressee of a tribute by Akhmatova. The association, then, is as much a matter of myth as fact, helped along by a line of Akhmatova's, 'There aren't many of us, three or four, maybe', and also, perhaps, by the musical parallels in this combination of two male and two female voices, all with their own distinct timbres – like a four-part ensemble in one of Mozart's operas, with Akhmatova playing mezzo to Tsvetaeva's soprano, and Mandelstam tenor to Pasternak's bass-baritone.

Women writers, then, did not necessarily fit any better into the analytical paradigms of Formalism than they did into politically engaged perceptions of writers as 'masters of minds'. Since Formalism was, from the early 1960s, once again to be the single most dominant trend in the serious study of Russian literature, among Western critics as well as Russian ones, the rise of gender-oriented criticism in Britain, America, France, and Scandinavia during the 1970s at first had little impact on critical practices or on university courses, even in the West. However, in the mid-1980s, a few Western Slavists, mostly in America, started to make a systematic attempt to recover work by women writers. Barbara Heldt's *Terrible Perfection* (1987) contrasted male writers' suffocating view of women's innate moral superiority with women writers' own struggle to represent a richer and more challenging understanding of female identity. The *Dictionary of Russian Women Writers* (1994), edited by Marina Ledkovsky, Charlotte Rosenthal, and Mary Zirin, brought hundreds of forgotten authors back to scholarly attention. By the late 1990s, the work of these and other writers had managed to create something approaching an alternative canon of Russian literature, one made up of women writers and shaped by a strongly individualist stress on self-assertion and self-examination (that is, on various forms of autobiography or fictionalized autobiography). Newly discovered or rediscovered writers included Karolina Pavlova, the early nineteenth-century poet Anna Bunina, the twentieth-century lesbian poet Sofiya Parnok, and the nineteenth-century prose writer Nadezhda Durova, author of the transvestite memoir *The Memoirs of a Cavalry Maid*. The priorities of gender criticism also inspired important re-readings of established writers, especially Tsvetaeva, who emerged as a pioneer of writing by Russian women about the female body.

At times, to be sure, a new kind of critical elision took place, this time of writers who could not easily be presented as proto-feminist rebels. A case in point was Rostopchina: one American feminist critic, for example, wrote of her 'inordinate preoccupation [with] parties and dancing' and her frivolous attitude to literature ('writing for her [. . .] had the appeal of an agreeable hobby'). Yet there are grounds for arguing that Rostopchina's pose of female dilettantism and modesty was in fact a way of facilitating entry to the potentially 'immodest' world of writing. In circumstances where the publication by women of literary work (as opposed to the production of poems, stories, and memoirs for circulation among close family and friends) was seen as tantamount to sexual exhibitionism if not prostitution, the adoption of a modest mask (a mask that was sometimes misleading in terms of a writer's actual character) was a form of social insurance, and one that could sometimes allow women to write with impunity on 'unfeminine' subjects.

At the same time, the historicist argument should perhaps not be pressed too far: a critical reading that limits itself to working within the intellectual universe of a given literary text *as consciously expressed*, rather than attempting to explore deeper shades of meaning and nuance, can turn into a tautologous paraphrase and runs the risk also of smoothing out aberrant or dissonant elements. If one sees Rostopchina's 'Pushkin's Notebook' as nothing more than a docile recognition of feminine inferiority (albeit one that was expedient, because it allowed Rostopchina to speak in the first place), one might miss the fact that, in describing women as 'bound' (*skovany*) by modesty, Rostopchina uses an adjective that was customarily applied to Prometheus, whose rebellion against patriarchal control had made him a model for pre-Romantic and Romantic young men, from Goethe to Shelley. It is perhaps unlikely that Rostopchina *intended* to compare herself to Prometheus; however, it is possible that her choice of vocabulary unconsciously took issue with the prevailing view of tortured genius as necessarily masculine. Obviously, it would be foolish to base an entire interpretation of the poem on this one word, but the example illustrates that even a studiedly conventional text may on occasion 'deautomatize' language. Wrenched from its customary context, a cliché is not necessarily a cliché.

It is this variety of feminist criticism, one sensitive to linguistic nuance in Formalist tradition but also to historical and biographical context, that began to be practised among some Russian and Western critics in the late twentieth century. By the late 1990s, too, there were beginning to be signs of a shift in the standing of women writers in their homeland. They still might not (with the exception of Akhmatova) have their monuments, or (with the exception of Tsvetaeva, or again Akhmatova), their museums, but writers were beginning to be republished in Russia, as well as outside: Sofiya Parnok, Adelaida Gertsyk, Alla Golovina, and Zinaida Gippius were only four of the writers who now had book-length editions to themselves. To be sure, suspicion of *feminizm* remained widespread, a hangover from the Soviet Union's cultural isolation (Russian writers and critics, unlike some of their counterparts in Poland, Yugoslavia, or the German Democratic Republic, had little direct access to Western cultural theory of any kind before the late 1980s), but also a result of ingrained suspicion of psychobiography; the feeling that *feminizm* was alien was not helped by the crudity of some early Russian attempts to propagandize it (blundering attacks on *Lolita* as pornography and the like). But as increasing familiarity with new kinds of cultural theory began to enliven and enrich the study of Russian literature inside Russia, which had endured something of a conceptual stasis for the last two decades of the twentieth century, and as the spread of post-Modernist ideas made the expression of a particular and partial, eccentric and individual, perspective a reputable choice for all writers, not just biographically female ones, a greater tolerance for women's 'marginal' explorations of the self became possible. Symptomatic was the appearance of a serious and careful discussion of Western scholarship on women's writing in the liveliest Russian literary-critical journal, *New Literary Review*, in 1997. All in all, the posthumous monument for which generations of Russian women writers had longed, an intellectual rather than a stone one, was beginning to seem, for at least some of them, a real possibility. Unlike some of the critical approaches discussed in this book, gender-aware criticism had never pretended to be the only proper or legitimate approach to literary texts, to offer final answers. It did not rank writers in terms of their 'progressivity' in feminist terms. But it could reasonably claim to have raised a new and interesting set of *questions*, and to have demonstrated (something that writers themselves had always known) that masculine and feminine identity was no more obvious or easy to understand than any other aspect of the human self as reflected in literature.

Chapter 7

'Every tribe and every tongue will name me'

Russian literature and 'primitive culture'

> The 'Russians' are no more than a group of specialists in the Russian language.
>
> (M. L. Gasparov, 2000)

'Monument' envisaged that Pushkin's name would be known not only in Europe, but in Asia. The poet predicted a readership from among Russia's subject tribes: the Poles ('proud descendants of the Slavs'), the Finns (the Grand Duchy of Finland had been added to Russia in 1800), the Tungus (now known as the Evenki, an indigenous people of Siberia), and the Kalmyks (from the area north of the Caucasus, on the shores of the Caspian Sea). Had Pushkin been gifted with the powers of geopolitical prophecy, he might have added the Uzbeks, the Kazakhs, and the Kyrgyz, since during the Soviet period compulsory Russian teaching in schools throughout the Soviet Union meant that the vast majority of citizens, whatever their ethnic affiliation, had heard the name of Pushkin.

The fact that the peoples of Central Asia are not included in Pushkin's list of 'tribes' is easy to explain: the first Russian conquests there took place only in the mid-nineteenth century, and the region was not fully subjugated until the 1880s. But the list was not exhaustive even in terms of the Russian Empire of Pushkin's day. 'The Finns' stand also for the Balts (Estonians, Latvians, Lithuanians), and the Georgians and Armenians are not mentioned. This selection of ethnic groups is not at all accidental. Reference to the Georgians and the Armenians, literate peoples with a long history of Christianity, would have unsettled Pushkin's representation of his poetry as a means of transmitting civilized values to savage peoples (the adjective 'savage' is in fact applied to the Tungus in 'Monument'). Entertaining a Byronic fascination with Oriental exoticism in his early twenties, Pushkin had, from the point at which he wrote *The Gypsies* (1824), taken an ironical view of this, seeking to play down picturesque differences of ethnicity. The conclusion of *The Gypsies* stresses the universality of moral problems:

> And everywhere are fatal passions,
> And there is no salvation from destiny.

An elder Gypsy proves an Enlightenment raisonneur who, quaintly, has even heard of Ovid (though not by name: he knows him only as a political exile banished from the Roman South to the Caucasian 'North'). Still more striking is the muting of local colour through detail chosen for its relative mundanity. The Gypsy retinue includes a shackled dancing-bear such as might have been seen in many Russian villages; it is Aleko, the outsider, who is a wide-eyed idealist, his Gypsy wife Zemfira who acts out of practical self-interest. Similarly, in his travelogue *Journey to Erzerum* (1829), Pushkin wearily recorded the tedious difficulties of passing through the Caucasus: the unreliable transport and rapacious drivers; the dirty hotels and unattractive women; the sustained hostility of the Turks and the Caucasian tribesmen. The heroism and uprightness of the invading Russian forces can only emerge to advantage by comparison; the emphasis on the prospect of salvation through military intervention is the major difference between this text and Alexander William Kinglake's *Eothen* (1841), the jaded tone being common to both. In the words of the linguist and scholar Peter France, *Journey to Erzerum* 'pulls the carpet from under the Romantic primitivism of much Caucasian writing [. . .] meant as a parody of Châteaubriand's *Itinéraire de Paris à Jerusalem*, it mocks the clichés of such travel literature'. At the same time, the text was in tune with the official ideologies of expanding Russian imperialism, according to which, in the geographer Mark Bassin's words, the 'stagnation' with which Asia was credited 'appeared to offer a suitably backward contrast to the creative and progressive dynamism of the West, a dynamism which Russia now claimed as its own'.

Yet so far as the imaginative world of Empire went, *Journey to Erzerum* was aberrant (as Pushkin himself seemed to sense: the text was published only in part before his death). Jean-Jacques Rousseau's belief in the 'noble savage' still seduced many in the 1830s and 1840s; and the search for the exotic that characterized Romantic literature everywhere was, in Russia turned inward and applied to those parts of the Empire that had been colonized recently enough to have maintained a strong and sometimes threatening local identity. Of these, the most attractive were the Crimea, and especially the Caucasus, which had the virtue of combining an 'Oriental' flavour with the spectacular scenery that had attracted Western searchers for the picturesque to the Alps. Pushkin himself, in *Prisoner of the Caucasus* (1822) and *Fountain of Bakhchisarai* (1823), had relocated Byronic dramas of erotic fascination and cultural entanglement from the Ottoman Empire to the Crimea and the Caucasus. Of the two texts, the more seductive for many modern readers is *The Fountain of Bakhchisarai*. The central conflict (a jealous intrigue in the harem) is not only more fully developed in psychological terms, but lays bare powerful myths about women as the symbols of national identity (a fiery and dusky Georgian is pitted against a virtuous blonde Pole, as symbol of Western Europe). Moreover, the verse is not only beautifully lush but free of the Byronic cliché (mountains as 'kings of the wilds', and so on) that is calqued in *Prisoner of the Caucasus*. But it was the latter poem that was the more significant for Pushkin's contemporaries: indeed, the poem can be said to have initiated the literary 'discovery of the Caucasus'. Readers were enraptured by the lengthy descriptions of customs, dress, and manners (borrowed from printed sources, but interpreted at the time as first-hand ethnography), and the mysterious, impassive hero whose strange malaise is healed by his stretch in picturesque capitivity. The poem, in the words of Susan Layton, author of a pioneering book on Russian colonial texts, encouraged a 'restorative tourism focused on the self', setting out a 'romantic imaginative geography' of Russia's South that was to be drawn upon by countless other writers during the next three decades. Undoubtedly, Pushkin's own exotic origins on his mother's side (his great-grandfather Hannibal, 'the Moor of Peter the Great', was an African) helped establish his credibility as the portrayer of this 'imaginative geography': the publishers of the first edition of *A Prisoner of the Caucasus* used a swarthy, 'Moorish' picture of Pushkin as a child to illustrate the book. (Ill. 17.)

As this case shows, publishers, critics, and readers were apt to confuse authors and heroes, a confusion against which the author's preface to Lermontov's *Hero of Our Time* (1841) issued an irritable and timely warning. Partly this was because the myth of 'restorative tourism' itself tended to play on disguise motifs. John Buchan's Sandy Arbuthnot (Scottish gentleman, 'Greenmantle', and dervish prophet) and Rudyard Kipling's Mowgli, brought up by animals, had a quaint precursor in the eponymous hero of Aleksandr Bestuzhev-Marlinsky's *Ammalat-Bek* (1832), the perfect tribesman who was in fact Russian by descent. The ultimate figure of Russian Orientalist fantasy was the Circassian, a mountain man and daredevil rider of astonishing bravery, leading a life of frugal pastoralism enlivened with bandit raids. This alternative world was not at all like the dangerously effeminate sphere of the bathhouse and the harem that was evoked in *The Fountain of Bakhchisarai*, enclosed and self-indulgent, or like the Russian Orientalism of the eighteenth century, lambasted by Derzhavin in his masterpiece of irony *Felitsa*, which showed the grandees of Catherine's court lolling on velvet sofas in their silk robes, puffing at hookahs. The appeal of 'manly' and incorruptible Circassians to nineteenth-century Russian travel writers

17. Igor Geitman, engraving after anonymous drawing of Pushkin as a small boy. Heavy cross-hatching gives Pushkin a dark-skinned, 'African' appearance.

closely resembled the cult of the Bedouin among British visitors to Arabia in the first half of the twentieth century (for example, T. H. Lawrence and Wilfred Thesiger). The characteristic Romantic fascination with what could not be obtained applied itself here to the relationship between cultures as well as that between men and women: the ultimate object of desire perpetually defied possession. At the same time, tribes who resisted the project of colonization in which writers were themselves embroiled lent especial lustre to the process of subjugation: the valour of the invaders enhanced in proportion to the dangers associated with invasion. In the words of Susan Layton, the Caucasus was not only a 'redemptive space', but also a 'killing field', the ultimate testing ground for the Russian officer's sword of honour.

At the same time, the more thoughtful Russian writers sensed subtleties and contradictions in Russia's relationship with 'subject peoples' that made them eschew costume-dramatic representations of the confrontation between 'civilization' and 'savage'. A case in point was the representation of the Cossacks, the traditional defenders of Russia's borderlands (in Gogol's fervently nationalist novel *Taras Bulba* they were shown holding the frontiers of Russia and Orthodoxy against the perfidious Poles). Contrary to nationalist myth, Cossack settlers in the Caucasus, rather than defending the front line between Russians and other ethnic groups, demonstrated how permeable it was. As a recent historian, Thomas Barrett, has wondered, 'How "Cossack", for example, was Lakov Alpatov of the Cossack village of Naur who twice fled for the mountains, converted to Islam, and formed a thieving band of Chechens and Cossacks in the 1850s that robbed farmsteads, stole cattle, and took captives, not only from Cossacks but also from Kalmyks and Nogais well into the steppe?'. These tensions of identity figure also in Tolstoy's novella *The Cossacks*, in which the protagonist, Alpatov, finds himself confronted with a culture that is just as 'Oriental' and insusceptible to the gaze of the outsider as a community in Turkey or Egypt might have been. And if here the boundary between 'Orient' and 'West' had simply moved slightly further eastwards (separating Alpatov,

18. A Circassian warrior: here the manly hero is portrayed by a nineteenth-century British artist.

the city-dweller, from tribal culture as represented by local settlers, rather than local settlers from tribal culture), other texts called the very existence of such a boundary into question. The most original and touching character in Lermontov's *Hero of Our Time* is not the splenetic Pechorin, a close descendant of Benjamin Constant's *Adolphe*, but the inarticulate and intellectually commonplace Maksim Maksimych, a low-ranking army officer whose knowledge of local conditions has given him not only a brusque intolerance of 'lazy natives', but also an exquisitely tactful sensitivity to local beliefs. On the death of Pechorin's short-term Circassian mistress Bela, it is Maksim Maksimych who not only makes the practical arrangements for the burial, but who offers a moving epitaph to Bela herself:

> We buried her behind the fortress, by a stream and near the place where she was sitting that last time. Now the bushes have grown up round her grave, white acacia and elder. I wanted to put a cross up, but, well, you know, I felt a bit uncomfortable about it; after all, she wasn't a Christian . . .

There is a grating contrast between this passage and Pechorin's formulaically cynical verdict on Bela when he has tired of her: 'The love of a female savage is scarcely more appealing than that of a young lady of high society: the ignorance and simplicity of the one grow as boring as the coquetry of the other.' Even Pechorin's response to Bela's death is stereotypical: in the words of Maksim Maksimych, 'He raised his head and laughed . . . That laugh raised goosepimples all over me.' For all Pechorin's tribal play-acting, he remains as distant from the spirit of the mountains and from that of their inhabitants as does the dilettante 'travel writer' narrator who discovers Pechorin's journals and decides to make a literary sensation by publishing these, and who provides the second layer of commentary in Lermontov's multi-perspective novel.

Lermontov's novel, then, juxtaposed the Romantic dandy's pose of assimilation with the mundane man of action's respect for difference,

19. A Cossack soldier. Note the 'orientalized' appearance of this man and his wife, portrayed by a minor nineteenth-century Russian artist.

and the metropolitan gentleman's mourning of the supposedly impassable barrier between ethnic groups with the lower-class settler's conviction that such a barrier was an illusion. At the same time, Pechorin's own confrontation with the Caucasus and the world of the Orient was not straightforward: it ended with his death in Persia, and before that he was repeatedly threatened with physical and mental disintegration. As Susan Layton has pointed out, Russian writers found it more difficult to believe in the 'alterity of Orient' than did their counterparts in Western Europe (with the exception of Spain, one might add), because of their country's absorption of waves of invaders (the Pechenegs, the Tartars) and the assimilation of 'Orientals' into their own culture.

The labile, fluid character of Russian national feeling was never more clearly indicated than in the publication of the merchant Afanasy Nikitin's remarkable fifteenth-century account of his visit to India, *Voyage Beyond Three Seas*, in Karamzin's epoch-making *History of the Russian State* (1818). At the heart of a history that celebrated the creation of a puissant Russia stood a text ending with an almost exact transcription of the prayer spoken by converts to Islam. The publication of Nikitin's narrative in Karamzin's showed the uncertainty at the centre of Russian national identity and illustrated how the result of contact with 'the other' could be a sense of Russia's closeness to the East, rather than of the gulf between Russia as part of Europe and the further territories.

This sense of closeness had resonance not only in the foundation, during the 1820s, of an outstanding tradition of scholarly investigation directed at the languages and cultures of the Eastern Empire, but also in philosophy and in artistic representations, culminating in the 'Eurasianism' of the early twentieth century. Blok's important cycle of lyric poems 'At Kulikovo Field' (1908) was a highly original interpretation of a famous victory over the Tartars in 1380, a battle as crucial to triumphalist national history as Borodino (or, in English tradition, Agincourt). The imagery of Blok's cycle recalled not only the *Zadonshchina*, a late fourteenth-century text celebrating the victory at Kulikovo, but also *The Lay of Igor's Campaign*, a still more famous twelfth-century text eulogizing a glorious Russian defeat. This intertextual double-exposure was only one of many layers of ambiguity in a text whose perspective slipped between the fourteenth century and the time of its composition, and which – as was revealed by Blok's contemporaneous essay 'The People and the Intelligentsia' – was also intended as a lament for the 'infrangible boundary' between the 'Tatar' intelligentsia and the 'true Russian' lower classes.

In a sense, then, one could see Russian literature as at once colonial and post-colonial, speaking simultaneously from the viewpoint of conqueror and conquered. Nikolay Trubetskoy, the most original thinker in the Eurasian group, took a militantly relativist attitude to European culture – 'European culture is obligatory only for the group of nations that created it' – which was very much in the spirit of *négritude*, the self-assertion movement among Francophone African and West Indian intellectuals in the 1940s, and of African-American philosophy as well. For Trubetskoy, the diversity of Russian culture was a source of pride, as was the racial mixture in the Russian Empire. So far as landscape was concerned, though, the Eurasian sensibility was attracted to the familiar rather than the exotic. It was the steppe, rather than the impassable mountain ranges of the Caucasus, that had become the preferred imaginative space. Rivers, the only borders in the steppe, were seen not only as 'infrangible boundaries' between battle-lines, but also as frontiers that might be crossed by stealth, or used as trading routes. Exactly so was the Russian language, the primary symbol of national difference for a Westernized Russian such as Turgenev, now seen as permeable to the East, distinguished from other Slavonic languages by its capacity for absorbing Turkic loan-words and phonetics.

Ten years after writing 'On Kulikovo Field', Blok himself moved from seeing tragedy in the binary inheritance of Russian culture, 'Tatar' and

'Russian', to seeing this as a source of strength. His 1918 poem 'Scythians' (quoted here in Robin Kemball's translation) celebrated a tribe that had been seen since classical Greek times as the epitome of vigorous barbarism. The Scythians stood for the resurgent life of Russia, traditionally the bulwark against incursions from the East, but now threatening to overwhelm enfeebled Western civilization with its hybrid vitality:

> So, Russia – Sphinx – triumphant, sorrowed too –
> With black blood flows, in fearful wildness,
> Her eyes glare deep, glare deep, glare deep at you,
> With hatred and – with loving-kindness!
> Yes, so to love, as lies within our blood,
> Not one of you has loved in ages!
> You have forgotten that there is such love
> That burns and burning, lays in ashes!

The 'Scythian' side of Russia was implicitly associated, in Blok's representation, with the creation myth of the Russian Revolution, understood by the poet in his first and enthuasistic response to it as a coming to power of the formerly oppressed, 'barbarous' underclasses. The association was not peculiar to Blok. The history of representation of the East was intimately intertwined with that of representation of 'the people' (*narod*, a noun signifying both 'people' and 'nation'). In a culture where, as late as 1897, only 21 per cent of the population was literate, the divide between 'civilization' and 'barbarism' had sometimes been understood to map on to the division between 'Westernized' and 'native Russian'. With the rise of the Slavophile movement in the 1830s, the idea that cultivated Russians were foreigners in their own country became a cliché in literature and in journalism. There was a realization that the discovery of uncorrupted exoticism did not always require a visit to the Caucasus: it could also be found in the Russian countryside. In the 1820s, some Russian Romantic writers, like their counterparts in other European countries, began to see folk tales and folk songs as a source of inspiration for literary endeavour. At first, it was the motifs and plots, rather than the language and structure, of folkloric texts that provided the inspiration. Some of Pushkin's tales on folklore subjects (*skazki*), such as 'The Tale of the Priest and his Worker Balda' (1830), paraphrased subjects from oral tradition (the poet had himself noted material from informants when staying on his estate at Mikhailovskoe in the late 1820s) and were composed in a genteel approximation of popular speech. But others, such as *The Golden Cockerel* (1834), were taken from Western European sources, were written in verse rather than prose, and used the vocabulary and inflections of educated conversation. Like his fairy-tale narrative poem *Ruslan and Ludmilla* (1820), and like verse tales by his contemporaries and successors (for example, Pyotr Ershov's *Little Hunchback Horse*, 1834), Pushkin's *skazki* had the charming artificiality of Charles Perrault or Jeanne L'Héritier's reworkings of French folklore, such as *The Sleeping Beauty* and *Beauty and the Beast*.

But the actual daily life of the Russian peasantry – beset by disease, poverty, poor to non-existent education, and (before 1861) enserfment – did not incline writers to witty brilliance. On the contrary, from the late eighteenth century, Russian literature had a sentimental preoccupation with the sufferings of the Russian peasantry at the hands of cruel or callous landowners. The customary symbol of the dashing Russian officer as the romantic pioneer of civilization in the Caucasus had its antipode in the figure of the exploited lower-class woman, as evoked in, say, Karamzin's story *Poor Liza* (1792), showing a peasant girl betrayed by a selfish young man from the upper classes. To be sure, Pushkin's story 'The Station-Master' in his *Tales of Belkin* (1829) suggested that the relationship between an upper-class man and his mistress from 'the people' might be based on affect and mutual contentment rather than one-sided exploitation. But this was, from the point of view of the Russian radicals who began to dominate Russian literary production in the 1840s, not a tenable suggestion. Indeed, in the 1840s and 1850s serfdom was seen even by some conservatives as an institution that was intrinsically wrong. And in 1851, the radical poet Nikolai Nekrasov, the most talented among politically committed authors of verse, made a degraded and beaten peasant woman the symbol of his verse and emblem of his social sympathy:

> But early lay heavy upon me the shackles
> Of another, untender and unloved Muse,
> Of the sad travelling-companion of sad beggars,
> Beggars born for struggle, suffering, and labour –
> Of a weeping, lamenting and hurting Muse,
> Perpetually hungry, pleading in degradation,
> Whose only idol was gold.

The Emancipation of the Serfs in 1861 did not mitigate the emphasis on rural misery but rather enhanced it. To be sure, some writers, such as Tolstoy, took a Utopian view of the new relationship between landowners and peasants. The scenes on Lyovin's estate in *Anna Karenina* (1876–8) show the patriarchal peasant household as a model for a successful family in which husband and wife have complementary and fulfilled lives. Two decades before, in his 'Landowner's Morning' (1851), Tolstoy had shown an enthusiastic young Russian gentleman trying to introduce rational work methods to his serfs: now Lyovin learned from his freed peasants not only how to mow, but also how to look at life. Having been unable to allay his suicidal frustration by studying philosophy and theology in books, Lyovin was finally set on the path to equilibrium by hearing of the attitude to life of an old peasant who 'lived for his soul and remembered God'.

But eulogization of rural life was possible only in conditions where peasants' land-holdings afforded them a tolerable existence. The chaotic process of land reform not only bankrupted many landowners who had lived on estate incomes before 1861, but also subjected peasants to economic uncertainty, leaving some worse off than they had been before the reforms. A single bad season could spell destitution and famine. All of this was observed at close quarters by the educated employees of the new post-Emancipation institutions of rural administration, the *zemstva*, such as doctors and teachers, many of whom were sympathetic to Populism (*Narodnichestvo*), a movement aimed at bringing education and political enlightenment to 'the people' but also (and paradoxically) at preserving the traditional practices and values of peasant life. A flowering of ethnography (the systematic collection of folklore and recording of material culture and daily life) was accompanied by a burgeoning of fiction rich in ethnographical detail, but also in social pessimism. The critical-realist stories of writers such as Gleb Uspensky, Nikolay Uspensky, Valentina Dmitrieva, and later Vsevolod Garshin, Vladimir Korolenko, and Ekaterina Letkova, painted an unremittingly bleak portrait of the Russian village. The degradation represented was so extreme that it raised questions about how this could possibly be mitigated by social reforms. A later and particularly grim example of this tradition was Chekhov's story 'The Peasants', which went down extremely badly with populists of a more idealistic colouration, such as Tolstoy. In Chekhov's imaginary village, with its rubbish-strewn stream, squalid huts, and brutal human relationships, the only event distracting from the daily grind was an annual religious procession, received with a pious and hysterical fervour that had absolutely no relevance to the tenor of life for the remainder of the year. Significantly, the only 'human' characters in the story were a waiter and his family who had returned from years of life in the city.

The sense of rural devastation, of what was often termed the 'bestialization of the people', prompted a search for the picturesque in the far North of Russia, which had remained relatively untouched by serfdom and which was saved by its remoteness from the seasonal migration to cities that had (in the eyes of many Populists) tainted the regions nearer to Moscow and St Petersburg with urban ways. It was here above all that folklore collectors searched for the rituals, celebrations, spells, songs, and tales that they believed preserved traditions stretching back to pre-Christian times. But the region from which material emanated was in the end less important than its character. Writers of the late nineteenth and twentieth century, who sometimes collected ethnographical material themselves as well as turning to published anthologies of such material, were attracted above all by texts that underlined the difference between town and countryside. In the Symbolist poet Valery Bryusov's vivid story-monologue 'Masha', for example, the narrator was a peasant girl for whom traditional folkloric figures such as the house spirit were absolutely real physical presences:

> Oh, Ma'am, you can't imagine how good it is living in Yaroslavl, the only thing that worries you here is the conmen, but in the village there's so much to be afraid of: courtyard spirits, and house spirits, and demons, and arch-demons. Outside in the courtyard there's a spirit, and inside the house there's one too; the spirit in the courtyard has a face on him like the master's, and the one in the house is all hairy. If anyone goes out to feed the horses after nine, then the courtyard spirit, he spies it straight away. You can't just go out like that, you have to cough first . . .

As this example indicates, the language of narration was now as important as the material cited. The vitality of much early twentieth-century Russian prose was derived directly from popular speech (*prostorech'e*). The favoured genre was a first-person narrative that eschewed the norms of educated speech (this type of narrative was to be retrospectively named *skaz* by Russian Formalist critics: see for instance Boris Eikhenbaum's 1918 essay 'The Illusion of *skaz*'). Before the Revolution, the most outstanding exponent of *skaz* was Aleksey Remizov, whose more successful imitators included Evgeny Zamyatin and Olga Forsh. After the Revolution, though, the Remizovian school, whose procedures might be described as 'dialect ornamentalism', went into something of a decline, the causes of which lay not only in Remizov's emigration (he left for Berlin in 1921 and later settled in Paris), but also in the determinedly pro-urban standpoint of the early Soviet regime. However, *skaz* persisted in transmuted form. The working-class narrators of Mikhail Zoshchenko's stories, such as 'The Bathhouse', spoke in a patchwork of mangled clichés taken from political discourse of the day ('This isn't the Tsarist regime, you know!') and popular language of quite a different kind (*grekh odin*, literally 'nothing but sin', but approximately equivalent to 'no peace for the wicked'). And their structure drew on traditional folk narrative patterns, such as triple repetition (the narrator of 'The Bathhouse' tries three times to get hold of a wash-tub for himself) and the use of a rhetorical formula to begin and end the narrative and mark it off from surrounding speech ('The Bathhouse' starts with the wonderfully surreal sentence, 'They say, lads, that in America the bathhouses are ever so excellent'). At the same time, Zoshchenko's characters were more than sociological studies: they were also masks for the writer himself. As the literary critic Alexander Zholkovsky has argued, the constant social and sexual failures of the writer's fictional protagonists played on obsessive motifs in Zoshchenko's psychoanalytically inspired autobiography, *Before Sunrise*; rather than laughing at the inarticulacy and inadequacy of those he had invented, Zoshchenko was using their helplessness to render decent the exploration of his own self. One could add that his stories were quintessentially Modernist not only because they 'made the world strange' (to adopt the term used by the Formalist literary theorist Viktor Shklovsky), but also because they expressed a profound philosophical pessimism about the communicative function of language. The fact that Zoshchenko's main characters are so often not understood, so frequently *baffled* (in all senses) by the responses of others, reflects not only the petty tyrannies of early Soviet life, but the urban isolation that gripped those living in the world of Daniil Kharms, or indeed Samuel Beckett.

Just so in poetry, the sociological, aesthetic, and philosophical functions of *skaz* intertwined: folklore was no longer kept at one remove but used in order to assault old concepts of appropriate behaviour and expression. Tsvetaeva's verse tale *The Tsar-Maiden*, for instance, was a transexual narrative representing the love of an aggressive, manly princess for a mild-mannered young princely aesthete; *The Swain* showed the union of a peasant girl and vampire-lover as a sublime erotic experience. For Tsvetaeva, as for several other Symbolist and post-Symbolist women poets, appropriation of folklore was a means of breaking away from the constraints of 'women's poetry' in a traditional sense – poetry of unhappy love, elegant narcissism, and self-effacing creativity. Her poem 'The Muse' represented a woman at the borders even of rural society, a vagrant, perhaps even a drab and an outlaw:

> No birth, no marriage certificates,
> No forefathers, no 'bright falcon' [i.e. young man].
> She goes tearing along,
> Such a distance away!
>
> Under the dusky eyelids
> [Glows] gold-winged fire.
> With a wind-beaten hand
> She snatched – and forgot.
>
> Her hem trails in the dirt,
> Her shoes gape apart.
> Not wicked, not kind,
> But far-off: her own woman.

Without 'certificates' (of birth, of marriage), without a man to ensure her respectability, and with her hem trailing in the dirt (a proverbial image of sluttishness in the sexual sense too), Tsvetaeva's Muse could not have been more different from the decorous muses, with impeccable literary credentials, that figured in Akhmatova's poetry. What is more, here, as in Tsvetaeva's work as a whole, the polarization between 'acceptable' rural folklore and 'vulgar' urban folklore that ran through much work by other nineteenth- and early twentieth-century writers broke down. (Indeed, Tsvetaeva's imitations of the 'vulgar' genre of street ballad in her poetry of the early 1920s were considerably more refined than her poems drawing on rural folklore.) However, the poem is marked by the stylistic features that characterized Modernist pieces in the folkloric style: fixed epithets ('gold-winged fire'); negative constructions ('not wicked, not kind'); and the use of parallelism (see particularly the 'hem' and 'shoes' of lines 9–10). At the same time, the poem was a self-portrait, a statement of the poet's right to defy convention, to exist beyond the official scripts of 'birth and marriage certificates'.

The fact that Modernists' work in the folk style was much closer to authentic rural popular culture than the writings of the Russian Romantics was one reason why the early twentieth century also saw poetry by actual members of the Russian lower classes enter the literary mainstream for the first time. Where nineteenth-century 'peasant poets', such as Aleksey Koltsov, had been incidental curiosities, their twentieth-century successors, above all Nikolay Klyuev, were formidable aesthetic and intellectual presences. Klyuev fused the dialect and natural phenomena of the far North, his birthplace, with esoteric Eastern philosophy, the theology of sects such as the Flagellants and the Self-Castrators, and citations of epic from Finland to North America. His was an extraordinary and individual artistic vision, where death was 'a squall/rumbling on foam-filled wagons/to life's outer shore', where the classical muse was replaced by a skylark, or a whale breasting the Arctic swell, and where Lenin, a 'cedar frost in Spring', was evoked as emotionally as 'the crystal voice of whooper swans'. For his part, Klyuev's contemporary and sometime comrade-in-arms Esenin, though a less considerable poet, was, forty years after his death, to become the most popular poet in Russia, with a poem that lamented the loss of youth vanishing 'like white smoke from the apple trees' sung to the guitar in millions of hostels and private flats.

By and large, though, it was intellectual writers looking for alternative material, including a significant group of upper-middle-class women (Zinaida Gippius, Adelaida Gertsyk, Marina Tsvetaeva) who immersed themselves in folk lexis and in popular tradition. The proletarian poets of pre-revolutionary worker journals and post-revolutionary Proletcult groups inclined to a stylistically conventional late Romanticism of foundry sparks and burning furnaces. And Socialist Realism made incumbent on writers the use of a style that would be 'accessible to the mass reader' rather than based on the putative language of that reader in his or her pre-educated state: this curtailed experiments in *skaz* in prose and poetry alike. By the time that literary adventurousness resurfaced again, in the 1960s, the majority of the Russian population was living in towns, and rural Russia (transformed by mass literacy, radio, and later television) was no longer the storehouse of 'folk culture' it once had been. But *skaz* of a Zoshchenkian kind (based on urban popular speech) began to enjoy some popularity again, particularly among writers not publishing in Soviet official sources (where prohibitions on use of 'obscene language', that is, the swear-words found in just about every sentence of real popular speech, meant that street language could appear only in bowdlerized form). It was employed not only in neo-Realist studies of the Soviet and post-Soviet underworld, but also in texts of greater literary and philosophical ambition, such as Yuz Aleshkovsky's revenge narrative, *The Hand* (1980), in which the narrator's disgust at the official who purged his family during collectivization juxtaposes the miraculous beauty of the man's possessions to their owner, apostrophized as 'you heap of shit'.

Much of the discussion in this book has emphasized the centredness of Russian literary tradition, as expressed in the demands made by generations of critics that writing should serve a serious purpose, and in the dominance of an enduring canon of great writers celebrated by memorials, informal commemorations, and by successive educational systems. In Chapter 6, I argued that this centredness placed women writers at the borders of their culture, made them provincials in terms of the literary heritage, as it were. This chapter has shown that centredness had its limits. To be sure, Russian writers of the nineteenth and twentieth centuries inhabited an imperial mindset, one in which non-Russians were often seen as colourful ethnographical exhibits, as examples of quaint or amusing otherness. Yet at the same time, the geographical peripheries of empire, in particular 'the East', could serve to unsettle reflective Russians' conviction of their own identity, leading them to question the nature of distinctions between 'East' and 'West'. And in the second half of the nineteenth century, a search for the exotic *inside* Russian culture became common, with folklore now seen as a repository of attractively barbaric themes and language, rather than a store of material that had to be 'genteelized' before it could be admitted to polite culture. This transformation of the standing of folklore in turn allowed writers from beyond the educated male elite (peasants, women, ethnic minorities) to profit from their own marginality, to exploit a situation where 'provincialism' (in the transferred sense used above) became a mark of distinction, rather than a sign of inferiority.

Chapter 8
'O Muse, be obedient to the command of God'
The spiritual and material worlds

> Monuments don't turn out well in Russia (the ones to Nikolay Gogol and so on). That's because the only tolerable kind of monument we seem to be able to build is a chapel, with an icon lamp perpetually burning for 'the servant of God Nikolay'.
>
> (Vasily Rozanov, 1913)

In Pushkin's writing generally, God is not usually as prominent as he is in 'Monument'. Notable, for example, is the omission of any aspect of Christian belief or practice from *Evgeny Onegin*, including even the Lenten fasting and Easter feasting that would have been annual events in the household of a real-life Larin family. (In the 1850s, a British visitor to Russia described Holy Week as a time when 'the only sound that from time to time broke the mournful stillness which reigned throughout the house was the monotonous voice of the priest'.) A carefree Voltairean in his early days, Pushkin was later embarrassed by his youthful godlessness (as is indicated by his attempts to remove his irreverent poem about the Virgin Mary, *The Gabrieliad*, from circulation). Yet he also belonged to a generation where the eighteenth-century mistrust of religious 'enthusiasm' was strong. Unlike his sister Olga, a fervent believer and the author of religious poetry in French, he did not incline to explicit statements of faith. To be sure, the theme of imminent death figured largely in his later poems, some of which, such as 'Whether I wander along the noisy streets' (1829), see choosing a resting-place as the only way in which the will may be exercised. And several poems of 1836 juxtapose worldly power and religious feeling, which latter draws in the lyric hero despite his strong sense of personal sin (as the critic Sergey Davydov has argued, there is strong reason to suppose that these poems, including 'Monument', may have formed part of a poetic cycle round the theme of Holy Week).

Like most aspects of Pushkin's creation, the question of the extent to which the writer was an active believer is controversial. It became particularly so once Soviet censorship disintegrated: at this point the patriots who had fulminated against Andrey Sinyavsky's *Strolls with Pushkin* as a profanation of the writer's memory began an all-out promotion of Pushkin's Orthodox connections, using books, articles, pamphlets, and a specialized journal, *The Pushkin Era in the Light of Christian Culture*. It was above all Pushkin's late poetry of repentance that was used as evidence here. But the desire for faith that these texts unquestionably did express is not the same thing as religious faith in a direct sense. There seems little to justify even the more moderate claim for Pushkin as an instance of how 'theology in Russia [. . .] expressed itself through poetry'. Rather, he was a crucial figure in the creation of a secular Russian literature. His great poetic predecessors, Lomonosov and Derzhavin, were not only inspired directly by liturgical texts (as in Derzhavin's remarkable paraphrases of the Psalms), but built their grandest poetic edifices on a foundation of the liturgical language, Church Slavonic (so, for example, in Derzhavin's 'The Waterfall', a profoundly Christian meditation upon the transience of worldly power). Such magnificent sententiousness and theological self-declaration is not to be found in Pushkin's writings; indeed, the extent to which he was an active believer is neither evident nor, in the end, relevant, except perhaps to those the leftist writer and critic Osip Brik termed 'maniacs such as those passionately seeking the answer to the question "Did Pushkin smoke?" '. If Belinsky and his radical colleagues could consider Pushkin an 'encyclopedia' of Russian life, this was partly because spiritual matters were as marginal here as they were in the French

Encyclopédie. Bypassing Pushkin, the Russian tradition of metaphysical poetry was revived, after Derzhavin, by Pushkin's contemporaries Evgeny Baratynsky and Fyodor Tyutchev; it then resurfaced again – after decades of dormancy – in the 1890s, most notably in the poetry of the religious philosopher Vladimir Solovyov and his successor Vyacheslav Ivanov.

Pushkin's prose was still less accommodating to mystical matters than his poetry. His great contemporary, Nikolay Gogol, was far more openly pious, as was reflected, for example, in his moralistic correspondence with his mother and sisters. Yet even Gogol's beliefs remained curiously marginal to his works. To be sure, some of his stories have an affinity with Christian parable. Both *Old-World Landowners* (1835) and *The Overcoat* (1841) are intimately connected with an ascetic Christian critique of self-gratification and the accumulation of material possessions: in both, the 'mistake' made by the characters is not to 'lay up treasure in heaven', not to prepare for the inevitable day of divine judgement. But both texts, like Gogol's great novel *Dead Souls* and his play *The Government Inspector*, were the product of a talent that found sinfulness easier to imagine than virtue. The main character of *The Overcoat*, the pathetic Akaky Akakievich, with his scatological name (*kakat'* is a childish word for defecation, 'to cack') and his haemorrhoidal complexion, was a walking vision of fleshly disgust, someone who, like the characters in *Dead Souls*, was a corpse in Christian terms long before his death.

The search for an Orthodox revival in literature emerged in theory before it did in practice, then. It was expressed not only in Gogol's treatise *Selected Passages from Correspondence with Friends*, but also in the work of writers associated with the 'Slavophile' movement of national conservatives that began to emerge in the late 1830s – Ivan Kireevsky, Aleksey Khomyakov, and Konstantin Aksakov. Where radical writers were rabidly secular in their tastes, the Slavophiles looked back nostalgically to Russia before the time of Peter the Great, when, so they believed, religion had infused every aspect of secular life. The fact that imaginative literature was itself a Western concept (as I mentioned in Chapter 2, textual production in medieval Russia was dominated by ecclesiastical needs) did not worry the Slavophiles, since they believed it was possible to combine the best features of Western and native Russian 'enlightenment' (*prosveshchenie*). The culmination of their ideas, in a literary sense, was the work of Dostoevsky, a socialist sympathizer transformed by the experience of mock execution and incarceration in a labour camp into an Orthodox believer, a conservative, and by far the greatest 'theological' writer of the nineteenth century. The memoirs, novels, and stories that Dostoevsky wrote after his return from Siberian exile were not 'religious' merely in the sense that they focused upon themes of transgression and repentance, or topical issues such as the reform of the church courts, or because they included characters who were believers. They were also permeated by religious concepts that shaped structure and plot as well as appearing in arguments, most importantly *sobornost* (a term coined by Khomyakov to describe a social unity modelled upon that of the *sobornaya tserkov*, the phrase used for 'Holy Catholic Church' in the Orthodox Creed) and *kenosis* ('emptying out', a term denominating the striving to commune with others, to the point of self-loss). Both of these concepts were central to Dostoevsky's final and most obviously Orthodox novel, *The Brothers Karamazov* (1879–80). They underlay the portraits of Alyosha Karamazov and of his teacher Zosima, whose godly death was a counterbalance to the brutal parricide at the heart of the novel. They were also at the heart of the Fable of the Grand Inquisitor, where the Inquisitor himself spoke for a utilitarian, 'Western' view of Church power working in the world to right material injustice, while the silent Christ stood for spiritual probity of a non-interventionist, contemplative kind.

At some levels, then, there could scarcely be a more instructive contrast in styles than between Pushkin and Dostoevsky. On the one hand, there is *The Brothers Karamazov*, a sprawling, immensely ambitious study of the nature of belief, if also of the nature of doubt (there is passionate conviction in the agnostic Ivan Karamazov's refusal to acknowledge the goodness of a deity who tolerates suffering on the part of the innocent). On the other, there is *The Queen of Spades*, a brilliant miniature in which the existence even of the supernatural in a low-level sense, let alone of God, is open to question, and in which the Church figures only in the form of a worldly priest whose lip-service to the moral qualities of the dead Countess in his funeral oration is in ironic contrast to her querulous and egotistical character in life. Dostoevsky's admiration for Pushkin (even a Pushkin made in his own image) seems at first mysterious. Yet the two tales do have much in common, and not just because Pushkin's frivolous *beau-monde* is the world in which Elder Zosima has moved before his conversion. Similar, too, is the matter-of-fact, even homely, attitude to the uncanny in both texts. The dead Countess's appearance to Hermann in *The Queen of Spades* (whether as hallucination or ghost is unclear) is preceded by 'a shuffling of slippers'; the Devil who appears to Ivan in *The Brothers Karamazov* is a disagreeably chirpy middle-aged man whose mediocre brown suit suggests a middle-ranking provincial civil servant, the Evil One as pen-pushing bureaucrat.

The other world as seen here is, in the words of Svidrigailov, Raskolnikov's sinister double in *Crime and Punishment*, hell as 'a bath-house full of spiders'. The chilling sense of a sort of parallel universe of banality and boredom recurs in Daniil Kharms' absurdist stories of the 1930s, here acting as a counterweight to the synthetic 'heaven' of Socialist Realist myth. It is present once more in the figure of Quilty from *Lolita*, a travesty Doppelgänger whom Humbert Humbert cannot throw off, any more than Ivan can his horribly bonhomous devil. In all these texts, the sense of hellish claustrophobia retains its hold, but in each it is modulated quite differently. It never hardens into stereotype, unlike the view of everyday life as a domain of inescapable banality, an impediment to intellectual activity, which gives many Russian texts, from Chernyshevsky's *What is to Be Done* to the final part of Pasternak's *Doctor Zhivago*, a strange vacancy at their heart, with specific settings treated as though they were of no more consequence than the standard fittings of a station waiting room before a train is boarded to head off somewhere more interesting. The most vivid evocations of Christ in Russian literature are of failed Christs: Prince Myshkin in *The Idiot*, whose commitment to salvation through love destroys Nastas'ya Filippovna rather than saving her, and Ieshua, the eccentric, holy-fool Jesus of Bulgakov's debunked Jerusalem in *Master and Margarita*.

If the canonical Gospel texts have been reflected in Russian literature only obliquely, though, the absorption of writers in eschatology, or the 'four last things' of Christian theology (death, judgement, heaven, and hell), has made the Apocalypse a central book for them. This is particularly clear in texts written during the late nineteenth and early twentieth centuries. The pessimism of the *fin de siècle* inspired interest not only in the writings of such intellectual nihilists as Nietzsche or Oswald Spengler, but also in the Orthodox tradition of looking forward to the destruction of the wicked secular world and the establishment of religious rule. Successive historical catastrophes – national defeat in the Russo-Japanese War in 1905 and the 'year of revolutions' that followed, the First World War, Revolution, and the Russian Civil War – were represented by writers using apocalyptic imagery. A particularly striking example was Bulgakov's novel *The White Guard*. The book had some allegiance to the historical fiction of Tolstoy, in that the experience of one family and their connections was used to stand for the experience of historical subjects in general. But Tolstoy's emphasis upon history as a dialectic between predestination and human will (according to the epilogue of *War and Peace*, the wise historical subject was one who did not place too high a value upon the import of his or her own actions) had been replaced by a stress on malign destiny. This reinforced the powerlessness of historical subjects, who were left only with the power to regret. In this, Bulgakov echoed the moralism of Russian medieval texts such as *The Tale of the Destruction of Ryazan by Baty*, where defeat and destruction were visited upon God's people 'because of our sins': 'A great year but a fearful year was the year of Our Lord 1918', the novel begins, and the arrival in Kiev of the vicious peasant leader Petlyura, tales of whose atrocities are shown spreading round the city as he approaches, is accompanied by cosmic portents:

> Quite suddenly the grey background in the gap between the domes burst open, and an unexpected sun showed in swirling dark dimness. It was vaster than any sun people in the Ukraine had ever seen, and a true scarlet, like pure blood.
>
> (Chapter 16)

In a world where the immanence if not the existence of God had become subject to serious doubt, it was the antichrist, and satanic forces more generally, that could be imagined as physically present in the material world. Just so, when the body – notably absent from Romantic and Symbolist writing – re-asserted itself in the writing of Russian Modernism, this was often as a detested 'envelope' for the mind or the spirit. The hatred felt by the narrators of Yury Olesha's *Envy*, or Nabokov's *Lolita*, for their physical selves is matched in Joseph Brodsky's poem 'The Year 1972', which represents the lyric hero's self as 'stinking of breath and creaking of joints/a blot on the mirror' and with 'enough caries in my teeth/to map out Ancient Greece, at least'.

The emphasis on death and punishment has often drawn (usually implicitly rather than explicitly) on the strong vein of anti-physicality in Russian Orthodox culture. Earlier manifestations of this in Russian literature had included Derzhavin's 'On the Death of Prince Meshchersky' (1779), which stressed the universality of decay ('The monarch and the captive are alike food for worms'). Later ones included Tolstoy's *Confession* (1879–80), with its extraordinary image, borrowed from an Eastern legend, of the living human suspended over the abyss on a tree-trunk gnawed by a serpent. But if Derzhavin's or Tolstoy's response to the inevitability of death had been to stress the importance of a virtuous life, twentieth-century texts tended to represent the alternative and better reality as something elusive and insubstantial. It was associated with mysterious, uncommunicable experience, what Aleksandr Blok called, in one of his poems addressed to the Beautiful Lady, 'the call of dim life/Splashing secretly within me'. It manifested itself in the colours of 'non-being', of death and of spiritual life at one and the same time, whiteness and transparency. Though, as David Bethea has pointed out, Utopian writing was the polar opposite of apocalyptic writing, in that it anticipated a paradise in the future (often a technological one) rather than mourning the loss of the 'original pristine faith' of the past, in practice the two discourses often exploited similar imagery – as, indeed, did Socialist Realism, whose spotless factories, ever-patient party officials, and peaceful, hard-working labourers made it a form of bastardized Utopianism. Just so did the traditions of pre-Petrine Russian religious literature find themselves preserved in Socialist Realism's earnest commitment to expressing the 'elevated belief of human beings in Sublimity', as a typical Soviet Realist, Vera Panova, put it in 1972.

But not all Russian literature by any means has been driven by a puritanical distaste for quotidian existence, for the material world. Some writers (the early twentieth-century short-story writer Aleksey Remizov, for instance) gave their demons the comforting substance of folk myth, of the malevolent creatures (house spirits and wood demons) that had to be placated with bread and milk. Mandelstam rebelled against the Symbolist emphasis upon esoteric myth by proclaiming the virtues of 'domestic Hellenism', of ordinary, though handsome, objects such as jugs and honey-jars. Other writers created a kind of 'domestic Orthodoxy', of mundane but fervent spirituality. Olga Sedakova's limpid poem 'Old Women', for example, sees the secular and the spiritual, the sinful and the pious, as inseparably fused:

> Patient as an Old Master,
> I love to study the faces
> of pious, spiteful old women,

the mortality of their lips,
and the immortality of the power
that pressed their lips together,

(like an angel squatting
and stacking coppers in piles,
five copecks, and light copeck pieces . . .
'Shoo!' he says to the children,
the birds and the beggars,
'Shoo, go away,' he tells them:
can't you see what I'm doing?) –
I stare, and in my mind I sketch them,
like my own face, in a glass darkly.

The images of a money-counting angel and of 'spiteful piety' are contradictory and even shocking. They recall Rembrandt's late portraits of elderly women (hence the phrase 'Patient as an Old Master'), in which supreme artistic beauty is made out of material that is not obviously handsome (unlike the jugs and jars celebrated by Mandelstam). In the same way, the nineteenth-century prose writer Nikolay Leskov's stories turned the early nineteenth-century Russian provinces into an extraordinary retrospective Utopia, a world of small-mindedness and prejudice against outsiders, but also of sanity, tolerance, and bodily joy. His extraordinary and touching tale, *The Sealed Angel* (1873), expressed a vision of art as at once profoundly spiritual and rooted in reality: a combination of inspiration in its most literal sense and of careful craftsmanship. The icon of the title is not only a symbol of faith repressed by bureaucracy (it is confiscated and 'sealed' with a layer of wax, in a sublime gesture of secular indifference to the uniqueness of the icon), but also of religious art. As explained by the Red-Haired Man, the story's main narrator, and a member of the conservative and pious Old Believer sect, to a well-intentioned but sceptical Englishman, the icon stands for a kind of artistic integrity to be found only in traditional practices:

> The Englishman did not believe me, so I went and explained the whole difference to him: nowadays, I said, worldly artists didn't make the same kind of art; they used paints made of oil, while the old artists, they used pigments dissolved in egg-yolk. The new art, that means you smear the paint on so it only looks life-like in the distance, while in the old kind the work is smooth, and even close to, you can see it clearly. And a worldly artist, I said, won't even get things right in the outline of his drawing, because he's been taught to represent what's hidden in the body of the earthly and animal man, but in holy Russian icon-painting is represented the face that dwelleth in heaven, which a material person could never see even in his imagination.

Yet this other-worldly art, as the detailed description here makes clear, is also one of exact representation. As evoked by the Red-Haired Man, the angel icon at the centre of the story has an individual and distinct physical presence. His face is not only 'radiant divine' (*svetlobozhestvennyi*) but also 'kind of ready to help' (*edak skoropomoshchnyi*).

'Domestic Orthodoxy', then, consists not in a rejection of the material world, but in the notion of a fusion of the material and the spiritual as the ideal. In this it has something in common with another salutary response to the clichés of other-worldliness, the construction of a theology of the body. The origins of this can be traced back to some writers associated with the national-conservative Slavophile movement. In Tolstoy's eulogies of procreative family life in *War and Peace* and *Anna Karenina*, the rare moments of perfect happiness are associated with a celebration of physical intimacy – Natasha waving her baby's nappies in front of friends, or (more decorously) Lyovin watching Kitty bathe his son. To be sure, Tolstoy's energetic love of the physical was determinedly anti-sexual: it is child-bearing rather than copulation that is a source of true joy (the fact that Lyovin and Kitty find sexual contact embarrassing but child-rearing unambiguously enjoyable makes this perfectly clear). But a later Slavophile writer, the brilliant essayist Vasily

20. 'Don't Weep for Me, Mother': The Saviour not Made by Human Hands with Saints. Icon for Holy Week: a Muscovite version of the Greek *acheiropoietos*, as evoked in the first line of 'Monument', showing the triumph of the resurrected Christ over the tomb.

Rozanov, created a world where there was no separation between body and spirit, flesh and intellect. As the scholar Stephen Hutchings has pointed out, Rozanov's was an existence where 'the most exaggeratedly profound formulations are arrived at "over a cup of tea" or "in the lavatory"'. The writer firmly believed that 'a hole in a sock that never grows larger, and never gets darned' was a better expression of everlasting life than 'the dry and abstract term "immortality of the soul"', and believed sexuality was an essential, indeed perhaps the essential, form of spiritual expression. In his *People of the Lunar Light*, Rozanov insisted upon the perverted nature of religious celibacy (monasticism was for him a form of displaced, or not so displaced, homo-eroticism); procreative sexuality, preferably ritualized in the way that it was by Jews (who reserved copulation for the eve of the Sabbath) was a godly act. Sexuality, too, was the only way of resolving the otherwise unresolvable problem of how to produce a dialogue between self and other, retaining the identity of each yet allowing free communication between them.

A similar attempt to embrace the bodily world is evident in one of the most enlivening and vivid responses to Socialist Realism, Mikhail Bakhtin's study of François Rabelais, which celebrated the physicality of the 'carnival', glorifying the temporary suspension of rational decorum and the resurgence of 'the lower bodily stratum'. Bakhtin's concept of the carnival drew on a great deal more than the actual practices of fairgrounds and folk festivals, though the fashion for circus and vaudeville in 1920s Soviet literature, theatre, and film was definitely part of the background to the book. Rather, the evocation of the medieval carnival was used to create an imaginative space with many kinds of cultural resonance. Among these are the Stalin regime's own promotion of a decorous and conformist kind of carnival, the Symbolists' fascination with Dionysiac religion, in which the body of the god was repeatedly destroyed and repeatedly made whole, and popular traditions about lands of plenty and joy beyond the known world (as evoked also in Aleksandr Chayanov's *Journey of My Brother Aleksei to the*

Land of Peasant Utopia, written in 1920). But Bakhtin's book was also related to the writings of Khmoyakov, Ivan Kireevsky, and Konstantin Aksakov in its emphasis upon community ritual, and in its sense of religious experience in the everyday. The various elements can be seen coming together, for instance, in his description of the banquet.

> In the act of eating, as we have said, the confines between the body and the world are overstepped by the body. It triumphs over the world, over its enemy, celebrates its victory, grows at the world's expense. This element of victory and triumph is inherent in all banquet images. No meal can be sad. Sadness and food are incompatible (while death and food are perfectly compatible). The banquet always celebrates a victory and this is part of its very nature. Further, the triumphant banquet is always universal. It is the triumph of life over death. In this respect it is equivalent to conception and birth. The victorious body receives the defeated world and is renewed.
>
> (Chapter 4)

Popular feasting and the Christian Eucharist, with its link to resurrection on the one hand and crucifixion on the other, come together in a tour-de-force of neo-Slavophile cultural criticism, which synthesizes rather than analyses and is rooted in a determination to celebrate the wholeness of life, and not to discriminate between 'aesthetic' and 'anti-aesthetic', acceptable and unacceptable, sensations.

Bakhtin's book is also a tribute to the vitality of humour in Russian culture, as, too, are Rozanov's miniatures, not only the vessels of 'exaggerated profundity' but of studiedly ridiculous self-portraits – having confiscated his children's Sherlock Holmes stories as 'harmful reading', Rozanov devoured them himself at every possible opportunity, 'so that the train journey from Siverskaya to St Petersburg flew past like a dream'. A popular Western view of Russia sees the place as grim, dank, and with permanently gloomy inhabitants given to fits of weeping and talking about their souls. No one could maintain this illusion for long when reading Russian literature. In Chekhov's plays, even characters prone to maudlin fits of self-pity display a talent for flights of black comedy (as when Uncle Vanya responds to a social banality about the nice weather with the words, 'Nice weather to hang yourself in'). Here, humour is a weapon for exposing artificiality (as it also is in Dostoevsky's novels, where lapses into absurdity threaten every carefully planned social event). But ridicule is often more universal than this, giving a sense of human existence as necessarily grotesque – as in the scene from Chekhov's 'Ward No. 6' (1892) where one madman boasts of his fantasy service decorations to another invalided out of the civil service when he became wrongly convinced he was making mistakes and developed paranoia.

Black humour of this kind survived at even the darkest eras of history, such as the late 1930s. To be sure, in Socialist Realist texts, humour that was not of the unintentional sort was limited to crude jokes directed at a narrow range of social types (shirkers at work, women who used too much make-up, men who tried to lay down the law to their wives). In unofficial writing, though, a vivid and subtle feeling of the ridiculous survived, and pompous bureaucrats were its main targets (in Bulgakov's *Master and Margarita*, comic vengeance is exacted on a whole crowd of such people). In texts of this kind, humour was a survival strategy, but it was also a manifestation of freedom, a means of transcending oppression, a gesture of indifference towards authority. The exhilirating carnival foolery celebrated by Bakhtin was only one form of challenging official puritanism. The humour of the 'holy fools', the popular saints of early modern Russia whose filthy habits and bizarre behaviour assailed ordinary proprieties, and thus called into question conventional ideas about goodness, also worked its way through into some later literary texts. Kostoglotov, the protagonist of Solzhenitsyn's *Cancer Ward*, who is saddled with an absurd name (Boneswallower), and is, in every obvious way, decidedly unamiable – surly, brusque, unrepentantly naive – moved like some latterday, secularized version of the holy fool through 1950s Soviet society, saving no one but himself, yet at the same time exposing the illusions upon which the ideals and aspirations of those surrounding him were based.

The uniqueness of Russian literature (and Russian culture more generally) has been held by many Western observers to lie in precisely this ability to embrace spiritual and material worlds. As the classicist and Russophile Jane Harrison declared in 1919, 'The Russian stands for the complexity and concreteness of life – felt whole, unanalysed, unjudged, lived into . . .'. But as I come to the end of this short tour along pathways suggested by Pushkin's 'Monument', I would not want to leave you with the impression that this chapter has spoken 'the last word', that we have reached the heart of the maze. Rather, there is no such heart: we have met the beginning of a path leading backward. For Pushkin, the last word was not 'O Muse, be obedient to the command of God', but 'Don't dispute with fools': which leads back to the discussion of *savoir faire* placed here in Chapter 6. We saw in Chapter 5 that *judging* life has been a constant preoccupation of Russian writers, while Pushkin himself is an illustration that intelligent Russians have had just as large a talent for, and inclination towards, *analysis* as their counterparts anywhere in the world. In Russia itself, writers have often been regarded as sages, as moral guides to how life should be lived; but there are many other reasons for reading Russian literature. Like any other literature, it represents the world in new and extraordinary ways, it investigates areas of human experience that we sometimes prefer not to think about (madness, homicidal urges, tyranny); and it offers not only intellectual stimulation but the sensual delight of language stretched to its limits, of laughter, and of flights of imaginative fancy.

Further reading

Preface

N. Cornwell (ed.), *A Reference Guide to Russian Literature* (London, 1998), and V. Terras (ed.), *Handbook of Russian Literature* (New Haven, Conn., 1984) (the latter lists more writers, but the bibliographies and articles in the former are fuller). Among single-volume histories are R. Hingley, *Russian Writers and Society* (London, 1975) and *Russian Writers and Soviet Society* (London, 1978); D. S. Mirsky, *History of Russian Literature* (New York, 1949); C. Moser (ed.), *The Cambridge History of Russian Literature* (Cambridge, 1992); V. Terras, *A History of Russian Literature* (New Haven, Conn., 1991); R. Bartlett and A. Benn (eds.), *Literary Russia: A Guide* (London, 1997) is useful on museums. Fuller reading lists, as well as source notes for the entire book, are available on the OUP website at //http.www.oup.com/

Chapter 1

The *Complete Pushkin in English* began publication in 1999. Recent single-volume translations include *Pushkin's Notebooks in Facsimile* (London, 1995–8); A. D. P. Briggs (ed.), *Alexander Pushkin: Selections* (London, 1997); E. Feinstein (ed.), *Pushkin Translated* (Manchester, 1999); A. Kahn (ed.), *Tales of the Late Ivan Petrovich Belkin, The Queen of Spades, The Captain's Daughter, Peter the Great's Blackamoor* (Oxford, 1997). See also 'A Pushkin Portfolio', *Modern Poetry in Translation* 15 (1999), 144–277; *Eugene Onegin, Translated with a Commentary by Vladimir*

Nabokov (Princeton, NJ, 1981); T. Shaw (ed.), *The Letters of Alexander Pushkin* (Bloomington, Ind., 1963).

Chapter 2

D. Bethea, *Realizing Metaphors: Alexander Pushkin and the Life of the Poet* (Madison, Wisconsin, 1998); P. Debreczeny, 'Zhitie Aleksandra Boldinskogo: Pushkin's Elevation to Sainthood in Soviet Culture', *South Atlantic Quarterly* 90 (1991), 269–302; M. C. Levitt, *Russian Literary Politics and the Pushkin Celebration of 1880* (Ithaca, NY, 1989); K. Petrone, *Life Has Become Joyous, Comrades: Celebrations in the Time of Stalin* (Bloomington, Ind., 2000), chapter 5; A. Siniavsky, *Strolls with Pushkin* (New Haven, Conn., 1993); S. Vitale, *Pushkin's Button* (London, 1999). See also the chapters by M. C. Levitt and S. Sandler in B. Gasparov, R. C. Hughes, and I. Paperno (eds.), *Cultural Mythologies of Russian Modernism: From the Golden Age to the Silver Age* (Berkeley, 1992).

Chapter 3

For Pushkin's own views on the canon, see Tatiana Woolf (ed.), *Pushkin on Literature* (London, 1971). C. R. S. Cockrell and D. Richards (eds.), *Russian Views of Pushkin* (Oxford, 1976) and S. Hoisington (ed.), *Russian Views of Pushkin's Evgeny Onegin* (Bloomington, Ind., 1988) are useful anthologies of critical opinion. More generally, see J. Brooks, 'Russian Nationalism and Russian Literature: The Canonization of the Classics', in I. Banac, J. G. Ackerman, and R. Szporluk (eds.), *Nation and Ideology* (1981), 315–34; M. Friedberg, *Russian Classics in Soviet Jackets* (New York, 1962); S. Lovell, *The Russian Reading Revolution: Print Culture in the Soviet and Post-Soviet Eras* (Basingstoke, 2000). On censorship, see M. T. Choldin and M. Friedberg (eds.), *The Red Pencil: Artists, Scholars, and Censors in the USSR* (Boston, 1989); M. Dewhirst and R. Farrell (eds.), *The Soviet Censorship* (Metuchen, NJ, 1973); D. Jones (ed.), *Literary Censorship: A Reference Guide* (London, 2001); L. Losev, *On the Beneficence of Censorship: Aesopian Language in Modern Russian Literature* (Munich, 1984).

Chapter 4

L. Ginzburg, *On Psychological Prose* (Princeton, NJ, 1990); G. S. Morson, *Hidden in Plain View: Narrative and Creative Potentials in War and Peace* (Berkeley, 1987); A. Wachtel, *An Obsession with History: Russian Writers Confront the Past* (Stanford, 1994).

Chapter 5

For nineteenth-century Russian literature and politics, see Isaiah Berlin, *Russian Thinkers* (London, 1978); Aileen Kelly, *Toward Another Shore: Russian Thinkers between Necessity and Chance* (New Haven, 1998) and her *Views from the Other Shore: Essays on Herzen, Chekhov, and Bakhtin* (New Haven, 1999); Leonard Schapiro, *Turgenev: His Life and Times* (Oxford, 1978). On the twentieth century, see K. Clark, *The Soviet Novel: History as Ritual* (Chicago, 1981); G. Freidin, *A Coat of Many Colors: Osip Mandelstam and his Mythologies of Self-Preservation* (Berkeley, 1987); J. Garrard and C. Garrard, *Inside the Soviet Writers' Union* (London, 1990); T. Lahusen, *How Life Writes the Book: Real Socialism and Socialist Realism in Stalin's Russia* (Ithaca, NY, 1997); R. Robin, *Socialist Realism: An Impossible Aesthetic* (Stanford, 1992); D. Shepherd, *Beyond Metafiction: Self-Consciousness in Soviet Literature* (Oxford, 1992); G. S. Smith, *D. S. Mirsky: A Russian-English Life* (Oxford, 2000), part 3.

Chapter 6

J. Andrew (ed.), *Russian Women's Shorter Fiction: An Anthology 1835–1860* (Oxford, 1996); H. Goscilo and B. Holmgren (eds.), *Russia – Women – Culture* (Bloomington, Ind., 1997); B. Heldt, *Terrible Perfection: Women in Russian Literature* (Bloomington, Ind., 1987); B. Holmgren, *Women's Work in Stalin's Times* (Bloomington, Ind., 1993); C. Kelly (ed.), *An Anthology of Russian Women's Writing, 1777–1992* (Oxford, 1994) and C. Kelly, *A History of Russian Women's Writing, 1820–1992* (Oxford, 1994); M. Ledkovsky, C. Rosenthal, and M. Zirin (eds.), *A Dictionary of Russian Women Writers* (Westport, Conn., 1994); L. Ya. Ginzburg, Yu. M. Lotman, and B. Uspensky, *The Semiotics of Russian Cultural History* (Ithaca, NY, 1985); I. Reyfman, *Ritualized Violence Russian Style: The Duel in Russian*

Culture and Literature (Stanford, 1999); W. M. Todd III, *Fiction and Society in the Age of Pushkin: Ideology, Institutions, and Narrative* (Cambridge, Mass., 1986).

Chapter 7

J. Andrew, *Narrative and Desire in Russian Literature: The Feminine and The Masculine* (Basingstoke, 1993); M. Makin, *Marina Tsvetaeva: The Poetics of Appropriation* (Oxford, 1994), chapter 3; F. J. Oinas, *Essays in Russian Folklore and Mythology* (Columbus, Ohio, 1975); D. E. Peterson, *Up From Bondage: The Literature of Russian and African-American Soul* (Durham, NC, 2000); S. Sandler, *Distant Pleasures: Aleksandr Pushkin and the Writing of Exile* (Stanford, 1989); J. West in R. Anderson and Paul Debreczeny, *Russian Narrative and Visual Art: Varieties of Seeing* (Gainesville, Florida, 1994).

Chapter 8

S. Baehr, *The Paradise Myth in Eighteenth-Century Russia* (Stanford, 1991); J. Billington, *The Icon and the Axe* (London, 1966); C. Brandist, *Carnival Culture in the Soviet Modernist Novel* (Basingstoke, 1996); P. Davidson (ed.), *Russian Literature and its Demons* (London, 2000); S. Hutchings, *Russian Modernism: The Transfiguration of the Everyday* (Cambridge, 1997); E. Naiman, *Sex in Public: The Incarnation of Early Soviet Literature* (Ithaca, NY, 1997); R. Stites, *Revolutionary Dreams: Utopian Visions and Experimental Life in the Russian Revolution* (Oxford, 1989).

“牛津通识读本”已出书目

古典哲学的趣味
人生的意义
文学理论入门
大众经济学
历史之源
设计，无处不在
生活中的心理学
政治的历史与边界
哲学的思与惑
资本主义
美国总统制
海德格尔
我们时代的伦理学
卡夫卡是谁
考古学的过去与未来
天文学简史
社会学的意识
康德
尼采
亚里士多德的世界
西方艺术新论
全球化面面观
简明逻辑学
法哲学：价值与事实
政治哲学与幸福根基
选择理论
后殖民主义与世界格局
福柯
缤纷的语言学
达达和超现实主义
佛学概论
维特根斯坦与哲学
科学哲学
印度哲学祛魅
克尔凯郭尔
科学革命
广告
数学
叔本华
笛卡尔
基督教神学
犹太人与犹太教
现代日本
罗兰·巴特
马基雅维里
全球经济史
进化
性存在
量子理论
牛顿新传
国际移民
哈贝马斯
医学伦理
黑格尔
地球
记忆
法律
中国文学
托克维尔
休谟
分子
法国大革命
民族主义
科幻作品
罗素
美国政党与选举
美国最高法院
纪录片
大萧条与罗斯福新政
领导力
无神论
罗马共和国
美国国会
民主
英格兰文学
现代主义
网络
自闭症
德里达
浪漫主义
批判理论

德国文学
戏剧
腐败
医事法
癌症
植物
法语文学
微观经济学
湖泊
拜占庭
司法心理学
发展
农业
特洛伊战争
巴比伦尼亚
河流
战争与技术
品牌学
儿童心理学
时装
现代拉丁美洲文学
卢梭
隐私
电影音乐
抑郁症
传染病
希腊化时代
知识
环境伦理学
美国革命
元素周期表
人口学
社会心理学
动物
项目管理
美学
电影
俄罗斯文学
古典文学
大数据
洛克
幸福
免疫系统
银行学
景观设计学
神圣罗马帝国
大流行病
亚历山大大帝
气候
第二次世界大战
中世纪
工业革命
传记